"峰岚·精品库"

帘浪翻珠

「峰岚·精品库」编委会 编

海峡出版发行集团 | 海峡文艺出版社

目录

石不能言最可人

◎ 刘少雄

民谣：平潭岛，实在好，起石厝，像碉堡。

走进平潭流水镇山门前村，我们犹如走进一个花岗岩垒筑的城堡。

村中的小广场旁，是村部和老年活动中心。一下车，我们就被一扇贴着“万事”“如意”红对联的小窗吸引住了。小窗嵌在形状、大小、颜色不一的石头砌成的“人”字形的矮墙上，墙后是更高一坎的墙，这些形式感很强的色块，颇有康定斯基冷抽象画的味道。不过，让我最好奇的是，这里的房屋几乎看不到我家乡的客家传统民居惯有的风雨檐。窗口右下方，一株黄灿灿的油菜花让人眼前一亮，给原本冷冷的石屋带来无限生机。

老年活动中心旁边，是榕荫庇护的石廊道，一位老阿婆在编织渔网，一群老人围着她闲聊，拉家常。

沿着碎石块铺就的老村道，我们走近一座座高低错落、姿态各异，但全是清一色用花岗岩垒成的石屋。感受着小村曾经的繁华与落寞，悠远与沧桑。曾经，这里有山间大峡谷，清流四季；曾经，这里有神奇水磨坊，润泽八方；曾经，这里有丰产水稻田，一年两熟；曾经，这里有离世的清幽，诗意葱茏。正如清代名士陈方策在诗中所描绘的："此中佳处绝尘哗，亦种桑麻亦种花。去后顿忘松几岁，来时尚记路多叉。长江浪拍三千水，碧树春围数十家。我欲卜居从白傅，绿杨明月共清华。"

可是,这一切,都已经渐渐湮没在岁月的尘烟和荒草之中了。

多少往事风磨里。而今，留给我们的是，静默的石头、败落的庭院、残破的门窗、布满藤萝的残墙、长满荒草的窄巷、牛角一般高翘的风火墙、压着乱石的瓦顶、被随意丢弃的石臼，以及还未发芽伸展着空枝的无花果树……

每一个沉淀着厚重历史的地方，必定有其独有的传奇，山门前村也不例外。在这里，最堂皇气派的房子，要数明代"布衣侠士"林杨的纪念祠（山门林宗祠）了。同样是石头的风骨，它雄踞于全村的风水宝地，"源远流长"和"一疏恩三省"几个金色浮雕大字，耀眼在雄伟的牌坊式门楼上部和正中。上部飞檐翘角，气势雄伟，鲜艳的蓝底上画着白色的图画。画的内容有笔筒上栖飞的凤凰，有奇石映衬的盆兰，还有用飘动的龙纹彩带联结的画卷、书箧和酒壶酒爵，以及与宗祠有关的传说故事等，仿佛在向我们叙说山门前村曾经经历的不平凡的故事。

曾经山门前布衣林杨冒着九死一生的危险，为民上疏，一疏恩三省。林扬的《奏蠲虚税疏》，使闽、浙、粤之沿海移民再也不用饱受虚税之苦，七百余年后海坛岛的村民仍然称颂林杨为民请命的义胆侠肠。

石不能言最可人。站在“林杨纪念祠”门口的空地上眺望，整个山门村尽收眼底，远处是小船游弋、波光闪闪的海洋，近处压着石头的灰瓦屋顶，斜斜的铺展开来，不远处是日益逼近的高楼……我的心里咯噔一下，山门前啊，山门前，这些海岛人用智慧和勤劳的双手，用女娲般补天的五彩石打磨而成的一座座城堡般的家园，能否抵挡得住被城市化、被高楼大厦替代的命运呢？

问林宗祠，沉默不语。问海坛风，沉默不语。

刘少雄，笔名南河。1965年生，福建上杭人。中国作协会员、中国音乐文学学会会员，龙岩市文联兼职副主席，龙岩市作家协会主席，闽西日报副刊部主任。已出版诗集《有座红房子》等。

灵魂蹚过河

◎ 李迎春

八十多年前的红色故事，对于今天有怎样的启示？陈升和幸生的公司陷入困境，准备到峰市寻找旅游开发项目。在革命基点村官庄，他们无意间发现了八十多年的秘密：红军主力长征后，一支游击队在突围中全军覆没。真相揭开后，每个人都深受震撼……

一

风死劲敲打着玻璃，似乎随时会破窗而入，将人和办公桌一起带走。幸生茫然地看着远方，三十二层的位置让自己感觉飘在半空中，不上不下。公司快完蛋了，自己作为总经理助理的职责也即将终结。当然，比他更惨的是老板陈升。当年，有钱的陈升和落魄的幸生碰在一起，鬼使神差搞起旅游开发来，结果水很深，连连败退伤得不轻，除骗了几个山区县的小项目，根本就没什么业绩，如今公司连正常运转都成了问题。在这个初夏的下午，鹭岛一派花红柳绿，却莫名刮起了台风，似乎要将他们内心仅存的一点尊严也扫荡干净。

幸生来到巨大的落地窗前，将身子贴上去，双手张开，一副要和风飞翔的样子，事实上他只是痛苦地望着窗户下方蚂蚁般的人群，试图嘲笑他们匆忙的脚步。三年前，他和陈升就是在下面的人流中相遇，那时峥嵘岁月意气风发，呼的一声窜上了三十二层，坐在宽大的办公室里，人模狗样地做了一回人上人。可是太高了，不接地气，容易犯晕，比如现在的他，不知道自己是无聊还是悲伤还是绝望，脑袋一片空白。

"砰"的一声，办公室的门被重重地推开。幸生一时以为大风真得席卷而来，惊吓得忘记回头，紧紧地将脸庞贴在玻璃上，扭曲成一张恐怖的表情。

"幸生，你在干吗？难道要当蝙蝠侠吗？"陈升大喊，"别做傻事啊，我们有救了！"

幸生这才反应过来，僵硬地将自己从玻璃上卸下。"难道有大神从天上向我们定点撒钞？"

陈升兴奋地说："差不多，只等我们弯腰去捡了。"他从包里掏出一份文件，向幸生扬了扬。

幸生一看，是峰市招商项目及优惠政策，顿时泄了气，这样的宣传资料遍地都是，哪来定点撒钞啊，根本就是精神崩溃、精神病发作的前兆。

陈升对幸生说好在他提醒，才想起到峰市碰运气，结果真是有希望。峰市是幸生的家乡，前一段时间，他对陈升说不然到他老家官庄投资得了，那里山清水秀，而且是未来闽粤高速公路的互通处，在建的动车站距离官庄也只有十多公里。陈升说没有政策没有钱，有什么鸟用啊。没想到，不过一个月陈升竟然对那里感兴趣了。

你知道吗，你那天提起峰市后，我真去打听了，原来峰市是当年的中央苏区，那里分管旅游的刘副市长是我同学的哥哥，近年来市里十分重视对接国务院中央苏区振兴发展规划项目资金，今年正好有一笔上千万的红色旅游补助资金可以到市里，市发改委和旅游局有意向力推官庄红色小镇旅游项目。陈升补充道，你的老家官庄是革命基点村。

革命基点村？这么古老的名词，幸生小时候听到过，但从没放在心上，没想到这五个字也有发挥作用的时候。

二

陈升和幸生决定到官庄实地考察。幸生对市里的态度很是怀疑，其实是对官庄能否有开发价值没有把握，唠唠叨叨讲了半天，说什么基础条件差、旅游前景不明朗等等。陈升说了一句，死马当活马医，反正没退路了。然后反问他，你除了跳楼，还有别的办法吗？幸生想想，除了张牙舞爪比比样子，其实自己连跳楼的勇气都没有。于是，他俩开着越野车，花了近四个小时从鹭岛沿着高速来到峰市。在峰市见到了刘副市长，才知道县里真有这个打算，峰市的旅游还处于起步阶段，说好听点是朝阳产业，如果能借助红色旅游项目发展起来，就能够达到示范效应。而选择官庄，就是因为官庄是知名的革命基点村。在著名的南方三年游击战争中，官庄人民坚持斗争损失惨重，被写进权威的《南方三年游击战争史》。刘副市长说，如果陈升的公司能够和市里合作开发红色旅游项目，那么资金和优惠政策都不成问题。陈升爽快地答应下来，说到官庄实地考察回来，就签订合作意向。为了更好地了解实际情况，陈升谢绝市里的陪同要求，第二天两人在城里转了一圈，吃过午饭就和幸生往官庄出发。

红色旅游？我们从来没搞过啊？坐在车上，幸生忧心忡忡。

你以为真的搞红色旅游吗，红色只是一个包装，用来取得项目资金，实质还是旅游，离不开旅游的那一套。对于我们当下来说，只要有钱有政策，什么不能做呢？陈升大声说完，哼起了《青藏高原》的歌。幸生知道，只要他心情好，必定唱《青藏高原》。然而，他那丘陵版的《青藏高原》，随着道路起伏而任意升降，让幸生苦不堪言。

从峰市到官庄还没有高速，道路从国道到县道到乡道，开始还有硬化的路面，到后来干脆就是沟沟壑壑的黄泥巴路。雪上加霜的是，原本阳光明媚的天空竟开始淅淅地下起细雨来。细雨点点滴滴飘在前窗，陈升只能隔几分钟用雨刮器扫一下，而且眼睛一刻也不能离开路面，开了十公里左右就停下来抽上一根烟，舒缓舒缓紧张的心情，他吐着烟圈大骂幸生出生在什么鬼地方。幸生笑着应道，你是城里人没见过世面，车技那么差还敢自己开到乡下来。走走停停，他们终于在下午三点多到达官庄。

不过，一进入官庄陈升就不骂了。他停车下来，冒着细雨站在村口看着江水绕着青山，古树随意地生长在河滩路口，田野和村庄像水墨画一般散落在轻纱薄雾的画卷里。他高兴地说，真是世外桃源！还拍着幸生的肩膀说：你这个家伙，也不过尖嘴猴腮的模样，什么福分生在这地方！

住在幸生刚刚建好的新家，房前屋后都被浓郁的绿色包围着，陈升的心安静下来，仿佛与外界的一切烦恼都隔绝了。雨越下越大，从瓦楞上流出的一排排水像瀑布一般肆意挥洒，飘进燥热的心里，很快就凉爽起来。处在屋内的淡淡暖流里，既感觉外面的一切与己无关，又仿佛与它们融为一体。山村的雨夜是狭小的，小到只有屋内灯光照得到的地方。在这种小小的空间里，却溢出浓浓的人情味。虽然累得散架，但幸生家的盛情款待还是让陈升食欲大振。白斩家鸡、姜酒鸭、薄荷兔全是客家风味，山里的红菇、野生香姑润滑而味鲜，江里的鳜鱼、“黄鸭子”什么的也是一应俱全，仅仅寻常家里的“红烧肉”，客家人称大块肉的就比城里吃到的味美不知多少。一时兴起，他一口吃着大块肉，一口呷着客家米酒，跟着幸生的老爹大声地吹牛。直到晚上十点左右醉意袭来，他赶紧到客房里睡觉休息。第二天，一觉醒来已是早上八点，雨早停了。

陈升冲了个热水澡，顿时神清气爽。吃过早饭，他叫幸生带着他到江边走走。他记得刚进村口时就看见一条宽阔的江，江边是大片的沙滩和古树。他根本没想到偏僻的山里还有一条这么美丽的江，早前看照片还以为是一条小溪呢。走在田野的阡陌小路上，泥土的清新气味夹杂着不知名的野花，轻轻地漫过来，沁入心脾，让人慢慢安静下来。幸生告诉他，这条江叫汀江，是全省唯一流出省外入海的河流，自古以来通航发达，所以官庄也不是那么闭塞。在公路未出现以前，水路交通相当于现在的高速公路，也可以说早在明清时代官庄就有了高速公路。只不过到了现代，随着陆路运输的发达，航道的变迁，才使官庄变回了原始模样。幸生说，江边还有旧码头和摆渡的船呢。

一盏茶工夫，他们来到江边。田野尽头是绿得化不开的香樟群，像一座屏障保护着田野和村庄的安全，也成为水墨画中最美丽的元素。爬上一道坎，就走进香樟群。香樟沿着河滩向两边生长，一株株枝繁叶茂，形成巨大的翠绿华盖，树荫中间是由行人踏出来的小路。陈升抚摸着一棵长满老茧的树，猜度着它们的年龄，他想这些古樟应该有几百年的历史了。他看见许多较矮的树杈中间光滑如丝，可见村里的人或放牧的孩童经常爬到树上乘凉嬉戏。幸生说，这里是村里或对面村子年轻人恋爱的地方，对岸山歌江边情，古樟树下比真情，山里人没什么去处，却长了这样的好地方，村里的大人谁没有在这里谈过情说过爱呢？

陈升说，这地方妙啊，可以开发成情侣路。

幸生笑笑说，请注意，我们搞的是红色旅游，不是黄色旅游哦。

你懂个屁，红色旅游就不搞这些啦？难道让客人天天来唱《解放区的天是明朗的天》？

两人开心地大笑起来。

香樟树外是一片沙滩，从岸边延伸到汀江，完全保持着水流冲刷的痕迹。陈升小心地往沙滩走，心愈发柔软。幸生一边走一边介绍说，村里的孩子最喜欢在沙滩上嬉戏，热了一头钻进水里游泳。每当夏天的黄昏，太阳暖暖地照在江面上，闪着粼粼波光，江水变得热闹而充满生机，击水声、孩子的叫喊声夹杂在一起清脆而响亮，乡村的快乐时光就在这时达到高潮。陈升不说话，静静地看着自然的一切，生怕一出口就把眼前的美景破坏。漫步在沙滩上，浅浅的脚印像浪漫的诗行，又像缀满音符的曲谱。

突然，陈升的右脚被什么东西碰着了，他以为是鹅卵石，下意识地看了一眼。这一看不要紧，却把他吓了一大跳。一个骷髅似的头颅滚动着，他惊叫起来："啊——这是什么？！"幸生赶紧朝陈升的脚下看，马上跳起来："啊，骷髅！"只在图画上看到的东西，竟然活生生地出现在自己的脚下，估计谁也会魂飞魄散。两人不约而同地往岸边靠，趔趄着到岸边才停下来，不住地喘着粗气。

还是幸生胆子大些，定了定神，向沙滩远处看去。这一看不要紧，他的魂都要飞出来了。只见沙滩上零零落落地露出几个骷髅，与白色的鹅卵石相间错落，不注意还真看不清楚。

陈总……你看……幸生用颤抖的手指着远处的骷髅。

陈升刚刚才安定一些，被幸生一叫，吓得拔腿就往村子里跑。幸生也踉踉跄跄跟在陈升后面，飞也似的跑起来。

村子里顿时炸开了锅。村支书王昌盛打电话给镇派出所报警。

三

派出所很快就来了人。沙滩上已经被围个水泄不通，村里除了老人们都赶来看热闹。幸好村支书意识强，叫人用绳子将有骷髅的地方圈起来，不让人靠近。

派出所的两个民警穿过拥挤的人群，小心地走进绳子圈着的沙滩。沙滩上的脚印杂乱无章，除了骷髅并无其他令人恐怖的血迹或尸体什么的，显然这些骷髅已经有一定时间。民警松了一口气，但这些骷髅怎么就突然出现在这里呢？在确认没有其他可疑东西后，民警戴上手套将骷髅一块块装进专用袋。村民们安静地看着这一切，谁也不说话，突然人群后面有人尖叫起来，大家一齐扭过头去寻找尖叫声。原来，一位后面赶来的妇女正急忙往前挤去，不料脚下一滑，摔了一跤，正要骂娘时，猛然发现脚下正踩着一堆骷髅，于是就魂飞魄散地叫起来。随即，大家围了过去，将惊恐万状的她牵起来。于是，大家看到了更多的骷髅，密密麻麻地堆在一起，看得人全身发麻。大家靠得紧紧的，互相扯着衣襟，不由自主往后退了好几步。

这是怎么回事啊？好一会儿，惊醒过来的人们一头雾水地询问着，谁也说不出所以然。都死成一堆骨头架子了，起码几十年呢。有人猜测着。可世世代代生活在这里的官庄人都没听说过这里埋着这么多人。

这时又来了一群警察，将围观的人群赶到岸边，对现场再一次进行勘察。随后，继续将剩下的骷髅装起来。全部装完后，一位警察对王昌盛说，派人保护好现场，不许人破坏。王昌盛似乎还有些惊魂未定，说，现场不好保护，水一涨还不把沙滩都淹了。警察继续说，水要涨是没办法的事，不过时间不长就几天工夫，等骷髅鉴定完有了结果就可以解除保护。王永盛只得点头答应。

陈升被骷髅吓得不轻，只要一闭上眼脑子里就出现好多骷髅，在他眼前飞来飞去。他说，真见鬼了。幸生笑着说，本来见的就是鬼嘛，难道会是人？他却一点也笑不起来，连说，不行不行，我心跳得厉害，明天要离开官庄，再也不能这里待了。这一天，陈升过得索然无味，简直是度日如年。

傍晚时分，王昌盛来到幸生家，说是找幸生爷爷。幸生爷爷已经九十多岁，虽说身体还行，耳不聋眼不花，但找他有什么事呢？王昌盛说明了来意，原来公安局用最快的速度将骷髅检测一遍，发现死亡时间距今已有八十来年，是新中国成立前的事，就不必立案了，沙滩现场已解除封锁。但是有必要了解一下事情，尤其是让年长的老人回忆回忆，尽量使事情有个眉目。村里最年长的就是幸生爷爷，当然就先找他了解了解。陈升听了稍微安定些，却被王昌盛一席话撩起兴趣，欲探个究竟。

幸生爷爷这两天刚好有点感冒，躺在床上休息，饭菜也由家人送到房间。于是大家就来到他的房间。

谁啊？老人家正醒着，精神还好。

公——是我，昌盛。王昌盛应着，听说您身体不舒服，来看看您。

老风车啰，不经折腾，今年一交春更厉害了。看来是阎罗王要叫我去帮忙了。沙哑的声音似乎从风箱里传出来，柔和的灯光下看见一位枯瘦的老人靠在床头张嘴说着话。

哪能呢，王昌盛就着床沿坐下，嘴里不断夸着叔公红光满面，气色不错。幸生爷爷听得呵呵直乐。陈升站在床边，想着这个支书还真是会做工作呢，把老人家也逗得乐乎，不禁对他有些刮目相看。

公——您是哪年出生的啊？王昌盛问。

已未年的，九十六啰。老人家伸出拇指和小指，比了个六的手势。

王昌盛一边拉呱，一边将今天发现骷髅的事说了一遍。幸生爷爷听后，似乎毫不惊讶，深陷的眼窝一眨一眨，放在被子上的左手不停抖动，嘴里哦哦地应着。

王昌盛问，公公，您听清了吗？

幸生爷爷点点头，嗯，听清了。

听清了，那您知道是怎么回事吗？

嗯，嗯……他似乎答非所问。

您知道吗——公？

我……我……不知道，不知道！幸生爷爷的左手突然举起来，又蓦地放下去。

公，您真不知道啊？您知晓的话就告诉我们吧，村里人心惶惶的，不安心呢。王昌盛显得有些焦急。

我……不知道！公公年纪大了，什么也不记得。幸生爷爷的头垂了下来，耷拉着脑袋，一下没了生机。

幸生见状，连忙叫王昌盛出来，叫别问了，老人家还生着病呢。陈升也满腹狐疑地走了出来。

走出房门，王昌盛自言自语地说，有点奇怪，有点奇怪，叔公肯定知道什么。陈升问王昌盛是否确定是八十多年前的骨头，他说公安局的化验绝对没问题。八十多年前到底发生了什么事呢？三个人都陷入沉思。

王昌盛说，他再到其他老人那里问问。

四

第二天一早，陈升决定和幸生到市里探个究竟。他不清楚这个骷髅有什么来历，但隐隐感到与他正在做的事有关联。一路上，他不断地与幸生讨论着各种可能。幸生虽然是官庄长大的，但更是一头雾水，他发现自己对家乡简直一无所知，这件事不消说自己，连父母也不清楚。一路上风景依旧，却全然没有来时的欣喜，他俩都在心里纠结着。

车刚要走出黄泥路时，却见相向开来的一部小车陷在一段泥泞的路面，动弹不得。陈升和幸生停下车，走上前，看车牌竟是鹭岛的，车头的副驾驶座前还立着块“新闻采访”的牌子。陈升兴奋起来，他不用猜也知道车上的是谁。喂，家伙！陈升抬起头，果然看见朋友阿鸣从车上下来，“哇——”的一声像遇到救星般声音都变得夸张。陈升的心情一下子好了许多，干吗呢，在泥地里学驴打滚啊？老兄，我们是专门在此恭候啊。开完玩笑，两边的人齐心将小车推出泥泞，便互相介绍对方的人。跟阿鸣一起来的是他的同事和市电视台的一位记者，他们昨天正好在市区采访公安局侦破的一起跨越闽西南猖狂犯罪的案子，听说官庄发生的怪事，便来采访。陈升笑着说，你们行大运了，我们俩正是昨天现场的第一目击证人，不信你问幸生。被陈升一说，阿鸣便要拉着他回官庄，说在现场采访他和幸生。他哪肯再回去，说要采访就在这里，反正也还是官庄地界。阿鸣却偏偏硬磨着要陪他回去，说要在现场才真实，才有说服力。陈升没办法，只好和幸生掉头往回走。阿鸣也坐到陈升车上来，说要问问幸生关于官庄的一些情况。

幸生对于家乡的情况只相当于百度上的介绍，简单而无用。阿鸣说这件事的看点在于它是一则奇闻，但单有看点不够，要挖掘看点背后的故事才精彩。他说八十多年的骨头，说明那些人死亡的时间大致为二十世纪三十年代。这个时代的人们都在干什么呢？在战争，国内战争和抗日战争，有战争就会有死亡，所以这些人骨头应该与战争有关。阿鸣的话犹如醍醐灌顶，一下点醒了陈升，他想起刘副市长说的革命基点村，莫非真是因为革命的结果？记者毕竟是记者，对事件有天然的敏感，他感觉阿鸣的猜测方向是对的，甚至开始感谢阿鸣把他拉回来。

到达官庄现场采访完后，王昌盛告诉陈升，村里八十岁以上老人都问了个遍，就是没人肯说话，而且大都是欲言又止的样子，看来是他们肯定知道这而不肯说。阿鸣一听，兴趣更浓了，不住地问王昌盛一些细节。王昌盛哪懂得呢，讲来讲去就只有“吞吞吐吐”“死也不肯说”这几个词。一伙人呆坐在幸生家，谁也想不出更好的主意。阿鸣说干脆叫村支书带着再走访一遍老人家，被王昌盛一口否决。陈升提出，除了村里还有没有其他人也熟悉这段历史呢？阿鸣马上说，地方党史专家或方志专家肯定清楚那段历史。这一提醒，幸生突然想起，有一位同房族的叔叔在县委党史研究室工作，找他应该更了解情况。他一说，大伙马上同意，认为他既是官庄人又在搞党史的，当然最合适不过。幸生掏出手机跟叔叔取得联系，叔叔果然知道些情况，于是就决定到县城找叔叔。屋里的气氛热闹起来，大伙嚷嚷着出了门。

到达县城已是华灯初上，夜幕中的建筑在各色灯光下显示出它小巧婀娜的身段。县城已有千年的历史了，许多古建筑都还保留下来，高楼大厦与古建庙宇相互映衬，倒也别有一番情趣。车行驶在街上，没有了闪烁不停的红绿灯，没有车水马龙的嘈杂景象，所见的是世俗生活的安宁与平和，陈升的心平静下来。车转过几条街后，拐进一座庭院，在高大的古榕树下停下来。幸生说，这里就是县党史研究室所在地，是县第一个共产党支部所在地，是一座具有光荣历史的革命建筑。院子里青砖灰瓦，灯光昏暗，像珍藏多年的古董，沉稳而深邃。幸生叔叔早就在那里等着，他们一来就被迎了进去。

幸生叔叔是县党史研究室的副主任，秃顶圆脸，戴着老花眼镜，五十多岁的样子。他的办公桌上正放着一本当地的党史研究材料，他叫大伙看第八十六页的第一段。陈升上前认真地看着，只见书上记载着这样一段话：

一九三五年春，红军主力北上长征后，闽粤赣边游击战争进入了最困难的时期，国民党对我军的“围剿”越来越残酷。游击支队决定分兵突围，保存革命实力。三月下旬，由支队长刘清带领的小分队二十余人在官庄突围中，由于河水猛涨，遭遇国民党一个团的阻击，结果全部遇难。

陈升看完，心里顿时明白了，原来那些人骨头很可能就是革命烈士的。王主任说，以前他看这段话时一直不明白，那些遇难的人埋葬在哪里，到处走访也没结果。官庄发现人骨头的事后，他就立即想起地方党史上记载的这件事，怀疑就是烈士的尸骨。今天他还跟党史办主任建议到公安局一趟，要求保全这些尸骨。

如果是烈士的尸骨，那么官庄的老人们为什么都不愿意讲呢？阿呜问道。

我也正觉得奇怪呢，按理他们都清楚的呀。我们全县都是革命老区，以前这里死伤的革命人员太多了，很多都没有深入挖掘，所以也就没有详细的第一手资料。王主任也疑惑地说。

王主任告诉他们，这次官庄突围中的支队长刘清是地方党史中赫赫有名的人物。他是本县人，少年时期到鹭岛集美中学读书，在那里接触到进步组织，并加入中国共产党。一九二九年朱毛红军入闽后，他领导峰市地方暴动，后来加入红军。在第一至第五次反围剿中，他敢一人独闯虎穴，立下不少战功，是个孤胆英雄式的人物，是守卫中央苏区东大门的模范。他跟官庄的感情很深，经常在官庄发动群众，带领群众参加革命，深受老百姓的爱戴。中央红军长征后，他被留在苏区坚持斗争，结果在一九三五年国民党地毯式的“清剿”中牺牲了。如果刘清不牺牲，新中国成立后肯定是个将军级的人物，可惜啊。

从党史研究室出来，陈升邀阿鸣好好喝喝小酒，阿鸣说要回宾馆将今天的新闻做出来，明天电视台要播出。陈升暗喜，看来官庄红色旅游小镇这个项目天时地利人和，命中注定要他咸鱼翻身。

这天晚上，陈升决定要将官庄的旅游做下去。有美景有故事，这样的地方哪儿找去呢。不过，他先回鹭岛处理公司的债务，有一笔贷款到期，需要找银行续贷。现在有官庄的红色旅游项目，估计续贷不成问题，只要项目意向书签订下来，还可以向银行申请新的贷款。他让幸生留下，密切关注骷髅的真实身份，并向王主任求教，怎样做好旅游项目中的红色文章。他相信，自己柳暗花明的日子到来了，开发官庄肯定还会有更精彩的故事在等着。

五

不到一周，官庄的故事就在媒体上热炒起来。先是关于发现骷髅的事引起轩然大波，和平时期没有什么特别的新闻，一下子发现二十多个骷髅怎么不是大事呢？在当地和周边县市，这件事成了街头巷尾最刺激的谈资。接着，党史专家也加入热议的队伍，王主任等人先是拿出地方党史上的那段话来说明是革命烈士的遗骸，然后要求公安局将遗骸保护起来，适当的时候举行庄重的葬礼。公安局的人说仅仅一段话并不能说明这些骷髅就是烈士遗骸，要有证据，不然的话只能当作无名骷髅处理。这样一来，不仅党史专家与公安局的人激烈交战起来，而且网络上也分成两派互相辩论，甚至互相谩骂。陈升看得高兴，心里想官庄确实是一块风水宝地啊，这件事闹得越大越好。

这天一早，幸生就给陈升打来电话，说官庄来了一位神秘的中年妇女，说是刘清的孙女，要来收爷爷的遗骸，还要跟官庄人算一笔账。算什么账？陈升的好奇心又被吊起来。不知道，王昌盛没说。幸生说，你还是再来一趟吧。陈升想了想，反正现在公司的事已处理完，乘这段时间大家的关注点在官庄，尽快把这个项目搞定。

这次陈升的驾驶水平有了提高，当天下午就到达官庄。晚上，村两委请客人吃饭。陈升在王昌盛的家里刚坐下不久，门口就来了三个人，两男一女，其中一个正是幸生的叔叔。那女的陈升猜想应该就是神秘的中年妇女，他的脑海中突然闪过似曾相识的感觉。会是谁呢？年纪五十多岁，富态的身材却不臃肿，看上去气质高雅，他猛地想起来一个人。等三人进了门，陈升不待王昌盛介绍就跟王主任打招呼，然后对中年妇女说刘阿姨好！那中年妇女显出茫然的样子，只是礼节性地道声好。入席坐好后，陈升知道还有一个男的是党史室的司机，刘阿姨正是通过党史室找到这里的。陈升跟刘阿姨说见到过她，三年前在一位老领导家。那年，他在老领导的家乡与地方政府开发一个旅游项目，请求得到老领导的支持。那天，陈升走进门的时候，刘阿姨正在与老领导串门聊天，就与她问了个好，并没有特别留意。因为这一层，刘阿姨本来心境不太好，但对陈升总算也热情许多。

饭席上，刘阿姨并没有多说话，有些闷闷不乐的样子，其他人见状也自然没有多话，除了陈升跟刘阿姨谈得比较融洽外，王昌盛和王主任也只说些客套话。好不容易吃完饭，王昌盛交代村妇女主任带刘阿姨到村委新建的客房休息，其他人就继续喝茶聊天。

见刘阿姨走远，王主任就将刚刚得知的事情原委说了一遍。这个刘阿姨正是刘清的孙女。当年刘清牺牲后，妻子也在一次参加革命活动时被杀害，只留下一个孤儿，由游击队家属收养着。中华人民共和国成立后，曾经是刘清带出来参加革命的钟老将军将孤儿带到省城，给他安排工作，娶上媳妇。陈升拜访的那个老领导，正是钟老将军的儿子。由于特殊的家世，刘家十分关注刘清当年牺牲的一切，特别希望能找到尸骨将他埋葬并予祭祀。前不久，刘阿姨在老领导家偶然听到关于爷爷的消息，又听到官庄发现骷髅的事情，所以就匆匆赶过来。

刘阿姨听到的这个消息可不一般。老领导不久前收到一本老红军袁德强的回忆录，回忆录里刚好讲到当年官庄突围的一些事。这些事也不是老红军自己亲眼看到的，而是一位国民党俘虏的交代。中华人民共和国成立后，袁德强在监狱工作，当时监狱关押着大量国民党俘虏。某一天审讯案件时，有一个叫细狗子的犯人交代了他所犯的罪行，而此人正是长期跟随刘清后来叛变革命的叛徒，巧的是这人也是官庄人。说起细狗子，长一辈的人都懂得。细狗子原名叫王喜财，他的家就在村部附近的那个菜园，两间平房，原本也是个贫苦人家，所以才参加革命，只是后来变节作恶，新中国成立后被枪毙。家里没有其他人，房子长期没人住就倒塌变成了的菜园。细狗子交代，一九三五年三月的一天，他在官庄巡查时发现刘清的队伍准备冒雨渡江，于是想方设法派人通风报信。由于官庄人不肯送刘清他们过江，使峰市民团得以顺利地将刘清队伍全部歼灭。

这是真的吗？这个细狗子会不会撒谎？陈升问。

应该不至于，而且据说这个事是细狗子主动交代的。袁德强老红军是江西人，在我们这里搞过好几年革命，人和事都非常熟悉，尤其刘清也是他的老上级，应该不会错。现在刘阿姨的身上还带着那本回忆录，我也是昨天才看到的。只可惜袁老今年逝世了，不然还可以向他求证。王主任说。

那个细狗子呢？

后来被枪毙了，叛徒是不会有好下场的，没有人会容忍他。王主任摸了摸光滑的额头，刘阿姨得知消息后很气愤，她说她爷爷和官庄的感情很深，但没想到最后却被官庄人抛弃了，甚至说是官庄人出卖了她爷爷！

陈升不解，官庄不是革命基点村吗，这里的人民群众应该觉悟很高才对啊？教科书说，老区人民为中国革命付出了巨大的牺牲，他们不会不管不顾吧？

王主任点点头，所以，我也不相信，这里一定有什么隐情。

六

陈升躺在床上翻来覆去睡不着，就把幸生叫起来聊天。幸生一问三不知，还说这几天信息量太大了，大脑不够用还在慢慢消化。幸生看见陈升失望的表情，觉得自己作为官庄人真是惭愧，对自己的家乡说不出一个所以然。他看见屋后王主任家的房间还亮着灯，就干脆打电话叫王主任过来聊天。不一会儿，王主任果真穿着睡衣就来了。王主任手上拿着一本《峰市革命基点村简史》，说心中的疑问未解，也是越琢磨越睡不着。陈升想多了解刘清的情况，王主任干脆就一五一十地讲起来。

朱毛红军入闽后，闽西各地陆续建立了红色政权。一九三〇年，刘清在官庄开展革命工作。官庄人口不多，才三四百人，处在大山大河之中，十分便于开展革命活动。官庄人绝大多数都是贫民，长期受到附近一个大村的压迫，生活十分困难。刘清带着几位红军战士偷偷潜入官庄，在官庄宣传革命道理，官庄人民热烈响应红军号召，在刘清的领导下发动了轰动一时的官庄暴动，建立了苏维埃政权。刘清帮助建立完善乡苏维埃政权后，在群众中选了一部分积极勇敢的青壮年充实红军队伍，并带领队伍转移到其他地方开展革命。细狗子就是这时加入队伍的，由于聪明灵活，很快得到刘清的赏识，跟随他走出官庄，留在身边担任通讯员，成为红军队伍中的一员。当年参加红军队伍的官庄人不算多，也就是二三十人吧。毕竟故土难离，大部分人还是舍不得离开家乡到处征战，他们更愿意在家乡保护革命成果。在我们的政策中，参加红军和保卫革命成果是并重的，只要你是革命的，在哪里都一样。事实上，官庄人在随后的革命斗争中也是非常勇敢地与敌人做斗争，甚至不惜牺牲自己的性命。我们这一大片区域都是属于当年中央苏区的范围，但实际上的中央苏区并不像我们现在理解的一直就是由共产党和红军控制着。因为这一带属于中央苏区的东大门，与国民党控制的区域是互相交错的，常常是今天你控制了我这一块，明天我又打了回来，加上从一九三〇年十月开始的连续五次“围剿”、反“围剿”，我们这片苏区一直是不太平的。战争的残酷性就在于此，不仅对于共产党和红军来说是一种考验，对于这块土地上的人民来说更是一种考验，站在哪一方都是攸关生死的大难题。

刘清是非常了不起的英雄，他在残酷的斗争中屡次与强大的敌人周旋，几乎没有打过败仗。有一次，他只身深入敌公所，将正在寻欢作乐的十个敌人全部击毙，随后赶到的队伍快乐地收缴了枪支弹药和一批宝贵的粮食。在第二次反“围剿”战斗中，他采取诱敌深入的游击战术，将敌军张贞部的一个团引入茫茫大山之中，然后一一击破，在毫发无损的情况下几乎将敌人全歼。这一役也使刘清威名大震，成为传奇性的人物。第五次反“围剿”后，红军主力不得不进行战略大转移，开始了艰苦卓绝的二万五千里长征。刘清的名字没有进入长征的秘密名单里，因为在此之前，为打破敌人的“围剿”，他已经奉命前往闽西南一带，开展游击战争。所以，当主力红军长征后，他自然被留下来，开始更加艰难的南方三年游击战争。

现在我们从史料中可以得知，一九三四年秋至一九三五年春，国民党军以二十多个师共二十余万人的兵力继续向中央苏区进攻，红军和游击队在阵地防御作战中损失很大，苏区内的全部县城和大部分乡村被占领。一九三五年春至一九三六年冬，小部分红军队伍和地方组织不得不以分散的游击战，对抗优势国民党军的“清剿”，战争进入最艰苦的阶段。在这个阶段，各游击区遭到严重摧残，游击队在当地中共党组织的领导下，依托高山密林，在人民群众支援与掩护下，与国民党军和地方当局实行的“军事清剿、政治清剿、经济清剿”进行斗争。刘清带领的游击支队依靠对地形地貌的熟悉，在闽粤边境的大山中坚持革命斗争，但是战争力已经遭到严重破坏，自然减员也很严重，从一九三四年冬开始，许多队伍连自保都很困难。原来的苏区已不复存在，只有一些有革命基础的偏远小村还与支队保持着联系，其余都在国民党的掌控之下。

更为严重的是，一九三四年冬已升为连长的细狗子，带着几个人下山找粮食时，被敌人抓获。经不起严刑拷打的细狗子叛变革命，成为敌人的爪牙。他带着敌人对游击支队进行定点袭击，幸亏支队提早得到消息，迅速转移才没有造成大的损失。游击支队在山上熬过了饥寒交迫的冬天，到一九三五春天的时候形势更加危急，缺衣少食，连最基本的生活都难以保证。这时，国民党军队的新一轮“清剿”开始，包围圈在不断缩小，游击支队的地点已经暴露。游击支队不得不做出决定，由支队领导各带一部分人突围，然后各自伺机开展革命活动，等革命形势好转后再结集行动。三月二十四日这天，游击支队分成四个小分队悄悄离开驻地实行转移。刘清支队长带领着二十余人的队伍向官庄方向出发，准备从那里渡过汀江，躲避敌人的围堵。这是一条较为危险的线路，在四条线路中前三条都相对安全，作为支队长他把最危险的留给了自己。虽然在还没有突出重围之前，谁也没有胜利的把握，但是从官庄渡江势必有过江这段完全暴露在敌人的眼皮底下，危险系数大大增加。不过，在刘清的心里，这条线路应该也不是险象环生，官庄毕竟是自己的老根据地，那里的群众基础一向较好，还是有较大的把握。只是没想到，最终还是出现了问题。

我所知道的就是这些，而且也将这些资料都整理进峰市党史和革命基点村史中。后面刘清怎样在官庄牺牲的细节，我就不清楚了。王主任打着呵欠说。

陈升一看时间，竟过了半夜一点，就让大家各自回房休息。

夜色在灯光里流淌，楼下传来一声声公鸡的啼叫声，陈升睁着大眼睛，竟然还是睡不着。

七

第二天陈升一起床，幸生就告诉他，沙滩上发现烈士遗骸的地方有人在烧香祭祀，但都不知道有谁去过。两人赶紧往沙滩方向走去。沙滩还依然那样清新迷人，只是前后给人的感觉完全不同，刚开始发现骷髅的时候是恐怖的沙滩，如今发现真相的沙滩是悲壮的沙滩。人的情感改变了眼中的风景，人真是古怪的动物啊。

会不会是刘阿姨？幸生说刘阿姨也才起床不久，陪她的妇女主任一直就在隔壁住呢，不可能。那会不会村里人自发来祭祀的呢？按道理如果去祭祀的话不必在没人的大清早，完全可以光明正大的祭祀烈士的英灵啊。他俩想不出个所以然。

幸生突然想起什么，他对陈升说，沙滩上以前也发现过烧香祭祀的事。什么时候？陈升精神一振。幸生说，以前小时候有见过几次，每次大约都在春分前后。因为客家人的祭祀扫墓不是清明节，而是春节过后不久的春分时节，所以他记得清楚。他见到后很害怕，将有人在沙滩上祭祀死人的事告诉过爷爷，爷爷告诉他是有人在祭祀亡灵，祭祀那些流浪得不到安息的灵魂。那时年少，总以为有人在祭祀过渡时被大水冲走的亲人。汀江水大，尤其是江水猛涨的时候，很容易发生翻船事故。如今看来，村里人是在祭祀牺牲的英雄啊。

陈升很有信心地说，村里的老人一定知道事情的真相。

幸生告诉陈升，他母亲说，这几天爷爷房间里老是人来人往的，都是些七老八十的老人。一进门就将房门关得紧紧的，像是在商量什么事。家里人问爷爷也不肯说，一脸凝重的样子。从昨天开始，感冒本来还没好这下变得更重了。他们一定隐瞒了什么事，而且与烈士遗骸事件有关。也许他们还不清楚刘阿姨已经知道当年的消息，所以还一直不肯讲出来。

吃过早饭，王昌盛来到幸生家，说幸生爷爷是村里最年长的人，刘阿姨要来找他了解当年的情况。幸生父母亲担心爷爷的身体吃不消，就叫王昌盛先找其他人了解。王昌盛想了想，就决定先到石头公公家问问。石头公公快九十岁了，也应该知道当年的事情。王昌盛邀陈升和幸生一起陪着去。

石头公公住在水田旁边的一座漂亮院子里，是典型的客家庭院式建筑。进得屋去，石头公公刚好在院子里晒太阳，他家里人就端来凳子围坐在他身旁。王昌盛向他说明来意，再一次问他当年的事情。他摇摇头说时间过得太久，记不清楚了，当时还小，还不懂事呢。

王主任见状，就从刘阿姨那边拿来那本回忆录，大声地对他说，石头叔，人家早已知道这件事了，在这书里写着呢，您就别硬撑着了！

石头公公果真着急起来，是谁写的？

王主任又大声地说，是一位老红军写的，细狗子告诉他的！他说，是我们村的人不肯送刘队长他们过江，才使他们牺牲的！细狗子还记得吗？就是那个被枪毙的叛徒！

石头公公点了点头，激动地说，细狗子，他乱说的，细狗子的话也信啊……我们村的人是保护红军的，我们跟红军是一家人！

刘阿姨听不太懂石头公公讲的方言，靠幸生翻译给她听。当她听到石头公公的话时，也情绪激动起来，反问他，老人家，既然是一家人，为什么不肯送红军过江呢？为什么刘清会死呢？

石头公公忽然听到普通话的责问，就问她是谁。王主任告诉他，是刘清支队长的孙女。是刘队长的孙女？石头公公打量着刘阿姨，身子不由自主地站了起来。哦，有点像，有点像……他一边喃喃自语，一边又慢慢坐下来。他仿佛沉浸在往事中，好一会儿不说话，连王主任的问话也不回答。不知过了多久，他抬起了花白的头，对王主任又像是对大伙说：我跟老人们商量商量，再跟你们说。然后他又低下了头，说了两句"是时候了，是时候了"，就靠在藤椅上不再说话。

王主任示意大伙先出去，他要和石头叔谈谈。王主任和石头公公是叔倒辈，比较好沟通，大家都默默地退出房间。

直到中午时分，王主任才从石头公公的房间里出来。整整半天的时间，大家觉得如此漫长，像蚂蚁爬行在身体某一部位，小小的挠痒慢慢移动着，个个都坐立不安。王主任一脸自信地走出来，看来他的长谈收获不小，迫不及待地向我们讲述了石头公公的话。不过，王主任讲述的时候，语言流畅，生动传神，估计作了一些艺术加工。

八

刘清的小分队并没有马上进入官庄，而是派了一个指导员去做工作，争取用最短的时间渡过汀江。这天，大概是三月二十五日。据王主任讲，这是他依据扎实的地方党史知识推断出来的。天下着大雨，从头一天晚上开始就下个不停，河水开始猛涨。清晨派去的人很快地进了村，并得知村里只有一条用于过渡的船，其余的都让敌人缴没了。于是他找到老船公，请求老船公以最快的速度载着小分队过去。老船公毫不犹豫地答应了，并找来一个年轻人帮助撑船。两人约好天黑后就马上渡船过江。派去的人完成任务后，马上赶着回去告诉小分队。但不幸的是，派去的人刚走出村，细狗子就带着几个民团的人进了村。原来他也得到游击支队即将突围的消息，凭着对游击队的了解，他估计很有可能会从官庄过渡突破。但是他的猜测并没有获得民团头子的认可，于是就带了几个手下自己进村，要求各家不得为游击队提供帮助，特别来到老船公家里要把渡船收起来。老船公自然不答应，说这是村里人到对岸劳作的唯一工具，怎么能收缴呢。细狗子不同意，非要收缴不可。老船工看没办法就叫家里人偷偷地通知村里人，于是村里人把细狗子他们拖住。

细狗子本来就是官庄人，大家装着亲热的样子故意巴结他，请他到家里喝酒。细狗子清楚，从小自己干了不少偷鸡摸狗的坏事，在村里的口碑不好，特别是自己叛变革命后，更是像过街老鼠一般。他心里很清楚这些，所以从来不敢一个人回到村里。现在大家请他喝酒，他显然知道是黄鼠狼给鸡拜年。他又不能发作，就断然拒绝喝酒的请求。村民们哪里肯罢休，将他团团围住。细狗子看到怕吃亏，就没有进行强行收缴，但是他嚣张地要求群众谁也不得帮助游击队，否则株连九族，全部死罪。村里人对他敢怒不敢言，都强忍着怒火，只盼他快点离开。可是这天，细狗子似乎嗅到了什么味道，偏偏直到下午三点了还在村里巡查。村民们都等急了，就设计把细狗子几个人关进一间屋子。细狗子气急败坏，破口大骂，更加确定今天一定有事发生。那个坏蛋看了看锁他们的屋子，发现是个平房，就叫一个瘦小的家伙趁看守不注意的时候，拆开屋顶的木板掀开瓦片，从屋顶偷偷溜出去，到乡里通风报信请部队来。

那家伙真的逃跑成功了，看守的人直到傍晚时分才发现，但为时已晚。村里一下紧张起来，谁也拿不定主意，有人主张继续载游击队员过江，有人认为不能再载人，否则村子里的人一定会遭殃。细狗子在屋里不停地喊着，你们完蛋了，如果帮助匪军，全村人都得死，全村都得变成瓦子坪，到时候你们就是宗族的罪人！时间一分分地过去，天很快黑了下来，村里的人还在争论着，谁也无法说服谁。刘清的小分队已经按照约定到了沙滩的樟树林，躲藏在树林旁边的废弃茅屋里，准备渡船一来就过江。

下了一天的雨停了下来，但河水已经涨得更高，非得有经验的船工不可。等了半个小时，还不见老船公过来，刘清越想越不对劲，感到一定发生什么事了，决定自己找渡船过江。刚走出樟树林，老船公和一个年轻人就到了。他们来不及客套，就紧急出动，悄悄向沙滩靠近。就在他们越过沙滩，准备上船的时候，国民党一个团的兵力也刚好赶到。游击队员处于毫无遮挡的沙滩上，一时慌乱应战，结果吃了大亏，不过二十几分钟沙滩上就血流成河，惨不忍睹。后来一清点，发现二十多位游击队员包括刘清在内全部牺牲，村里的老船公和年轻人也被敌人的乱枪打死。后来，敌人对官庄实行更严厉的"清剿"政策，对红军家属更是百般折磨。石头公公对王主任说，真是一失足成千古恨啊！

可惜啊，重要的半小时，毁了一支革命队伍，也毁了一个基点村的英名。王主任最后感叹道。

细狗子说是官庄人不肯送游击队过江，而石头公公讲的是官庄人冒死送游击队过江，只不过迟了半个小时而已。他们谁说的是真话呢？陈升满腹疑惑。

不管是谁说的是真话，反正这件事官庄人难辞其咎！刘阿姨既伤心又愤怒。她说，如果不是官庄人延误了这半小时，刘清和他的队伍就不会遭到不测。自从她知道这件事后，一直在心里不能容忍官庄人的软弱无能。她要带回爷爷和长辈们的遗骸，给他们重新安葬。

幸生也感觉心里沉甸甸的，他想如果只是拖延了半个小时，那为什么游击队员牺牲后尸体没有被移到山上埋葬，而是留在沙滩里，并且一直不让人发现？当年的村里人是不是像细狗子说得那样，根本就不敢帮助游击队，并没有答应游击队的请求？他不敢说出来，怕被村里的老人骂死。

九

走在村里的石板路上，王主任要王昌盛以村委的名义请求公安局将烈士的遗骸还给村里，由村里先保管，否则被公安局以无名骷髅处理掉就来不及了。刘阿姨一听不同意，她说应该由她来保管，她会动员上级政府将烈士遗骸厚葬，立上纪念碑。王主任劝她先由村里保管，再决定怎么办。现在虽然有袁老的回忆录，但书上并未说明烈士埋在什么地方，当时是怎样处理的，所以还未最后确定这批遗骸的身份，作为公安局是不会管那么多的，时间一长就可能被处理掉。刘阿姨听了才没有再说什么。

春天的官庄早已被染得五颜六色，家家户户门口都种着三角梅、指甲花什么的，开得浓艳，开得热烈；来到小路上，两旁的梧桐花盛开，洁白的花瓣掉落在泥土上，一路花径使人神清气爽。陈升、幸生和王昌盛聊着旅游开发的事，与刘阿姨和王主任一起往沙滩走去了。

幸生和陈升他们在村部谈事的时候，接到父亲打来的电话，说是村里的老人们都在爷爷那边密谈了好一会儿，现在要叫大家到祠堂，有要紧的事公布。幸生赶紧联系叔叔，叫上刘阿姨直接到祠堂，陈升和王昌盛他们也马上到祠堂。

祠堂在村子中央的一块平地，飞檐翘角，全部用青砖砌成，外面是一块大坪和半月形的池塘，池塘里种着睡莲和浮萍。陈升一行来到祠堂时，刘阿姨和王主任已经在等着，他们立即往祠堂正厅走去。王昌盛告诉陈升，除非正常的祭祖活动，只有房族发生大事时才会启用祠堂，今天德高望重的老人们要在祠堂公布的事肯定非同小可。其实大家心里也明白一二，只不过没有说出来而已。当他们迈过厚重的木门槛，进入祠堂下厅时，上厅已经香火缭绕，厅里升起一圈圈浓浓的烟雾，增添了一丝神秘的色彩。上厅里聚集着七八人，全是官庄王姓家族的长者。官庄村只有一个姓，所以宗祠也是全村人的精神家园。长者们按长幼次序给祖牌上香，幸生爷爷拄着拐杖站在旁边肃穆地看着这一切，谁也没有说话。客人们安静地站在一边，默默地等待仪式结束。

等全部人都敬完香火，石头公公走到幸生爷爷面前，领着他缓缓走到刘阿姨旁，对他说：这就是刘支队长的孙女。幸生爷爷看着眼前的女人，拉起她的手，沙哑地对她说：“孩子，我们官庄人对不起刘支队长啊！”刘阿姨一时反应不过来，不知该如何说好。幸生爷爷叫石头公公招呼老人们过来，老人们都站在他身后。幸生爷爷说，孩子，是我们害了刘支队长，我们向你全家道歉！说完，艰难地将驼着的身子慢慢地弯下去，再弯下去。其他老人也都弯下沉重的身子，仿佛只有将头探向地板才能表达他们此时的心情。刘阿姨慌了起来，赶紧扶着幸生爷爷，一边说老人家别这样，别这样，我承受不起呢。待幸生爷爷伸直了身子站稳了，她又叫其他老人有话好好说，别行这样的礼。

好一会儿，老人们的情绪安定了些，王昌盛带着大家到下厅的四方桌坐下来，好好说话。幸生爷爷显然情绪比较激动，加上带着病身子，一坐下就似乎虚脱的样子。幸生见状，想叫爷爷先回家休息，可他哪里肯走，说没事，今天一定要把事情说清楚。幸生爷爷对大家说，前一段时间我们村因为人骨头的事闹得沸沸扬扬，前天刘支队长的孙女又来到了村里，说这些骨头是刘支队长他们的。到底是怎么回事呢？先前昌盛也来问过我和其他老人，大家都没说，今天我们决定将事情说清楚，给大家一个明白的交代，让我们的后辈好好做人，好好记住这段历史。我老了，不中用了，说话也上气不接下气的，让岁数小、有文化的福堂代表我们说吧。福堂公公站了起来，老人中他最年轻，他说官庄突围时才十岁，少不更事，但也目睹了那场惨案，今天他说的不仅仅是自己看到的，还有在座的各位老人们知道的一切。

在沙滩发现的骨头确实是游击队刘支队长他们的。

虽然早有准备，此言一出，大家还是吃了一惊。

前面的事，石头已经和你们讲过了，我就不再重复。我就先重点说说支队长他们牺牲后的事。国民党一个团的兵力在最关键的时刻赶来了，游击队已经没有退路，只得仓促迎战，可是面对强敌压进，他们很快就全部牺牲在沙滩上。老船公和年轻的寿子也倒在血泊中。敌人得胜后，高兴地回到村里扫荡，抓鸡抓鸭，还欺侮女人，真是无恶不作。细狗子更是神气，前一次带敌人进山“清剿”没有得逞，这一次终于向新主子送了一份厚礼。他将带头关他的几个人抓起来，用皮鞭打得他们皮开肉绽，痛不欲生。敌人在村里吃喝玩乐，搞了几个通宵。整个官庄一时鸡飞狗跳、人心惶惶。村里的群众看着亲人壮烈牺牲在沙滩上，还任意敌人胡作非为，都非常痛心。每个人都后悔没有在约定的时间送支队长他们过江。是啊，如果不耽误半个小时，就一切都没事，官庄人照样可以跟以前支持红军一样做着自己该做的事。可是今天，做了一件什么事啊！每个人都在自责，每个人都觉得自己是罪人，特别是当时阻止过江的人，更是强忍泪水往肚里吞。

那天也真是奇怪。如果水不是那么大，泅渡也可以过去的，但是那洪水啊大得怕人，浪都八尺高呢。如果细狗子不来村里，凭着老船工精湛的技术，也完全可以安全过渡。如果没有让那个狗腿子逃跑，敌人也就不会赶到。可是，都这么巧给凑在一块了。你们不知道啊，那天傍晚，看守的发现跑了一个人，大家真是紧张极了，一直往村口追却没有踪影。红军长征后，国民党对我们苏区进行“清剿”，什么都给刨光了。不怕你们笑话，村里的女人都让敌人给霸占了不知多少。官庄人不是怕事之辈，怕事就不会参加革命、支持革命，但是我们也担心敌人秋后算账，将村里灭了。那段时间，敌人疯狂反扑，有许多村变成无人村，连种也没留下。所以当时讨论时，有人提出既然答应了游击队就要遵守诺言，不然留在村里他们会有更大的危险。也有人提出不要载他们过江，去通知他们赶快撤退。这两种意见争持不下，一片嘈杂，最后还是老船公站了起来，叫了声“走”，拉着寿子就走了出去。真是苍天无眼啊，只要敌人迟十分钟到，他们就顺利过江了。可偏偏就在这时，敌人赶来了，机关枪架在小山包上，哒哒哒地一阵猛打。老天啊，我那时才十岁，也被敌人押着，和全村人一道在沙滩上看烈士的遗体，还说谁要是敢来收尸，就叫他自己成为尸体。我吓得心怦怦直跳，脑袋里满是流动的鲜血，恐怖极了。

敌人在村里闹了个底朝天，终于在第三天黎明时分离开官庄。确定敌人走远后，全村的人都来到沙滩上，只见烈士的尸体横七竖八地躺在那里，不见血迹，血早已渗入沙滩。人们目睹着亲人的惨状，都痛哭起来。那哭声在官庄的山谷回荡，好几年后我的耳朵里还是那片撕心裂肺的哭声。

村里人不敢为烈士们建造墓碑，也为自己的懦弱而羞愧。在族长树头公公建议下，大家在靠近樟树下的沙滩上挖了个深深的大坑，从家里拿来最好的席子分别将烈士们包好，小心地放进去。大家一定感到疑惑，为什么不用棺材？可村里哪还有棺材？敌人“清剿”时，什么都被抢光烧光，连棺木也被通通拉出去烧掉，说是让官庄人不得好死。埋好烈士后，全村人依次在坟前敬上一炷香，祈求烈士安息。

这件事后，每个人心里都不平静，但谁也没有再提起过。在官庄人的心里，大家欠亲人游击队一份情，一份血肉之情。在最关键的时刻，是他们毁了革命队伍。刘支队长是官庄人最信任的革命者，是他带领官庄人走上革命道路，是他打开了官庄革命的大门。可是，官庄人却没有保护好最信任的人，最值得尊敬的革命者。就这样，日子一天天过去，官庄慢慢恢复了往日的平静，只是大家心里始终放不下这段往事。

中华人民共和国成立后，官庄人告别动荡的岁月，开始当家做主的日子。可是谁也没有勇气提起这件事，在伟大的党和新政权面前，官庄人更加难以开口——难道向我们的党汇报自己的懦弱，向我们的党汇报自己犯下的巨大错误？当然更主要的是，一个运动接一个运动，“三反五反”、反“右派”、“文化大革命”……谁也不敢再将实情讲出来，就怕再次惹祸上身。因此，随着日子久远，了解这件事的人越来越少，这件事逐渐成为一个谜，成为官庄人不约而同遵守的秘密。现在知道这件事的人已经不到十个。我们也都很快要向阎王报到了，因此今天趁此机会全部讲出来。一来向刘支队长的游击队和他们的家属谢罪，一来将事实大白于天下，告诉世人一个真实的官庄，一个至今还在疼痛的革命往事。

孩子，请你骂我们吧。福堂公公再一次向刘阿姨鞠躬道歉。

刘阿姨早已泪流满面，在座的每一个人也是泪花闪烁。

刘阿姨站起来，向老人们鞠了一躬，哽咽地说：不，不，谢谢各位大爷。是你们告诉了我一个真实的革命故事，你们无罪，你们无愧于革命基点村的革命群众。虽然烈士们牺牲了，但他们的精神不死，与老区人民的心永远在一起。你们背负着沉重的心理包袱，正无可辩驳地说明了你们的善良与正直。你们是值得我们尊敬的好人啊。

十

幸生告诉陈升，沙滩旁有一棵大樟树倒了，可能是这段时间来一直下雨刮风，泥土泡软后，周围砌的鹅卵石护坡倒塌，使得大樟树连根拔起。陈升感到很奇怪，大樟树根系发达，一般不容易倒下，便叫幸生带路去看看。这么葱郁的樟树林，他还是第一次见到，可舍不得有半点损失。两次到官庄，他已经暗自将它作为自己人生奋斗的新起点，这里的一草一木在他眼里都是宝贵的资源。

来到香樟树旁，陈升才发现原来倒下的那棵最靠近江边，根系主要往护坡那边生长，现在护坡一倒，樟树失去了倚靠，重心不稳自然就倒下了。

幸生说，会不会不是什么好兆头？

陈升马上“呸”的一声，说他乌鸦嘴，现在那么好的机会，怎么会是不好的兆头？樟树倒下是重心不稳导致的，什么乱七八糟的歪理。

我讲的是，会不会福堂公公他们说了什么假话？幸生小心地说。

我相信老人家，才不会去相信叛徒呢。

我也不会相信细狗子的鬼话。

陈升抬起头望着幸生，大声地说，讲话有点底气好不好？我们现在是做红色旅游，什么是红色，这些就是红色！我们绝不能相信细狗子的鬼话，我们相信共产党、游击队和苏区人民是心连心的。

幸生被陈升的举动弄笑了，做了个手势，好吧，就像我和升哥是心连心的。

陈升还沉浸在自己的宏图大业中，用手一指，对幸生说，这片沙滩我们就命名它为红滩。

幸生跳了起来，说它本来就叫红滩啊！

陈升吃了一惊，竟有这样巧合的事。

幸生说，原来以为对面的山上长满枫树，每到深秋的时候一片灿烂的红色，所以这里叫红滩，现在想来竟是因为这里流着烈士的血，村里人为了纪念烈士而命名的。我记得爷爷说过，这里曾经叫长滩，后来才改名叫红滩的。这次回官庄，心灵受到极大的冲击，没想到家乡还有那么多的红色故事，自己的村庄还有那么多的秘密。平时只顾赚钱享受，从来没有静下心来思考人生及其价值，现在似乎对生命有了更深的体会。

陈升笑了笑，我们是接受历史的教育来了。记得来时，只看着这青山绿水，以为生态就是干净无污染。而如今看这漫山遍野，哪里不是有着厚厚的松针，有着不知多少被掩盖的故事？生态原来是自然和人文的气息相互交融，相互生长，为后人提供充足的养分。就像长滩改名为红滩，无意中的巧合，是不是说明我已经开始走进官庄的心灵呢。

陈总，我是不是有理由怀疑你已经走进哲学的高度了？

两人一边聊着一边走回村部。陈升向刘阿姨建议，烈士们的遗骸能不能拿回官庄来，在后山建一座烈士陵园，供后人凭吊。既然要发展红色旅游，红色资源的保护与开发是重要的一环。陈升说建设烈士陵园将列为旅游开发的一部分，全部由他投资兴建，方案由刘阿姨等烈士后人定。刘阿姨爽快地答应了，而且她也提出与陈升合作开发官庄村的旅游，利用她的资源优势帮助官庄摆脱贫困。

幸生叔叔也带来了好消息，由县党史研究室专送县委的报告批下来了，同意保护烈士遗骸，由县财政出资建立烈士陵园，在红滩渡口设立革命烈士遇难处纪念标志。在陈升的构思里，官庄旅游红色小镇已经渐渐清晰起来，红滩渡口成为景区的核心地带，红色故事成为景区的文化品牌，绿色生态则成为景区可持续发展的重要手段。王主任不太放心陈升，反复交代他不能唯利是图，不能消费红色资源。陈升自然信誓旦旦，说一定将红色文章做好做透。

在刘副市长的主导下，陈升与峰市县旅游局签订了官庄旅游开发意向书，然后与刘阿姨的合作也确定下大致框架。这一趟陈升在官庄待了整整一周，觉得很充实，收获也很大。

正准备第二天离开村子的时候，幸生爷爷去世了。老人家在这个清爽的早晨安详地离开人世，没有带走一丝遗憾。幸生告诉陈升，爷爷弥留之际，交给他两份资料。爷爷说，他保存了一辈子，现在交出来，也就彻底干净，没有什么秘密了。

幸生小心地从文件夹里掏出两张残缺的黄色纸张递给陈升，一张是官庄乡苏维埃政府的任命文件，一张是契约样的文书。陈升小心翼翼地拿出第一张，原来是乡苏维埃任命幸生爷爷为乡赤卫队大队长的文件，署名正是刘清。原来，刘清带领红军队伍建立起官庄乡苏维埃政府后，曾短暂地担任过乡苏维埃主席职务。也就是说，官庄乡苏维埃政府成立后，幸生爷爷就担任过赤卫队大队长。但是，幸生一家从来不知道爷爷曾参加过革命工作。而那张契约样的文书，是一份保证书。保证内容正是要求官庄人保守秘密，不能将游击队牺牲的实情公布于众，否则将按族规驱逐出族。内容之后是一大串的签名，幸生爷爷等人的名字赫然在列。

幸生说，陈总，你说在官庄还有多少我们不知道的事呢？

陈升看着两份资料，默默地摇摇头。他似乎在自言自语，时间掩埋了现实，一节节飘散在不为人知的角落，正如历史只是后人的目光所及，哪里能够穷尽所有的真相呢？记得很早以前，看过一本书，里面说的一句话记得特别清楚——佛说，我们的任务是帮助那些孤独的灵魂渡过彼岸，让他们获得新生，让世间重获温情与爱心。

你是说，我们现在要帮助那些孤独的灵魂渡过彼岸？

你说呢？你的灵魂不孤独吗？

幸生无话可说。

陈升和刘阿姨都不约而同地留下来，参加幸生爷爷的葬礼。他们再一次走进那座宽大的祠堂，虔诚地焚香，默默地祭拜死者。

幸生从灵堂前站起来，走到陈升的跟前，告诉他，按照客家的规矩，九十岁以上的高龄去世，是值得欣慰的事，虽然是丧事却也像喜事一般，很自豪的。所以爷爷去世的时候很安详，好像还露出了微笑，劝他不必为自己担心。

陈升知道不必为他担心，只是有一股说不出的难受。但此时，他不知说什么好，就随口说了一句：你爷爷那么高寿，你爸和你们都会长寿的。

幸生回了句谢谢，就回到灵堂前跪下来，等待下一批前来祭拜的宾朋。膝盖隐隐有酸痛的感觉，连带着腰板也发酸了，他半抬起头，面对一片麻衣和红彤彤的香火，突然想起许久未回去的鹭岛三十二楼，那个宽大的办公室。他想，如果那天真像风一样飘落下去，那么他一定不会觉得苦痛，当然也就不会跪在爷爷面前，为一场长辈的葬礼而自豪了。

有一位哲人曾经说过，如果那些孤独的灵魂想要渡过生命的长河，而背负了太多的尘世，那么必须让他们卸下重担，才能抵达幸福的彼岸。幸生想到自己创造的这句名言，偷偷地笑了起来。

李迎春，福建省上杭县人，龙岩市作家协会副主席、福建省作协青年作家委员会副主任。长诗《生命的高度》被列为2005年中国作协重点扶持项目；中短篇小说发表于《山花》《福建文学》《滇池》等刊物，获福建省百花文艺奖、福建省首届中长篇小说双年榜、福建省优秀文学作品奖等。

博物馆里的榨油坊

◎哈　雷

博物馆可以视为一座城市的坐标，到大都市的人，免不了会去博物馆走走，那里可以溯到这个都市的源头，那儿也是堆积时光的地方，在这座标志性的建筑里似乎可以看到这个城市的前世今生。馆里这些来自四合八方的物品有的比人类活动还要久远，时间的符码在这里交叠，陈腐黯淡，无法散去。“纸寿千年绢八百”，那些金的、铜的、玉的、瓷的，哪怕是木头的也终究比那些漫漫书卷和习习绢帛更为坚固，它飘荡着古代文明的精魂神魄，激起我们对远古时代先人的仰望和尊崇。

这些藏品无声地叙说着这个城市的历史：亘远、高古、悠久、典雅、厚重，沾染着沧桑岁月的痕迹，让我们感受这里的地广和物博，历史的深厚和绵长。能承受得起成千上万件古老器物的博物馆一般由国家兴建和管理。而近些年来，随着开发的步履加大，四处拆迁挖掘，古物源源不断地浮出地面，博物馆也不断增加，甚至出现了私人博物馆。拥有上万件藏品的私人博物馆在全国也是寥寥无几的，大多是上市公司发了财的老板，或者名扬天下的艺术品收藏世家所拥有，一个身居乡野的普通人能办博物馆那是天方夜谭的事。然而，在屏南漈头却藏匿着一座颇具规模的民间博物馆，馆内收藏各种民间文物、古董逾万件，他的创办者叫张书岩。

认识老张后才认识了这个民间博物馆，得知他曾在县里旅游局工作，闲时走家串户，假日也流连于古玩市场，每趟都能淘出点古香古色的玩意。退休后更是痴迷于收集废弃于古民居、仓廪、田头、农舍、牛栏、羊圈、鸡鸭棚户甚至墓地的各种早年的农事物件，让这些物件起死回生。集腋成裘，琳琅满目，你能想到的农用物件这里都有。我不由得对老张心生敬佩。老张这些年节衣缩食，日子过得紧巴巴的。有村民说他，随便拿出一两件老东西都可以换来好多钱，过上好日子，可是这个傻老张就是不肯。不但不肯，他还罄其所有，像蚂蚁那般一点一点搬运着老物件回来。每天背着个音响给各地来的游客当向导，甚至把一家人也搭了进去管理博物馆。人无痴癖不可交，老张诙谐幽默，一见如故，把做正事、开正经的会称作“说普通话”。几十年的时光如白驹过隙，又有不少人的时光白白流过，老张的头发也渐渐斑白，但是说起“普通话”来依然铿锵有力，滔滔不绝，这种底气来自他品类万千、独一无二的民间收藏。岁月无息地远去了，活生生的人也老了，而他收集的时光却越来越远、越来越多、越来越齐全，他也觉得活得越来越有滋味，仿佛变得更加年轻！确实，置身于“民间耕读博物馆”内，徜徉于十多座独具特色的屏南古民居中，你会从这三万件的老物件中嗅出乡村山野底层过往生活发霉的气息，眼前升腾起农耕时期辉煌的图景，仿佛穿越时空，记忆一下子把你推回到童年生活的真实场景中。

“屏南好漈头”，不是仅仅因为漈头山川灵秀、人才辈出，更重要的在于漈头有老张搞起来的这间颇具规模的民间博物馆，这要重重写上一笔，这在中国其他的美丽乡村是见不到的！哪怕名播遐迩的三坊七巷，被称誉为文化积淀蕴藏丰厚的明清博物馆，也没有屯集到如此壮观的农耕时代的古旧杂物。难怪老张的耕读文化博物馆被称为“民间故宫”。漈头村是座千年古村落，在老张心血筑就的绵延十多座古民居中的“屏南耕读文化博物馆”，与其他博物馆不同的一大特色在“农耕文化体验馆”里，特别是留存着一个千年历史的传统木榨油坊，这也许是漈头村最后一个木榨油坊，可以看作是中国农村手工制作工艺的一个缩影：卧式楔子榨油机，在榨膛中装好油饼后，在油饼的一侧塞进木块，然后利用吊着的撞杆撞击木块之间的一个三角形楔块。随着楔块被打入榨膛，榨膛中横放的木块会对油饼产生挤压的力量。正因为这种三角形的楔块在榨油的过程中具有重要作用，这种榨油机才被称为楔式榨油机。这台榨油机是六年前老张从相邻的漈下村淘来的。老张的榨油机体验馆墙上挂着榨油流程图，边上还摆放了油菜籽、芝麻等油料作物饼，还有灶台、碾盘、一根硕大的榨槽木和一个悬空的油锤。这个榨槽木是用一截椴木造成的，据当地的作家禾源描述说：“横躺在耕读博物馆油坊里的椴木，想象得出，站立时它的霸气，独木成林，遮天蔽日，倒下一刻轰鸣山谷，震动山梁，压碎四周草木。这样一棵占尽一片天地的大树，它万万没想到自己不能寿终正寝，而是被锯斧伐倒。几十条汉子，如同蚂蚁搬虫，把它扛回村子，抬到榨油坊，成了油行，大树的其余部分有的成了油行楔子，有的成了柴薪。一路号子，如同为大树迁魂村庄的古咒，一路汗息，又如敬天香火的气息。椴木静静躺着，岁月的年轮就此凝固，它的生命意义开始转变。木心掏空，装下榛树、茶树结下果子制成的油饼，一枚枚木楔楔入，重重的石锤重击楔子，榨出叮叮咚咚的油汁滴下的声响。”禾源兄描绘的这样场景依然在耕读博物馆里再现，说是“体验馆”一点都不浮夸，老张和今年73岁高龄的榨油师傅张龙门这六年间已经在这里榨过了九轮油，每回榨油都招来村民帮助和围观，像过节一样。一天可以榨出几十斤油，每斤可以卖100元以上价钱。坊里摞起来的油茶饼不是淘来的，是老张亲手榨出来的。老张说，木榨榨油从筛籽、车籽、炒籽、磨粉、蒸粉、踩饼、上榨、插楔、撞榨到接油有十多道工序，除炒籽、磨粉是用机械操作外，其他全部靠手工完成。用木槌榨油是木榨油工序中劳动强度最大的，没有一定的力量和技术，那是甩不起来的，这道工序对木榨师傅的身体素质要求极高。榨油的木槌是根4~5米长，直径为5~6寸粗的檀木，重量大约在80公斤左右。木槌的前端用铁包好，再用一根粗绳栓紧木槌的中部，绳子的另一头拴在空中的木柱上，木槌离地面大约在80厘米左右，便于榨油师傅在操作时，用双手推着80公斤左右重的木槌，一槌一槌将木楔子打进去，把油给榨挤出来。

出油那一刻是惊心动魄的。虽说霜降已至，在油坊里炉膛的柴火烧得正旺，张师傅在酷热的操作间里，穿着短裤，上身打着赤臂，赤着双脚，站在木榨的末端，先是用双手推着木槌前端，对着木楔子轻轻碰撞一下后，用力将木槌向前上方推去。接着，一个后退步，双手又将木槌向后上方推去，这时的木槌离所撞击的木楔子形成斜50度左右。此时此刻，只见张师傅运用木槌前后上下推动的惯性，随着砰的一声，木槌稳、准、狠地撞击在木楔上。就这样，木槌轮番使劲地撞击着木楔子，对榨樘中的坯饼施加巨大的压力，依靠这种物理压迫使山茶油脂渗出。看着张师傅熟练流畅的操作过程的人们，不得不被他在劳作过程中所展现出的力与美所震撼，同时也被他的阳刚、优雅、直爽、纯朴的精神所深深感染着。老张的好朋友、当地一位农民书法家感动于这样的劳动场景，给榨油坊题写了一副对联："榨声如雷惊动满天星斗，油香扑鼻营养万户千家。"农家茶籽油就这样滋润着漈头村人，而今手工榨出来的茶籽油特有的芳香，依然在抚慰着村民们迷恋贪婪的味蕾。

对于这样的榨油机我并不陌生，我童年生活的地方周宁县与屏南相邻，农事季节山野条件都相似。落霜的日子，是油茶花盛开的时候，那山冈、平畈、村前、屋后、田角、地头一夜之间浮出了一层白色的雾幔。走近看，才知道那是盛开的油茶花。放学回家路上，看山峦像一道宽大的脊背舒展开来，那些星星点点的白色，散落在丛山之中，让人疑是跌落尘世间扑朔迷离的银河带。空气中飘着油茶花甜腻的香味，我们便从一朵朵的油茶花中寻找到了那份惊喜——香甜醉人的油茶花蜜。我们会掐断一节成熟的稻竿，做成吸管，衔在嘴里，把吸管刺进茶花的花蕊中，轻轻地一吸，口中的清甜，直入肺腑，满心轻快。有时还会带上一个洗干净的小瓶子，把吸进管中的糖液又吹到瓶里，储存起来，在一个悠闲的时间，像喝饮料那样一下子喝下去。那年代这可算是我们这些顽皮孩子们才能享有的福利，在一个物质和精神同样匮乏的时代，油茶花开放的山野就是我们的乐园！

油茶树贱生贱长，就像我们放养的童年。不需要特别的照料，常是自生自灭，顺其自然，尽其天年。它无须什么肥料，也不必精心地栽培，对环境从不挑三拣四，不论是肥沃的黑土地，还贫瘠的黄土地，都能尽情地生长。哪怕是遭受山火焚烧的灭顶之灾，也会在砍去树身的树蔸上长出新芽，三五年后结出果来。

霜降时节是榨油的好时季。趁着摘下来的茶籽还没有风干、油性正足就要开始作业。刚好霜冻天无事，家家老小围坐在门坪上晒太阳，边聊天边掰茶桃壳，一粒粒油茶仁就在这闲聊之中不知不觉剥了出来。这时，各家各户选个好日子，挑了油茶仁相邀着奔榨油坊而去，一路说笑。他们挑的好像不是山茶籽，是满筐乡村的喜悦和自足。

榨油必须在晚间进行，我们那的土话称榨油师傅为“打榨佬”，“打榨”是山区民间手工艺“九佬十八匠”的其中之一。收获的油茶籽进入榨房，几名“打榨佬”默契配合。“把油榨干”

在此时不是贬义词，是要让茶籽内在的能量迸发，化成飘香的食用油，进入山野人家的厨房和餐桌之上。榨得越干，产量越多，手艺就越高。基本工艺也是将油茶籽炒熟，经石磨粉碎，然后放入石槽碾轧后，入木甑蒸一定时间。出甑后，将原料填入用稻草垫底的圆形铁箍中，制成榨油用的菜饼，最后将一块块菜饼整齐地横放进主榨的榨槽内，用木枋挤紧，加入楔子后，联合三五个“打榨佬”荡起撞锤猛击楔子，茶饼在巨大压力下从榨河的槽眼流出茶籽油。

木榨榨油技艺是我国应该有千年以上的传承历史，山茶油是我国特有的木本油脂，就像外国人用的橄榄油，是最古老的食用植物油之一。《山海经》即有记载:“员木,南方油食也。”“员木”即山茶树。宋庄季裕《鸡肋编》中有一节专记油事，当时河东食大麻油，陕西食杏仁、红蓝花子、蔓菁子油，山东食苍耳子油。另外还有旁昆子油(疑乃蓖麻油)、乌桕子油。至明代，植物提取的素油品种日益增多。可见每个产区都有自己盛产的树种可以榨油。在这些植物油品中，山茶油的不饱和脂肪酸含量达到90%,是食用油之冠,更含有茶多酚、亚油酸等有益物质,有抗癌强心的作用。据《本草纲目》记载：“茶籽，苦寒香毒，主治喘急咳嗽，去疾垢。”；《纲目拾遗》中也这样记载：“茶油可润肠、清胃、解毒、杀菌”；在《农息居饮食谱》里描述“茶油可润燥、清热、息风和利头目”；而在明代的《天工开物》中同样说明“茶油可明目亮发、润肺通便、清热化湿、杀虫解毒……油味甚美……”

老张说他身体健朗，“普通话”说得杠杠的和长年吃山茶油有关——在哪个山头唱哪种山歌——在老张眼里山茶油全身是宝，连茶渣饼也是好东西。养胃、治胃病，拿新鲜猪肚洗净塞满糯米、草药，倒入山茶油蒸煮可治胃病；可以消肿，身上出现无名肿痛可以山茶油涂抹消肿；可以护发，在妇女发髻上擦拭可以养发护发；可以做有机肥，改良土壤，提高地力；可以驱蚊灭虫等等。山茶油拌线面撒上一点葱和酱油是那个饥饿年代的美味佳肴，不仅可以大饱口福，还可以治小孩的肚子痛。我小时候没少吃这东西，至今我的味蕾上还留着它的记忆。

几十年过去了，老家的榨油坊也消失了。老张的油榨坊使我找回了那一种神秘的亲切感，朴化、木讷、老迈、沉寂，却都携带着沧桑的骁勇和感叹。而今人们的生活水平日益提高，口袋里有了钱就开始关心舌尖上的安全，“把健康吃出来”，也渴望看到那传统的、古老的榨油坊重新恢复起来。然而，当年那些曾经年轻力壮的榨油坊的师傅们也都像张龙门那样到了耄耋之年，他们手中的撞锤谁来承接？老张用心良苦地在农耕博物馆里特别开辟一个“农耕文化体验馆”，不仅仅是为了留住时光、留住记忆，我想更多的是希望下一代人能够把一千多年的古老榨油技艺传承下来，让古老油榨坊重新回到现代人的生活中。这也许是老张这一辈子的愿望吧，也是老张的一腔情怀，他希望来到这里的人都能不忘初心、方得始终。

农耕时代的社会之风特别能煦养人的，那时的人是接地气的、有根的，人与自然是亲善的。如今我久居城市，在高楼上的生活毫无天生天养的气息，只能从老家捎来的山茶油中寻得那植物朴素的珍贵的清香，勾起一丝丝原味的生活体验。至今我还保留着这样的习惯，但凡从老家的山野回来，都要采了几串芡实、几簇菖蒲、几枝长着蓓蕾的山茶，我把它们养在紫砂盆里，投插在一个铁壶间。菖蒲在书桌前漫漶开来，嫩黄的芡实衬着浓碧的山茶叶在壁间生长——它们在静静地拉近我与乡村的距离。那褐色的紫砂盆和黑色的铁壶渐渐地泛出了一缕苔藓，我的心思更和苔衣一样深深地渗进那深厚的岩骨里了。

也许，只有这样才能慰藉我这久居城市里的小小的乡愁了吧。

哈雷，中国作家协会会员，福建省文联委员，编审，中文书刊网总编辑。参加第六届《诗刊》“青春回眸”诗会。出版《零点过后》等十多部诗集、散文集、报告文学集。作品被《新华文摘》《文学报》等转载，入选多种选本。现居福州、奥克兰两地。

清典有味画中话

◎ 朱谷忠

等闲织得纸织画，含烟笼雾夺天工。

丙申年前，我陪同在平潭经商的台胞洪先生，特地赶到永春县，选购了一批纸织画。洪先生是我几年前赴台访问时认识的一位文化经纪人。他说看到我曾经在一篇文章里，写过纸织画在永春的主要传承人周文虎，故恳请我帮助联系一下，想在春节前去拜访并选购几件带回台湾，作为礼物送给亲朋好友。于是我们相约一同前往，在永春县见到了纸织画工艺大师周文虎先生。

纸织画，是永春县特有的民间传统手工艺术品，与杭州丝织画、苏州缂丝画、四川竹帘画并称为《中国四大家织》。《辞海》记述："永春纸织画始于盛唐时期"，至今已有一千三百多年历史。如今，北京故宫博物院仍珍藏着清乾隆年间的纸织画瑰宝——清高宗御制诗十二扇屏风：每扇一首，字为白色，底呈黑色，经纬纵横，画面缥缈，色彩淡雅，如覆薄纱……其实，据记载，早在盛唐时期，永春就有九家以专营纸织画为主的作坊。宋代时纸织画已远销南洋各埠，成为富贵人家的厅堂或柜中珍品。

纸织画何以诞生在永春？这次到该地，我与洪先生登门拜访了已是国家一级美术师的周文虎先生。周先生年届八十，依然满面春风，和蔼可亲；他听了我们叩问后笑着说：闽南山区的永春县，有品种繁多的竹林，是古人制作各种器具的主要资源。正是受民间竹编的启示，经过宫廷艺人与织布女合作，终于在唐朝出现了纸织画的雏形。现在，各种辞典、永春志书谱籍、古诗等，对此也有详明的记述；由此，充分印证了纸织画源于福建永春。

洪先生也痴迷永春纸织画。他听了周文虎先生的介绍，点点头对我说，永春纸织画来自民间，题材也多选自民间吉祥图样，山水、人物、花鸟，清典可味，雅有新声，有很高的艺术成就。这时周文虎插话说道，纸织画自宋代就远销南洋各埠。明朝田艺蘅《留青日札》记载，明朝奸臣大贪官严嵩被抄家时就列有纸织画。清代泉州翰林陈肇仁写有《纸织画白鹤幢诗》，盛赞它巧夺天工。1949 年前，纸织画还在伦敦等地展出，盛名远扬。

不过，周先生也告诉我们：纸织画是一种逼真、含蓄的艺术创作，工艺复杂，成本不菲，故而产量不高。过去的艺人为了生存，严守制作秘密，有“父子相传，传媳不转女”的行规，一度使纸织画只在永春城关一带流转。

他说：“不过我还算是有幸的，记得我那一年好像告诉过朱先生，说是 1957 年，我初中毕业，因家庭贫穷无法升学，到永春唯一仅存的纸织画老艺人黄永源家中拜师，他竟然收下了我，并将技艺毫无保留地传授给我。”

我连忙回答："是的是的，周先生记性真好啊！"

确切地说，那是二十多年前，我怀着敬慕之心去了当时是永春纸织画工艺研究所所长周文虎家中，观赏了他挂满大厅四周的纸织画，其题材广泛、设色鲜明、织工精巧，令人折服。当时，周先生在一旁坦然告诉我："这都是我的师傅黄永源无私传授给我的技艺，也是我在这方面闯出前人未走过的新路的结果。"谈话中，我向他祝贺由他创作的《百米百虎纸织画长卷》荣得中国军事博物馆收藏，又申报获得上海"吉尼斯世界之最"，多家报刊和电视台均对他艺术成就做了专题目报道，周先生却谦虚地摆摆手说："这是大家厚爱的结果，在我们永春，最早创立纸织画工艺美术厂的是黄永源，除此，还有林志恩的特色纸织画作坊，纸织画革新能手方永宗等人，大家都在努力为纸织画的发展做出贡献。"记得周先生还说过："我则是尝试在传统技法上，采用与现代科学相结合的方法，在规格、布局上进行了一些突破，其目的是为了让纸织画尽早走向全国全世界。"

也正是那一次，我才初步了解了什么叫纸织画。

原来，纸织画是用特制的裁刀将宣纸上绘好的图画，裁成2毫米宽的细纸条，头尾不断，作为经纸条；又将白色宣纸切成相等的细纸条，作为纬纸条；然后，用特制的织机，经纬交穿，织成纸痕纵横的纸织画。最后，根据画面需要，填补颜色，以达最佳艺术效。

纸织画是朦胧艺术品，艺术效果如隔帘赏月、雾中观花、纱前看人，隐隐约约地使人产生错觉、重影的印象，这正好可调节人的视觉功能，让观赏者参与其中，妙不可言。

纸织画是十分珍贵的，好作品更难能可得。2009 年，由永春义亭纸织画师周文虎、李世求等人采用传统技艺和现代科技相结合，历时 3 年最终创作完成的《当代纸织百米长城图》入选第二届中国民间国宝，保险额达 5000 万元。

2014 年，永春县首个以纸织画文化为主题的文化产业创意园揭牌。

值得钦佩的是，曾经一直过着清贫拮据日子的周文虎，却心无旁骛，为了一息尚存的纸织画绝技的传承，不但让三个儿子都进了他的义亭画坊，还先后招收了 30 多名学生跟他学习制作。如今，生活并不十分宽裕的周先生，仍一心扑在纸织画创作和研发上，百尺竿头又进一步，精心创作了“百米罗汉图”，并获得中国国际民营博览会大奖；另一巨制：138 米、含 38 项中国世界遗产长卷，在山东烟台展出并荣获国家金奖。许多人观赏这一长卷，都感叹不已。因为画面不但坦现了神奇的中国世界遗产地风物，更突现了周先生对各遗产地的生态诗境的理解、对人生的感悟。以至有人评论说，如果说这一长卷有着常人无法企及的深刻，正是创作者找到了那种与内心相谐、与天地同在的感觉，由此无不“油然而生敬意”。而周先生则笑呵呵地说，他的创作欲望之所以又一次被点燃，体内的激情之所以也随之澎湃，都源自中国世界遗产地的无穷魅力。虽说精力不如从前，但周先生仍坚持不懈地把高洁的诗境与他晚年进德修业的艺术本心，寄慨于这一长卷而尽情挥洒，最终获得成功。

交谈中，周文虎先生又说道：2016 年，他还完成了“百态观音图一百幅”，并希望他在晚年能实现建立“周文虎纸织画博物馆”，让更多的人了解纸织画、传承纸织画的技艺。他说：我这是谨遵师道，其目的只有一个，让纸织画这一民间艺术能得到进一步发扬光大。

如今，使人深感欣慰的是，2000 年，永春县被文化部命名为“中国民间艺术（纸织画）之乡；2005 年永春纸织画被列入福建省首批非物质文化遗产代表作名录；2011 年，永春纸织画被列入国家级非物质文化遗产代表作名录；2016 年，成为国家地理标志保护产品。而周文虎的义亭纸织画研究所，也获得福建省和泉州市代表性传承人等荣誉和称号。

值得一提的是，周文虎先生对自己创作的《五虎图》情有独钟。我打趣说：“这是与你大名中的虎字有关吧？”周先生颔首不语、笑而不答。细看这每张 2 米多长的纸织虎，各个显现了虎虎生威的气势，画面往往营造空山无人、寒林寂寞、萧瑟秋风的意境，以此构筑创作者内心深处萌发的悲壮或豪放。每只虎，也因姿势的不同，折射着更为丰富的山林历练，而画面中也巧妙地传达出萧瑟荒凉、静谧安宁之感，引发读者的对生态的思考与感悟。仔细观赏，这些作品在笔墨上，运笔酣畅，墨沈淋漓，常常以雄健的淡墨渲染，营造朦胧氤氲之境，其画境求意趣，画面求生趣，笔墨求机趣，直抵人的内心。精心制成纸织画，画面更现多变而又纯粹，古质而有新意。这或许无意中正暗合中国古诗的审美特质——注重象外之象、言外之意，在情景交融中强化抒情意味。

一个八十岁的老人，能挥洒出这么鲜明的特色，确实难能可贵！这使人不由不想到：永春的纸织画之所以能传承至今，除了周文虎等人对这一民间工艺的真诚追求外，也离不开他们对艺术的深刻探索。纵观永春纸织画，长长短短的画卷，洋洋洒洒的挥写，可谓“静如山岳，动若江河”。这其中，有人注重笔法的虚实、有人向往布局的疏密，有人则注重宣纸线条节律上的流畅，还有人却留意画面空间和节奏上的灵活多变。这种不拘一格、大胆创新的艺术创造，展示的正是艺术上思接千载、神游万仞的自由，这使他们在从永春徐徐延展的纸织画长卷中，让人看了这些民间艺术家的一种多么独特而又淋漓尽致的表达。

由此我想到周文虎先生想建造的纸织画博物馆，更想到了馆藏。如果，永春有一个纸织画的馆藏那该是多么好的一件事。16 世纪，醉心于意大利文艺复兴和北欧写实主义艺术的弗朗索瓦一世，开启了艺术品定制和购藏的先河。如果我们也实行积极的艺术扶持政策——大量收集永春各派精品纸织画，并制定艺术家委托政策进行创作，进而构建起以纸织画工艺品核心收藏；同时，培育了一大批艺术名家，永春，定然会成为中国纸织画艺术展示、艺术流派纷呈的场所。

朱谷忠，福建莆田人。中国作家协会会员。著有《乡野情歌》《潮声》《五彩恋》《酒吧小姐》《红草莓的梦》《回答沉默的爱》《笑傲黄金》《朱谷忠散文选集》《花开的声音》《新闻内幕》等。

客家江湖

◎ 练建安

闽西粤东汀江流域为中原南迁族群客家人聚居地，汀江自北而南，八百里奔流入海。岸边行走多日，又得乡土传奇若干，演绎成文，连缀为《风水诀》。风水若江湖，善恶皆由心生。过往云烟不远，君子高人一哂。

败绝符

夏日正午，吴家坊连片瓦屋在烈日下散发出丝丝热浪，田垌禾苗青青，正扬花吐穗，蝉声时高时低。

“当当嘀，当当嘀……鸡毛鸭毛鸡胗皮哎。”福茂挑着货郎担子，敲打铁板，悠悠然地摇晃在鹅卵石路上。

吴家坊是群山怀抱中的一个大村落，位于闽粤赣边驿道要点，三省通衢。村人耕读传家，出仕、经商者众多。鹅卵石路，为总道，是全村中轴线，墟天交易场所，店铺两边排开。

福茂拐入了“清香”粉干店，搁下担子，坐定。店主吴贵顺跛着一条腿，挪过来，斟上大碗凉茶，说：“福茂老哥，生意好啊，又是盆满钵满？”福茂说：“哦，转了几个村场，腿都跑断了。”贵顺说：“毋辛苦毋赚钱哦。”福茂笑了：“老规矩，多放些辣子。”

福茂也真是饿了，呼呼吃完满碗公河田粉干，似风卷残云。擦干额头，他很悠闲地掏出烟杆来，装入烟丝。“咦，火镰呢？”他差不多摸遍了全身，火镰不见了，便在货郎担里一阵急翻，累得满头大汗。贵顺见状，劝他不要找了，夹起灶炉里的一截木炭，给他点火。

福茂吸完一锅烟，似乎还在思忖火镰的去向，摸来三块铜板放在桌上，说声打扰啦，挑担走人。这次，他走得匆忙，没有和往常一样响亮吆喝。

暑气正盛。“清香”粉干店颇为冷清，福茂走后，再无食客。贵顺觉得有些无聊，摸出烟杆，也想吸上一口。这时，他发现桌底下有一团废纸，黄裱纸。捡起，展开，残缺不全，上面写道：“……吴家坊……后龙山……功名将尽……比户蚁封……”还涂涂画画了好些奇形怪状的符号。

贵顺读过几年私塾，吟诗作对，先生曾惊呼为“神童”。据他口述，若非少时顽劣爬树摔断左腿，至少也该考取秀才功名的。读着残纸，他感到冷战从脚心向上传递，脊背发凉。他差点失声叫了出来：“败绝符！”

乡间传言有一种厌胜之法，画符斩断人家龙脉，可使八煞临门、灾祸连绵、断子绝孙。这就是恐怖的“败绝符”了。

贵顺意识到事态严重，立马关上店门，朝大宗祠方向奔去。

途中，遇见亲房叔伯，含糊招呼一声，便颠脚擦过，疾行如风。人们都很惊讶：“这老贵顺，今晡日子做嘛介啊？”

半炷香之后，贵顺就坐在大宗祠的议事大厅上了。老族长和诸房长叔公一个个神情凝重。天井外飘入的蝉声，忽高忽低。

良久，老族长哼哼冷笑：“兵来将挡，水来土掩。天光上昼，各房在家壮丁，上山掘符。”

这一日，十三房壮丁铆足了劲在后龙山反复巡查检视，眼看日头偏西，依然是一无所获。老族长当场宣布，明日起，各房分头扩大搜寻范围并绝对保密，以免引起不必要的恐慌。

似乎事有玄机。吴家坊接连出了怪事：在朝为官者，或上书言事忤逆圣意贬谪边疆，或剿匪失利损兵折将。再有汀江木排屡屡遭劫，潮州店铺失火水淹。三房孩童跌落水塘，九房妇女莫名失踪。又，南山书院生员乡闱均告落榜。从江西买回一群水牛，一路好好的，进入县境了，却受惊失足坠崖。七月初八日，大宗祠后墙突然崩塌一丈另三尺二寸有奇。

“败绝符”的传闻弥漫于吴家坊上空，人心惶惶。逢三六九日的吴家坊墟市，冷冷清清，商客寥寥。

“清香”粉干店的生意已多日没有开张了，没有外客，总不能喝西北风吧，开嘛介店呢？

向晚，霞光满天。贵顺枯坐家门，木然地凝视着屋檐前的“八卦阵”，一只灰黑蜘蛛静心埋伏，单等猎物触网。

老族长独自来到。他掏出了一把银子，要他去汀江诸县干老本行——弹棉花。

贵顺这一去，走出了百十里远。他来到了闽西粤东交界处的商贸集散地河头城。航行于江上的乡邻看到他时，多半是躬身在河头城神庙枫树下弹棉花，身形舞动，身上粘满了毛茸茸的棉絮。

一日，贵顺刚拿起纺锤，忽然狂叫一声，昏迷倒地。当人们救醒他时，他不认识任何人也不知身在何方，他声称自己是大神大佛，要赶到一个叫吴家坊的地方救苦救难。

河头城木纲行的吴家兄弟梓叔立即将贵顺送回了老家。当他进入村口时，望见了文武庙，一个激灵，神志变得异常清醒。他可以轻松说出离家后全村发生的大小事件，连老族长昨日辰时被油婆蜂蜇了臀部的细节也一清二楚。在老族长的全力支持下，贵顺率领全族壮丁浩浩荡荡地来到了后龙山，精确而顺利地挖掘出一口深藏的陶罐。陶罐藏有秃笔四支以绝书香，铜钉两枚以绝人丁，黑炭数块以绝香火，陈谷一把以绝禾粮，还有一张用狗血画的“败绝符”，笔迹与捡拾的黄裱纸符如出一辙。

贵顺嘴角翕动，将陈谷铺排在土纸上，见阳光，腐烂陈谷慢慢地绽出了新芽。贵顺随即手舞足蹈，蹦蹦跳跳，作法起童：“陈谷发芽啦，陈谷发芽啦，吴家兴，吴家旺，吴家发达又兴旺！”

《吴氏族谱》记载：“晓起，遂如神归焉……十九日，填脑；越旬又四，砂硃、燕泥、酒饭补窟，次日插青一道，催龙七次。又清明，插青、祭龙、安醮。如是十年，皆师教也。”

吴家坊阴云散尽，步入了一个新的辉煌时期。三百多年后，成为世界闻名的“客家大观园”。吴家坊的另一个名字为大家熟知——连城培田。

彼时，全族人心复归稳定，安居乐业。秋雨绵绵，田塅有农蓑耕作；微风轻拂，南山时闻琅琅书声。老族长开心地笑了。他明白，其实，“忠孝仁爱”与“耕读传家”，是中原南迁族群——客家人的最好风水。

风　煞

“嗒，嗒嗒，大先生，大先生……”一身粗布新装的六旬老汉，提着两只双髻大雄鸡，侍立在大先生的家门口，轻叩铁门环，颤声叫唤。深秋的日头透过后龙山繁密的林梢，散落在他厚实而略弓的肩背上。一只老黑狗围绕他蹦跳，摇晃尾巴。

他是本乡溪背古屋寨人，名叫禄堂，是个老挑担的。青壮时，带着百十条担杆，来往于汀江流域的武南和松源一带，挑米挑盐。他今天来这里，是恭请大先生看风水。麦尾子快迎娶哺娘了，亲家公说，门楼相克，要改。

大先生是看风水的堪舆师，本事大，脾气也大。一般的人还请不动他。这不，禄堂的堂表叔是大先生的堂表弟，沾亲带故。他堂表弟涎着脸搭话引荐，禄堂才有机缘挨近大先生的门槛。即便如此，也还须正心诚意，禄堂这是跑第三趟了。

“大梦谁先觉，平生我自知。草堂春睡足，窗外日迟迟。”庭院内，传出回肠荡气、抑扬顿挫的吟哦声。禄堂心头狂喜，大先生，大先生云游回家了。他跺了跺麻木的双脚，深呼吸，再次轻叩铁门环："大先生……大先生……"

"谁呀，谁呀？像个小猫叫，没吃饱饭哪！"大门豁然洞开。禄堂眼前出现了一位八卦道袍飘飘、长发披肩、手摇鹅毛扇子的高人。他就是大先生了。

"大先生，俺叫禄堂……"

"禄嘛介堂哪，小猫叫啊？没吃饱饭啊？要不是贫道眼观六路，耳听八方，哼哼。"

老黑狗紧盯大先生，狺狺数声。

禄堂适时地捧上了大雄鸡，笑容可掬。大先生也不客气，掂了掂斤两，高兴了，念白道："呔，此鸡不是非凡鸡，啊呀，乃是王母娘娘金銮殿前的报晓鸡。"扭头问："是不是啊，禄堂兄弟？"禄堂点头哈腰，连连称是。他唯恐大先生突然又改变了主意。

大先生来到了溪背古屋寨禄堂家门口，手持罗盘四处踏看，点点头，又摇摇头，惜言如金，一整天，只说了两个字，一个是"破"，又一个是"煞"。

三日过后，仍无结果。

禄堂一家子惶惶然，顿顿剟鸡杀鸭，好酒好菜款待，唯恐有半点怠慢。

每到用膳，大先生一扫严肃神情，和颜悦色了。其实，他心里颇为窝火，远近四乡八邻，谁个不知晓俺大先生嗜好鸡胗下酒？这三日九顿饭，禄堂家的餐桌上，硬是不见半块鸡胗毫毛嘛。心不诚，意不坚嘛，如吾杨公弟子何？是可忍，孰不可忍也。

第四日，大先生观砂察水、寻龙捉脉，折腾了好一阵子。大先生走到一处，猛地跳将起来，兀自鼓掌道：“咦！好！好！乾三连，坤六断；震仰盂，艮覆碗。子山未申是贪狼，乾壬亥子潮来家大旺。”

大先生终于敲定了门楼朝向。

客家民居建筑，向来重视门楼，俗谚云：“千两门楼四两厅”。在客家人看来，门楼将极大地左右主家的运势兴衰。

此门楼子山午向，与远处峡谷遥遥相对，巢煞直冲。此等玄机，禄堂家一无所知。

吃饱喝足了，大先生提起装满大把银子的褡裢，摇动鹅毛扇子，又要云游他方了。此时，禄堂的老妻慌忙钻出厨房，捧上了一坛香气扑鼻的腌鸡肜。大先生见状，有些隐隐的愧疚，但事已至此，不便改口了，暗自盘算好日后修正之策。他摆手苦笑：“胃寒，俺多年不用此物了。”

次日，禄堂鸠工改建门楼。老黑狗一反常态，疯狂驱赶工匠；禄堂喝止老黑狗，又被咬紧衫尾，拼命往外拖。有亲朋说，此瞎眼狗冲撞喜气，可杀必杀。禄堂终是不忍心，将其紧锁杂物间内，日日供食。

门楼落成。也不知是何时，老黑狗不见了。

一天后，人们发现老黑狗蹲伏在门楼顶上，遥对峡谷，恰似镇物，制煞辟邪。才一天哪，老黑狗变得瘦骨嶙峋，气若游丝。它瞥见禄堂那熟悉的身影，双眼流出了两行清泪。

多年前的一个冬日黄昏，禄堂在汀江七里滩挑担路过，捡回了一只伤痕累累的小黑狗。

镇　物

长长的鞭炮高挂，点燃，噼噼啪啪，四周山丘田塅回荡着欢快的炸响，老屋鹅卵石地面上，撒落了片片鲜红的纸屑。

一棵三丈余长、直径盈尺的上等杉木横跨两只木马之上，这将是老屋左侧正在兴建的“福庆楼”新宅的栋梁。烟雾弥漫间，杨牯师傅和他的徒弟板顿手持墨斗曲尺，蹦跳作禹步，中气充沛、尾音摇荡地念唱：“一棵老树在青山哪，今日鲁班仙师取来做栋梁。”

众人应和：“好啊！”

“梁头雕出金狮子哪，梁尾雕出金凤凰。”

众人应和：“好啊！”

“梁中雕出金龙现哪，金龙出现大吉祥。”

众人应和：“好啊！”

众人就是老屋主人的一群亲朋好友，中有荷香妹子，是屋主赵德福的小女儿，她忍不住扑哧一笑，扑闪着大眼睛，一甩乌黑的长辫子，转身走入里屋。

板顿瞧着她的背影，锤凿声就有些散乱。杨牯师傅轻咳一声。又合拍了。

闽粤边区客家民居，均为生土建筑，永定大埔南靖多方圆土楼，蕉岭平远梅县多围龙屋，交界处的杭川武邑，又多了“一字横屋”和“四扇三间”。

那边厢，夯墙声声；这边厢，锤凿叮当。秋日的山区，日丽风和，蓝天高远。

荷香手提竹篮，走出里屋，在遍地木屑间雀跳，立定了，叫：“杨牯师傅，快来吃点心啦。”

板顿离她近，满脸堆笑：“妹子，又带嘛介好吃的啦？”

“你猜？”

“俺猜不出来哟。”

“嘻嘻。”

“俺猜，黄猄鹿肉鹧鸪汤。”

“嘻嘻，板顿哥真逗。”

杨牯师傅放下锤凿，行前，洗手，擦干净，双手揭开鸡公碗头盖，呵呵笑了：“荷香，好香哟，簸箕粄哪。”

师傅还没有动筷子，板顿已吃光了另一碗。他意犹未尽，伸出舌头舔食碗内的葱油迹，吧哒吧哒的。荷香皱起了眉头。“晓得俺爱吃辣的，咋就不晓得多放点辣子呐？”板顿一亮碗底，光滑照人。荷香感到恶心，说：“哦，阿爹叫我。”丢下竹篮不要了，扭头就跑。板顿很不高兴，说：“奶姑崇崇，想老公。跑，跑，跑嘛介跑！”杨牯师傅招手，将大半碗的簸箕粄让给了徒弟，说：“多吃点，少说话。”

杨牯师徒手艺精湛，远近闻名。三日后，大梁“龙凤呈祥”图案雕刻完工。屋主赵德福东瞧西看，赞不绝口。与此同时，新建“四扇三间”的土墙达到了架设栋梁的高度，一切准备就绪，静候明日吉时升梁。

这一夜，主人宴请工匠。杨牯师傅多喝了几碗米酒，呼呼熟睡。客房油灯下，板顿悄悄拿出墨斗，在一张黄裱纸上涂涂画画，嘴角翕张。他画了三条小船，二条头朝外，一条头向内，寓意为“出多入少”。写满意了，折叠卷在衣袖内，手掌弯曲，手指勾动，黄裱纸团就滚入了手心。

辰时，日出东山。福庆楼新宅升梁仪式，鞭炮声声，人头攒拥。杨牯师傅扯开嗓门喊：“良辰吉日正相当哪，鲁班仙师来上梁！”

众人应和：“好啊！”

“梁头向东发又贵啊！”

众人应和：“好啊！”

“梁头向西添吉祥！”

众人应和：“好啊！”

“梁头向天高万丈！”

众人应和：“好啊！”

“梁头向地久久长！”

众人应和：“好啊！”

……

三年后的年下墟，杨牯师傅在杭川县城的唐记“牛肉兜汤”店巧遇老东家赵德福。赵德福看似愁眉苦脸的，但还是执意付清了两人的开销。

杨牯师傅问："德福兄，近年一向可好？"赵德福说："木纲生意不好做，亏了。"杨牯师傅轻叹。赵德福说："有人说屋场不好，地理先生来了几拨，都说大吉大利呐。兵，匪，骗子，地痞，恶霸，险滩，做大水，凑在一块了。"杨牯忽然想起了什么，说："德福兄，明日午后，俺师徒俩过您家门口，您单请徒弟喝茶，千祈不要请俺。"赵德福不解。杨牯师傅说："到时自有分晓。"

次日午后，杨牯师徒按时途径福庆楼门前小路。赵德福热情招呼板顿先生到家喝茶，独冷落了杨牯师傅。不久，板顿喝足了，跟上了师傅，说："败了，败了！可惜了乖荷香哟，抵债，嫁到潮州啦。"杨牯师傅说："势利眼，看俺年老不中用啦，茶都不给喝。败了就败了，早知如此，就该给他家下悻。"板顿兴奋地说："下了！早下了！"杨牯师傅停下脚步，问："谁有这个本事呢？"板顿大笑："您老的徒弟俺哪！没想到吧？"杨牯师傅的脸色一下子变得铁青。板顿突然感到惴惴不安，他惊恐地看到，午后的阳光下，一把利斧高悬在他的头顶，闪动着冰冷的锋芒。

夜　塘

在武夷山脉南端、南岭北端交界处的福建武平境内，有一座高耸入云的大山。这山，叫梁野山。梁野山下，有一个村落，就叫梁山下村。

话说多年前，村里有一对密友，一个叫富城，一个叫钟孟德。富城是富甲一方的大财主，而钟孟德则是私塾先生。

一个是富翁，一个是落第秀才，怎么会成为密友？原来，这两人既是同窗，又好围棋，且实力相当，远近百里再无对手，常三天两头下棋，怎么不会成为密友？

这一天，是初春的一个阴雨天。富城来到桃花坞，找孟德下棋。话说这桃花坞，隔一弯绿水，与梁山下村村场相望。孟德见此地风景秀丽，便单家独户构建居室。也不知过了多久，窗外下起了大雨。突然有人猛敲门，孟德虽不悦，还是开了门，进来的是位老叫花，被大雨淋得像落汤鸡，浑身发抖。孟德见状，便叫来妻子，弄一套旧衣裳给他换了。老叫花临走，说了声："这宅基右侧山坡，千里来龙，到此结穴，是风水宝地。"两棋友一听，哈哈大笑。

雨停了，棋瘾也过了，富城就回去了。

这夜，孟德因赢了棋，高兴，多喝了些酒，便早早地睡了。

次日醒来，孟德大吃一惊，四周桃李树木不见了，成了鱼塘，鱼塘四周，则是一畦畦青菜，还挂着露珠。这是怎样回事呢？

怪事说来就来了。富城带着一帮人，手持地契，翻脸不认人，说这鱼塘菜畦是他家的，要移迁祖坟到此，敬请孟德一家早日搬走。孟德破口大骂，富城等人却扬长而去。

孟德告到了官府，无奈富城钱可通神，孟德官司打输了，一输再输。孟德一气之下，便悬梁自尽。妻子见状，也跟了去。

这个孟德一家算是家破人亡了？这话说早了。孟德有一子，年方十八岁，名叫玉山，因结交非人，专好偷鸡摸狗，偷香窃玉，被孟德赶出了家门。

这日，玉山正在怡红院鬼混，听得噩耗，却不动声色，谈笑自若。入夜，玉山失踪了。

玉山哪里去了呢?

玉山来到了梁野山均庆寺，苦求武功盖三省的大德方丈收为徒弟，传授武功。大德方丈一声佛号，便闭门不出。玉山于是长跪山门三天三夜。

第三夜，玉山昏倒了，被大德方丈救起，收为徒弟。

说是收为徒弟，大德并不传授武功，成天指使玉山干些扫地、砍柴、挑水、做饭等粗活。玉山为学武报仇，也便忍下了。这样，过了一年多。

元宵之夜，玉山独自坐在烛光前，眼泪直流。

此时，大德方丈来了，递过一个陶钵，叫玉山连夜到山下三元百年老店，买碗汤圆回来，要热的。

山上山下来回，足有四五十里。玉山起初愤愤不平，转念一想，便应了一声，捧过陶钵下山去了。

玉山气喘吁吁返回均庆寺时，天亮了，汤圆冷了。大德方丈说："此后，每日如此，何时汤圆热了，何时教你绝活。"

这样，玉山在山上山下奔走了三年，最后，捧回一钵热汤圆时，一炷香还没有燃尽。

这日，大德方丈唤来玉山，说："徒儿，你该下山复仇了。"便如此如此这般这般定下了一计。

玉山来到梁野山南二百五十里外的广东梅县开了一间山货店。三个月后的一天下午，玉山在梅江酒楼喝得大醉，硬要一盘泥鳅胡子。店家做不出这道菜。玉山便乘醉砸了这家店的招牌。庄主火了，唤人将这福建武平佬扭送进了县衙。县令见醉汉闹事，判了赔款，打了一顿板子，当场放了人。

当夜，玉山飞奔回福建武平，将熟睡的仇人富城飞刀射杀后，飞速返回广东梅县。

次日一早，玉山请来梅县贤达，又唤来了一班人，抬猪牵羊，一路鞭炮炸响，向梅江酒楼赔礼道歉。

话说武平县令接报大财主富城被杀一案，便去现场勘察，断定是仇杀，最后，认定玉山最为可疑。

武平捕快来广东梅县捕人。梅县县令哈哈大笑，出具玉山酒醉砸招牌一案具结公文，又唤来梅江酒楼掌柜，证实次日早晨玉山赔礼道歉一事。梅县县令笑道："一夜奔走五百里来回杀人，此非人也，乃神也。"

练建安，1965年生，福建武平人。曾任福建省龙岩市武平县教师进修学校教师，武平县文联副主席，《福建文学》编辑部第一编辑室主任。中国作家协会会员。著有电视剧剧本《刘亚楼将军》《土楼童话》，散文《说刀》《见山还是山》《读易轩》《青山叠叠路迢迢》《柳斋》，小说《竹笛》《鸿雁客栈》，纪实文学《八闽开国将军》，报告文学《抗日将领练惕生》《八闽雄风》，散文集《回望梁山》。曾获2000

年第十届中国新闻奖报刊副刊作品铜奖，2000 年福建新闻奖报纸副刊作品一、二、三等奖，2001 年福建新闻奖报纸副刊作品三等奖；散文《见山还是山》获首届闽西文化奖。2005 年被评为龙岩市拔尖人才。

闽中神灵及造神者

◎ 萧春雷

我在闽西北山区长大，最早听说的神灵，大约就是山精木怪了。小时候，进山打柴、采蘑菇，大人叮嘱我们，若听到有人叫我们的名字，千万不可回答，你一应答，灵魂就跟着山鬼走了。在山里我们也不呼唤同伴的名字，都是“哎——”“喂——”呼叫，免得让山鬼听了去。山鬼说话的声音也能分辨，据说没有尾音，就像鬼没有影子。

印象最深的一种山精叫石伯公。山谷里随处一喊，引起长长的回声，村人说，那是石伯公在学人说话。石伯公经常恶作剧，喜欢藏人、藏畜生、藏东西，但是似乎怕金属的声音。谁在山里失踪，十有八九是石伯公藏起来了，村里人举着松明，敲锣打脸盆，浩浩荡荡进山找石伯公讨人……

石伯公不见记载，我翻书，觉得类似山魈。《唐韵》说：“山魈，独足鬼，出汀州。”汀州就在我老家附近。宋人洪迈的笔记小说《夷坚志》，讲述了许多福建山精木怪的故事，包括山魈、山都、木客，他统统称之为五通神。宋代闽西北有许多五通神庙。我想，石伯公算得最原始最草根的一种自然崇拜。

图腾遗迹：福建民族融合的见证

福建以多神著称。然而到底有多少神灵？我没有见过统计数字，据林国平先生估计，福建民间信仰的神灵当在1000种以上。至于福建的宫庙，倒是有一个不完全的数字，据2002年福建省政协民族宗教委员会的调研报告，全省10平方米以上的民间信仰活动场所共25102座，此外尚有数以万计的小土地庙和简陋神龛不在统计之列。

日月山川、水火木石、风雨雷电，在古代福建人看来，都藏着一个神秘精灵。这实际上是早期人类信奉的万物有灵论，也就是学术界所说的原始宗教。太阳公、月亮娘娘、山鬼、水神、龙王、火官、风狮爷、土地公，植物与动物精灵，都有危害或庇护人类的能力，值得人们祈祷、祭祀，这就是自然崇拜。自然崇拜源于人们对神秘事物的无知和畏惧。在历史中，随着知识理性的发展，自然之谜一一解开，自然崇拜就踏上了没落的不归路。

福建保存了众多自然崇拜的遗迹，这是因为福建开化很迟。一般认为，福建最早的居民是闽族，春秋末期，楚怀王灭越国，部分越人溃逃入闽，融合形成一个新的民族——闽越族。西汉初期，闽越族建立起一个闽越国。公元前110年，汉武帝灭闽越国，将闽越族北迁到江淮一带。至于汉人成规模入闽，是晋以后的事。唐末五代，汉族移民大量增加，成为主体民族，福建人文初启。

古代南方民族十分迷信鬼神。《汉书·地理志》称越人“信巫鬼，重淫祀”。西汉的越巫闻名天下，曾把宫廷闹得腥风血雨，称巫蛊之祸。我们缺乏闽越人自然崇拜的具体资料，但是许慎《说文解字》说：“闽，东南越，蛇种。”可知他们把自己看成蛇的后裔，以蛇为图腾符号。

图腾崇拜是自然崇拜的一种。虽说万物有灵，但还是亲疏之分，对于采集渔猎的民族来说，动物崇拜最为发达，而与他们生活密切相关的某种动物，往往被他们当成图腾来崇拜，视为自己的祖先。汉人将自己看成龙的传人，山林之中的古代闽人则把自己看成蛇的后裔。我们至今还能从福建流行的自然崇拜里，找到几种先民图腾崇拜的痕迹，并从其中看出古代福建种族融合的过程。

先说蛇崇拜。福建的蛇王庙，以南平樟湖坂的福庆堂最著名。福庆堂又称连公庙、蛇王庙，坐落在闽江边，祀奉蛇神连公师傅。我原以为蛇王庙主祀一条大蟒蛇，到现场一看，却是三位身穿蟒袍的人神，蛇神已经人格化了。传说，连公师傅是蟒蛇精，在古田修炼成仙，有一年樟湖坂闹瘟疫，乡人向他祈祷，他变成一条大蟒蛇飞上天空，口吐火焰，驱散了瘟疫，人们因此立祠纪念。明人谢在杭的《长溪琐语》记载过此事：“水口以上有地名朱船板（今樟湖坂），有蛇王庙，庙内有蛇数百，夏秋之间赛神一次，蛇之大者或缠人腰，或缠人头，出赛。”可见颇有些来历。今天的樟湖坂人仍然在每年七月初七过蛇王节，大人小孩人手一蛇，紧随蛇神的轿舆出巡。蛇崇拜也影响了樟湖坂的其他民俗，例如元宵游蛇灯。

樟湖是闽江中游重镇，因建水口电站，全镇迁往高处，蛇王庙也于1992年搬迁到了现址。我去的不是时候，看管蛇王庙的人指给我看一个空蛇笼，说蛇都寄存到南平市里养着了，七月初会送回来。倒是蛇王庙的屋顶处处是蛇饰，每个高翘的檐角都探出一条宛转的蛇，正脊盘踞着大蟒蛇，昂首吐信。

蛇王庙对面，隔着空阔的闽江，属于樟湖镇溪口村，有座青蛙神庙。我们开车从水口电站远绕，踏上了一条早已废弃的沙土路，吃尽苦头，两个多小时后赶到溪口，天色已黑。夜幕中望去，蛙神庙位于闽江边一座大池塘中央，三面环水，庙里亮着灯光。同蛇王庙类似，蛙神庙也是20世纪末搬迁重建的，主祀的并非青蛙，而是黑脸蛙神张圣君。相传张圣君是永泰县人，早年以修锄柄为生，人称“张锄柄”，后上闾山学法，救世济民，羽化升天。庙前有座古朴的石雕蛙像，据说为明末清初遗物，给这座简陋的祠庙增添了一点诡异。

在福建古籍里，蛙神崇拜多有记载。清人施鸿保《闽杂记》描述偶然闯入光泽县衙门的一只青蛙神，说是当地民众数千人，以五人为队，鱼贯出入，轮流参拜。他又说，蛙神嗜饮烧酒，又喜欢看戏。樟湖蛙神庙，实为古代闽江流域广泛流行的蛙崇拜残余。如今，每年七月廿一日张圣君生日，溪口村都会举办蛙神出游活动，届时，一种背绿腹白、脑后长有七个黑圆点的青蛙，陪同蛙神一道巡游。

樟湖的蛇崇拜与蛙崇拜，引起了学术界的兴趣，显然它们来源于早期福建两大民族的图腾崇拜。学者多认为，闽人以蛇为图腾符号；越人是发明了水稻的民族，信奉与农业有关的青蛙神。

继闽人与越人之后，第三个大举迁入福建的主要民族是汉族，各地都有大量的龙王庙彰显其图腾符号，我们早已熟悉，此不赘述。

唐宋以后，福建又迁入第四个重要民族——畲族，带来了犬崇拜。畲族人崇拜狗，是因为他们的始祖盘瓠原来就是高辛皇帝的五色毛犬。我在宁化看过描绘畲族起源的连环画，又称“狗王图”。传说，上古犬戎入侵，高辛皇帝下诏，如能斩杀犬戎番王者，就将三公主许配给他。结果皇帝那条名叫盘瓠的狗夜入敌营，咬下番王的首级，成为驸马，繁衍出畲族。福建的犬崇拜主要流行于畲民中间，他们严禁杀狗，也不吃狗肉。

信仰是奇怪的东西，比血统更坚韧绵长。你看闽族与越族都消失了，他们的图腾崇拜却穿越两千多年保存了下来，被另一个民族继承。那些参加蛇王节耍蛇的樟湖人，没有意识到，是一群遥远的陌生人从万物中为他们挑选了这种动物。他们是信仰的义子。

神族进化：藏起了尾巴的神灵

古代的福建，山深林密，处处猛兽毒虫，沿海则有飓风、海啸之灾，生存环境十分恶劣。这种情况加深了人们对信仰的依赖。闽越人是万物有灵论者，万物皆神。随后入闽的北方汉人，未能移风易俗，反而迷上了巫觋文化，古木奇石、山精水怪，瘟神厉鬼，有了更多的信众。这种现象一直延续到清末。道光年间，周凯主编的《厦门志·风俗记》还在挖苦闽南人胡乱造神："吴越好鬼，由来已久……邪怪交作，石狮无言而称爷，大树无故而立祀，木偶漂拾，古柩嘶风，猜神疑仙，一唱百和。酒肉香纸，男妇狂趋。"

闽中怪力乱神，以瘟神崇拜最为发达，其演变过程，也很有意思。

瘟神崇拜属于原始宗教，可归入精灵崇拜或鬼魂崇拜。古人把多种急性传染病通称为瘟疫，并认为瘟疫之起，是因为疫鬼在人体内作祟，治疗的办法是请巫道来驱赶瘟鬼。问题是巫道的本领不让人放心，屡屡失败，人们就认为瘟鬼魔力特别高强，转而改变策略，开始讨好和贿赂瘟鬼，礼敬它到别处去。瘟鬼于是变成了瘟神。

徐晓望先生认为，福州地区流行的瘟神五帝是由五通神演变而来的。五通神在山区是山精木怪的集合，在福州原为水猴、水鸟、蛤蚌、鲈鱼、水蛙五怪，能行灾布病，人们敬之为五帝、五圣。由怪而帝，动物神就进化为人神，只是神像仍然塑造得狰狞可怖。五帝是福州的显赫神灵，1642年春，福州发生瘟疫，迎神活动持续了半年，可见其盛况。近代学者郭白阳说："福州淫祀以五帝为最。"

淫祀是一项严厉指控，相当于我们今天的邪教，要拆毁祠庙的。儒家历来反对淫祀。我们知道，孔子是敬鬼神而远之的，《朱子语类》也有“作州郡，须去淫祠”的句子。西汉独尊儒术之后，中原文化逐渐理性化，认为南方鬼神崇拜愚昧落后，遂利用政治和文化权力进行压制和禁毁。依神道设教的观念，北宋朝廷将民间诸神纳入祀典，进行管理，对于有功于国家和地方的正神、善神，通过表彰与敕封的方式，确认它们的正祀地位，例如关公、城隍、妈祖等；凡未编入祀典的鬼神，尤其是南方影响广泛的原始精灵崇拜，如诲淫诲盗的五通神、坏人心术的蛊毒、作恶多端的瘟神，都在官方扫荡淫祀的名册之列。

为了逃避官府打击，唐宋以后，福建的自然神纷纷人格化。你想想，理学家看到神台上供着一条老蛇，或者一只青蛙，万众在下面顶礼膜拜，情何以堪！把蛇王、蛙神人格化，赋予人的形象和性格、品德，士大夫就容易接受了。

五通神虽然改为五帝，但因信众广泛，曝光过度，被眼尖的人戳穿底细，地方官府毫不留情镇压。福州孔庙附近福涧街有间五圣庙，因为改名麻王庙，侥幸逃过历史上的劫难，但眼下因为旧城改造，拆毁大半。我去采访时，在门口来回转悠，怎么也没想到这座破木屋就是曾经威名赫赫的五帝庙。一位妇女热心地帮我们开门，一边说：“这里的神很灵的，有人生病就来拜拜，马上就好。”

我没有看到五帝，荒凉的神龛上，只有一位面色红润手持折扇的银须老人。麻王庙的负责人郭陈辉后来告诉我，那是麻王爷，五帝的总政；五帝的神像已经丢了；传说麻王爷是太医，被皇帝派到福州医治瘟疫，积劳成疾，殁于庙中，成了五帝的总政爷。如此说，麻王爷是一位造福乡里的正神。显然，当时的庙祝只是把麻王爷当成五帝的幌子。

闽南地区的瘟神称为王爷，祭祀活动比福州更隆重。以送瘟神为例，福州地区基本上是纸扎人马船只，送入江海；闽南地区往往使用真船实物，火烧或送入海中。前几年龙海市鸿渐村烧王船，我亲眼看到一艘四五米长的木船，满载纸扎的花花绿绿神灵、仪仗队和生活用品，游神祭拜之后，堆在空地上一把火烧了。

王船造的最好的，还是泉州富美宫，据说长达两三丈，不但有纸扎神灵人役，还有活鸡活羊和柴米油盐，极尽奢华。富美宫曾经送出一百多艘结实的王爷船，顺晋江而下，往往安然漂过海峡，被台湾居民拾到，立庙祭祀。福建的神灵传入台湾，通常以分身和分香的方式，只有王爷崇拜还通过漂流这种独特方式分灵。我见过一个资料，在台湾，以王爷为主祀的宫庙数量排名第一，超过了土地庙与妈祖庙。

我去看富美宫，意外地发现竟是一座很小的宫庙，久被烟熏火燎，祀奉着萧太傅和24位王爷。萧太傅名叫萧望之，黑脸、长须、仪表堂堂，历史上实有其人，是西汉大臣，以正直清廉著称，在这里成了所有王爷的统领。他手下的24位王爷个个都是良善之辈，正气浩然。其实，闽南人并不将王爷当成瘟神，而是当成管理瘟部厉鬼的神灵，与福州的麻王爷有异曲同工之妙。总之，瘟神在闽南也修成正果。也许因为这原因，王爷崇拜最终逃过历代官府的打击，在今天还拥有广大信众。

从五通神庙变成五帝庙、麻王庙，瘟神祠变成王爷府，反映了福建自然崇拜在代表北方文化的政治权力高压下的顽强蜕变。经过一次次改造，自然神摆脱了低贱出身，恶鬼最终演变成正神，越来越接近儒家的价值观。

福州猴王庙的演变最有戏剧性。借助流行文化，猴王完成了从动物神到人格神的转变，并随孙悟空一起立地成佛。没人敢说齐天府是淫祀了。

早在唐宋时期，闽中各地就有猴精传说和猴王崇拜，最后汇总为丹霞大圣。据《闽都别记》，丹霞大圣是一只全身红毛的猴精，到处为非作歹，因犯下奸淫妇女的罪过，被临水夫人陈靖姑抓住，阉去淫根，安顿于乌石山宿猿洞。丹霞大圣改过自新后，修得法力无边，显圣佑民，“城市乡村皆有齐天府，俗呼猴王庙。”一些学者认为，福州的猴王丹霞大圣是《西游记》中孙悟空的原型。

自从《西游记》流行之后，各地猴王庙按照孙悟空的形象改造丹霞大圣，多祭祀斗战胜佛。福州水部门兜火巷里的齐天府，成佛后的孙悟空正襟危坐，双目圆睁，不改火眼金睛，气势慑人。福州闽安镇齐天府的猴王也是斗战胜佛，道貌岸然，金光灿灿，只是神像塑造得尖嘴猴腮，一副不安分的猢狲模样，两边还写着“花果山”“水帘洞”的字眼。

这是很有意思的现象：福建的猴王崇拜曾经启发了《西游记》，反过来，《西游记》流行后又改变了福建的猴王崇拜。现在，要找到一座与孙悟空无关的丹霞大圣庙已经很不容易。宋元以后，理学改变了福建文化的走向，神族被迫进化，自然神都藏起了自己的尾巴。有时我们简直被他们的前世今生弄糊涂了。

造神时代：闽中区域神诞生记

唐宋时期，汉人成为福建的主体民族，刚刚完成文化整合，其创造力就蓬勃爆发，在信仰领域的表现是大量造神。今天影响较大的一些神灵，究其生活年代，多半处于这个时期。当时人们对福建风气的评价，与秦汉时代人们评论闽越人的习俗差不多。中唐诗人刘禹锡论福建："闽有负海之饶，其民悍而俗鬼。"《宋史·地理志》谈福建路民风，称"其俗信鬼尚祀"。一片巫风鬼雨。

但汉族移民也提高了八闽的造神水平，所造多为人格神。那个疯狂造神的时代，但凡善于抓鬼的道士，法术高明的禅师，悬壶济世的巫医，造福乡里的先贤，甚至举止怪异的奇人，死后都可能被人立个牌位，烧把香，祝祷一番。一旦祈祷有应，马上传为奇迹，引来更多的信徒和香火。信众增多之后，就有本钱立祠建庙，汇总灵异事迹，从而招徕更多的信徒。一代又一代，薪尽火传，流传至今。

各地的开基祖最容易被人奉为神灵。唐代的陈元光，因为率众平定蛮獠叛乱，创建漳州，被尊为开漳圣王。闽王王审知奠定了福建经济与人文的基础，被誉为"开闽王"和"八闽人祖”，是全福建供奉的开基祖。在闽北，练氏夫人因为使建州（今建瓯）免除屠城之难，被推崇为“全城之母”，成为护城女神。俎豆千秋，香火万年，这是人们对有功于地方的前贤的一种纪念方式。

闽中佛教也在这时进入鼎盛时代，在巫觋文化的底色中，一些著名禅师为了证明佛法无边，不但经常为民众降妖伏魔，还在祈晴、降雨、治病、送子等世俗活动中大显身手，从而变成俗神。这方面的例子很多，例如平和的三平祖师、安溪的清水祖师、闽西的定光古佛、武夷山的扣冰古佛等等。

然而人们崇祀最多的，还是能够显灵和赶鬼的巫道。地方志记载了许许多多巫觋死后为人供奉的案例，妈祖、保生大帝和临水夫人，这三位福建最有影响力的神灵，生前都属于巫道之流。

临水夫人陈靖姑是闽江流域最大的信仰。我在福州仓山寻觅她的遗迹。其出生地下渡，现存一幢小巧精致的福州式建筑，是搬迁后重建的，院子里有口龙泉古井。塔亭娘奶祖庙门面很小，古旧，紧掩门扉。我转到上渡龙潭角，临河的陈靖姑祈雨处颇为局促，只是一个供奉南海观音、临水陈太后及其师傅闾山许真君的小庙，窗外闽江湛绿。我正想临水夫人的祖庙不该如此狭小，抬头望见街道对面的山腰有座巍峨的宫祠，便拾级而上，原来这是新建的陈靖姑祈雨处宫庙。殿宇宏敞，神像高大，除了陈太后、观音、许真君，还供奉了临水夫人系统的众多神灵，林九娘、李三娘、虎婆奶、白鸡奶和丹霞大圣等。

宋元时代，陈靖姑只是一个普通神灵。据明万历《古田县志》，我们知道她出生于唐代的一个巫觋世家，自己也是一位女巫，嫁给古田人刘杞，因为祈雨而堕胎，不幸罹难，死前发愿要解救世上妇女难产的痛苦。清代出现了《晋安逸志》《陈靖姑传》《临水平妖记》等神话，将她生前死后的事迹重新演绎。根据影响较大的《闽都别记》记载：观音弹指血化身为陈靖姑，于904年正月十五出生，16岁抗婚离家出走，入闽江底的闾山学法术，诸法皆精，唯独不学扶胎救产之术。艺成归来，陈靖姑大显身手，扫除福州一带的妖魔鬼怪。24岁时怀孕家居，其兄陈守元在闽王宫中祈雨不至，罪当斩首，哭求妹妹帮忙，陈靖姑只好脱胎祈雨，被长坑鬼与白蛇精乘机害死。陈靖姑成神后，更是屡显神迹，率领手下36姑婆到处驱鬼伏魔，解救妇孺的困厄。

临水夫人是很有特色的神灵，专司保胎育儿、护佑妇女儿童。其信众主要集中在福州和闽东方言区，受其辐射，闽北和浙南也有不少临水宫，福州移民把临水夫人的信仰带到了台湾和海外。

闽南地区影响最大的神灵是保生大帝。保生大帝的祖宫有两处，都在九龙江入海口北岸，龙海白礁的慈济西宫和厦门青礁的慈济东宫。白礁与青礁，两个村子的街道现在完全连在一起，却分别属于漳州与厦门。祖宫之争闹了一千年。

保生大帝名叫吴本（一说夲），据南宋进士杨志撰写的《慈济宫记》，吴本是北宋青礁人，其父叫吴通，母亲为黄氏，生于979年旧历三月十五日，死于1036年五月初二，享年57岁。

吴本从小就不喜欢玩耍，不吃荤，也没有娶妻，成年后悬壶济世，医术高明，远近奉为神医，死后受到乡人的祭祀，屡现神迹，宋朝廷多次褒封。

闽南民间通称吴本为慈济真人、吴真人、大道公、保生大帝等。保生大帝的封号来自明代，传说吴真人显灵治好了明成祖文皇后的乳疾，因此敕封。郑振满先生《保生大帝考》一文认为该封号很可能出于后人杜撰。虽然是杜撰，却很精当，因为吴真人的专业是治病救人，以医药神知名。宋代的福建，沼泽山林，细菌毒虫滋生，是人们闻之色变的瘴疠之地，又缺医少药，医药神特别受到欢迎，所以迅速传遍闽南。明清时期，闽南移民携吴真人神像入台，成为当地对付瘴疟的利器。近年来，每年神诞节，海峡两岸都有众多分灵庙的进香团来到两个慈济祖宫谒祖，仪式隆重，场面盛大，蔚为壮观。

在青礁东宫，我见到了大名鼎鼎的保生大帝药签。药签分内科、外科和儿科，藏在不同的橱柜里。一张张小小的签纸条，粉红或米黄，铅印着三四种药物、分量和服用方法。我父亲是退休老中医，我将慈济东宫的药签给他看，他的意见是，药味少、药量很轻，即使服用错了也没什么大问题；他还认为药签的配药相当专业，讲究君臣佐使；有的药名他不懂，大约使用了当地的草药。

福建的地方神灵成百上千，绝大多数只影响很小一个区域。这主要是福建地理与语言的破碎造成的。闽西、闽北等山区，交通不便，方言众多，传播不易，数县同祀的神灵很少。闽南、莆仙和福州沿海地区，地势平坦，方言覆盖区较广，产生了不少信众广泛的跨县域神灵。另外，福建主要神灵集中在闽东南沿海地区，也与文化和经济相关，与闽北相比，闽东南开发较迟，又比较富裕，推动信仰传播的资金比较雄厚。

物极必反。造神时代的晚期，闽北诞生了以朱熹为代表的闽学，也称理学。闽学的学术渊源来自北方洛学，合称程朱学派。作为福建本土产生的理性思潮，理学对八闽巫觋文化给予致命的打击，终结了福建的造神时代。

人情冷暖：上帝与天后的悲喜剧

闽侯青口镇青圃村有个灵济宫，是二徐真人的祖宫，知道的人已经不多了。

灵济宫就在村内，但是不好找，巷道狭窄弯曲，不能通车。山门额题“金鳌门”三字，两边对联为：“欲观北京皇帝殿，先看青圃灵济宫。”好大的口气！右侧的木构御碑亭有些倾斜，但是大气磅礴，地道的明代风格。高大的石碑，残缺的龟趺，浑厚壮观，碑文为明成祖亲撰，内阁首辅解缙书丹，真是难得的精品。

倒是联语吹嘘的灵济宫挺寒酸。宫庙为青砖砌成，简朴的近代风格，据记载为1940年重修。殿内相当宽敞，但是梁柱太多，有点小家子气。前厅为戏台，后堂一排三间神殿，正中额题“御封洪恩上帝”，神位上端坐着龙袍加身的徐知证、徐知谔兄弟。两位上帝隐居在闽侯县一个闹哄哄的村子里，我总觉得有点不伦不类。

许多神灵的事迹是胡编乱造的，但二徐真人倒真的被封过上帝。

徐知证、徐知谔兄弟是五代南唐将领，率师入闽，秋毫无犯，人们因此祭祀。宋元时代，他们只是普通的地方小神。明初，灵济宫道士用仙药治好了明成祖的疾病，皇上十分感激，下令重建闽侯灵济宫，还在北京建了一座规模更加宏大的灵济宫，以便时时敬奉。此后数代明帝也都崇信二徐真人，不断加封封号，1486 年，明宪宗封二徐真人为“金阙上帝”和“玉阙上帝”，达到顶峰。1488 年，在内阁大臣的强烈反对下，“上帝”称号被革去，仍为真君。二徐真人在“上帝”的位子上只待了两年，席不暇暖。

谈完上帝，再说天后。

妈祖，又称天妃、天后，莆田人。按说莆仙语人口少于闽南语和闽东语，信众较少，但偏偏妈祖脱颖而出，赢得了福建各地广泛信仰。我在浦城与宁化都看见过天后宫，足见她在闽北闽西也受欢迎。

现存最早记载妈祖事迹的文字，当属 1150 年特奏名进士廖鹏飞的《圣墩祖庙重建顺济庙记》，该文说：“（神）姓林氏，湄洲屿人，初，以巫祝为事，能预知人祸福；既殁，众为立庙于本屿。”可见妈祖生前只是湄洲屿上一个能预知祸福的女巫，死后被人立个小庙祭祀。1190 年，因为显灵解旱被敕封为灵惠妃，这是宋朝给她的最高封号。宋代的妈祖十分平凡，甚至没有在自己的专业领域——航海——树立权威。作为中国首屈一指的大港，泉州市舶司每年春冬两次，祈风于九日山的通远王。可见通远王才是宋代最显赫的海神。

转机出现在元代。1281 年，由于护送漕运有功，元世祖忽必烈册封湄洲神女为“护国明应天妃”。她从一个普通的凡间神变成上天的尊神，管辖四海诸神妖怪，并确立了海上保护神的独尊地位。清朝统治者对妈祖非常友善，累计嘉封 15 次，至咸丰七年，妈祖得到的谥号达 64 个字，用尽了好字词，全文如下：

护国庇民妙灵昭应弘仁普济福佑群生诚感咸孚显神赞顺垂慈笃佑安澜利运泽覃海宇恬波宣惠导流衍庆靖洋锡祉恩周德溥卫漕保泰振武绥疆天后之神

清代的褒封，最重要的是 1684 年，平定台湾后的施琅请封妈祖，康熙高兴之余，慷慨地把“天后”的名号送了出去。天妃是上帝的次妻，天后则是上帝的正配，这意味着妈祖已经晋升为与上帝同级别的神祇了。妈祖的神格至此达到极限。

在妈祖身份日益尊贵、影响日益扩大的情况下，神化妈祖的努力也开始了，历代不断增益，拼凑出一本妈祖的完整传记。明末，有关妈祖的生平已经达成共识：她的名字叫林默娘，是莆田都巡检林愿的季女，出生于 960 年旧历三月二十三日，未嫁，于987年九月初九白日飞升，享年28岁。佛道两教也开始争夺妈祖，明末《天妃显圣录》出面调和，按佛教系统叙述天妃的诞生，说天妃的母亲梦见观音给她药丸服下，遂有孕；为了弥补道教的损失，说天妃少女时照妆于井，有神人捧一双铜符从井中出来给她，13岁时又有老道士前来教授玄微秘法。可见天妃的诞生固然是观音显灵，学的却是道教正法。儒教长期排斥妈祖，直到清朝封妈祖为天后，态度才有转变，莆田学者陈池养写了篇《孝女事实》，重点着落在林氏救父葬兄的行为上，把天妃当成一个孝女。

妈祖是航海神，明清两代，妈祖信仰被福建水手带到沿海各地，在台湾，妈祖是信众最广泛的神灵，近代以闽粤沿海居民为主体的移民浪潮，更将妈祖信仰传播向东南亚国家，甚至美洲和欧洲。可以说，哪里有华人聚居地，哪里就有妈祖信仰。

我于2005年初去过湄洲岛，那是一个面积14平方公里的小岛，渡轮每小时一班。岛上，妈祖石像高大巍峨，相思树与松林簌簌有声，庙宇群气势恢宏，依山而建。我看见身穿一色大红花衣服的妇女们，肩挎绣着“妈祖保佑平安”的布袋包，来到一座又一座宫庙，在神像前殷勤跪拜，虔诚上香。回程的渡船上，遇上一个来自台湾的进香团，人人身穿黄衣，佩戴胸卡，有几人怀里还紧抱着一个小妈祖。我问是不是请了妈祖回去？

“早就请了，现在让妈祖回娘家。”

“多久回一次？”

“每年都回。已经回了三四次了。她也会想家的。”

我觉得在信徒眼里,妈祖太有人情味了,像个普通的人间女子。

在福建的神灵中，二徐真人获得的御赐封号最高，其次是妈祖。一帝一后，命运大不相同。二徐真人仅仅得宠于明皇室，没有广大的信众基础，一旦改朝换代，清皇室对他们失去兴趣，就迅速衰落。湄洲神女慈悲博爱，为底层民众所亲近，她在航海救护方面的功能，与福建灿烂的海洋文化相结合，加上统治者推波助澜，遂变成风行海内外的明星神灵。

看看湄洲岛宏伟的天后祖庙，再看看灵济宫破落的上帝寓所，世态炎凉，让人感慨良多。

神人之间：造神者的光荣

福建本土神灵众多，脉络复杂，叙述起来十分困难。幸好徐晓望先生的《福建民间信仰源流》和林国平先生的《福建民间信仰》早已做过梳理，本文许多材料与观点引自这两本著作，谨致谢意！现在我从书桌抬起头，思考一些缠绕心中的问题。

第一个感慨是，古代闽人，不论闽越人，还是中古时代的汉族移民，他们与神灵的关系多么亲密啊！我们说，出于软弱和无知，他们造神。然而，造神者又是多么豪迈的一个名字。他们睁大清新、幼稚的眼睛，从万物之中寻找神灵的身影，一旦有所得，当即行动。据《八闽通志》记载，连江县灵津庙，俗称浮石王庙，人们仅仅因为看到一块石头浮在水面，随波逐流，“众异之，遂立庙”。我想起自己的经历。有一年，我从外地捡了块浮石回家，放在脸盆里载沉载浮，得意扬扬显示给家人，他们弄明白了这是特殊的火山石，石中多气泡，便兴味索然，浮石也不知扔哪里去了。

科学理性是自然崇拜的天敌。随着知识的增加，世界越来越物化，我们也逐渐失去了创造神灵的能力——我们偶尔也造神，像肥皂泡一样，总是瞬间破灭。这显然是一种进步，人类变得更加自信，坚强。同时我们也变得更加孤单，孑然一身。

神是什么？是奇迹，是事物内在最不可思议的意义，是精神的自我沉思。没有神灵的人们，终生匍匐在大地上，受到现实环境的种种约束，精神世界窄小。一旦他们接纳了神灵，就竖立起精神之维，世界有了高度，他们开始思考比天空更高比死亡更远的事物。宗教能够把一个松散的民族打造成钢刀。想一想希伯来人吧，他们在世上漂泊千年，终于凭借信仰回到原地；再想想阿拉伯人，谁知道6世纪以前他们在哪里？但是先知穆罕默德把他们聚集在一起，从此成为世界史的主角之一。

福建人也是这样。郑成功率领闽南子弟远征台湾，白礁人就去慈济宫祈祷，请了一尊保生大帝的神像放在战船上，一同跨海东征。漳泉人下南洋前，总是要先到家乡的保护神那里讨点香灰，随身携带，一到客居地就供祀家中，有条件则建起祠庙。人们称赞闽南人善于航海，比其他民系走得更远，那是因为他们有海神庇护，不论走到那里，家乡的神灵都与他们同在。

读台湾早期开发史，我能感受到神灵与信众的生动关系。惠安移民聚集的地方供奉青山公，安溪人供奉清水祖师，南安人供奉广泽尊王，平和人供奉三平祖师，同安人供奉保生大帝，福州人供奉临水夫人，客家人供奉定光古佛……看他们的神灵，就明白这些移民的祖籍。一旦各县移民发生械斗，双方挥舞着各自保护神的旗帜冲锋陷阵。同安人与南安人火拼，就是保生大帝与广泽尊王对垒；漳州人与客家人冲突，就是开漳圣王与定光古佛相持；当然民间的和解也意味着神灵的握手。那个时代，人民与神明之间，相濡以沫，生死相依，一起走过幽暗的历史。

神灵是古人留给我们的一项充满争议的遗产。无论如何，我仍然感激有那么多神灵陪伴我们的民族一路同行。许多神灵至今活跃，慰藉千百万人的心灵。我在天后宫、慈济宫、临水宫驻留，青烟缭绕，香氛弥漫，我看到善男信女的脸上焕发虔诚的光辉。我觉得，不论最初那些造神者多么卑微、愚昧、畏惧，他们的创造物的确光芒四射，甚至照亮了千年之后的我们。

还有什么光荣，抵得上创造一个超越我们生命的神灵？

萧春雷，1964年生，福建泰宁人，曾用笔名司空小月、十步等。著有诗集《时光之砂》，随笔集《文化生灵》《我们住在皮肤里》，艺术评论集《猎色：国外后现代摄影30家》，文史论著或画册《阳光下的雕花门楼》《风水林》《嫁给大海的女人》《烟路历程》《房梁遗梦——福建经典古民居》《保生大帝信仰史》《武夷山：世界文化与自然遗产》《世族春秋：宁化姓氏宗祠》等，作品散见于《人民文学》《读书》《东方》《中国国家地理》等杂志，并被收入多种选本。

温暖妈祖庙

◎ 黄荣才

去莆田，是因为妈祖。

妈祖是一个人，她在这个世界上生活了28年。对于一个人，28年的人生不够长，或者说属于短促。

妈祖是一个神，她注定会永远留存在这个世界，并且影响日隆。从宋朝建隆元年（960）出生，987年升天，妈祖从人到神的转变之后，如今全世界有6000多座的妈祖庙，信众2亿多人，分布在26个国家和地区。这样庞大的队伍，妈祖就注定是个引人注目的神，不会寂寞。有太多的目光聚拢她的身上，这些目光是虔诚和景仰的，妈祖在这些目光之上，颇有点被目光托着升腾的味道。

其实，从人到神，这不是简单的词语转换。走进莆田的妈祖祖庙，也就不能简单以好奇心来概括。回望或者追溯，多了膜拜的色彩。妈祖原来仅仅是个普通的女孩子，当已经有了一男五女的父母虔诚烧香祈祷的时候，他们最初的愿望是再添一个男丁，当她出生的时候，因为是女孩，父母的失望可想而知。有关怀孕和出生之后的异象，或许更多的是后来妈祖成神之后的叠加，崇拜之后，总是希望能有与众不同的东西，各类异象也就成为合理的注脚。现实应该更多的是妈祖的父亲是宋代都巡检，也就是巡海官，衣食无忧，多个女孩子就多个女孩子吧。何况，这个女孩子很乖巧，出生到满月，很少哭闹。默，就成为这个女孩子的名字。她的父亲绝对想不到，这个仅仅是个普通女孩子的名字，居然会写进历史，成为众多人口口相传的名字，在一千多年的时间里进入太多人的生活，而且，将一直延续下去。

林默，不是普通人。8 岁能诵经，10 岁能释文，13 岁学道，16 岁踩浪渡海，懂医术，识气象，通航海。几句话，林默的形象跃然纸上，聪明自然不容置疑，但世界上聪明的人很多，能够成为神，显然不仅仅是因为聪明。林默有爱心，她懂医术，经常为百姓看病；她识气象，通航海，经常奔走在小岛之间，为航海之人通信息，为海上遇险之人提供救援。可以想象，一个女孩子，在惊涛骇浪之中驾舟前行，在狂风暴雨之前奔走相告，收获的肯定不是几句谢谢，她的故事在当地渔民和过往的海上商客之间口口相传。28 岁，在一千多年的宋朝，绝对属于大龄女青年，她的生命却戛然而止。在她之后，有许多故事和传说流传，化草救商、降伏二神、解除水患、救父寻兄等等十六则，传说越来越盛、越来越神，可以理解，林默得到太多人的爱戴。以至于大家相信她是主动升天，打扮得漂漂亮亮的，在仙乐声中，从湄屿的最高峰，走向她的神仙之旅。但我相信，她在风浪中因为海上救人，被倒下的桅杆砸中头部而亡，应该是更为接近真相。

带着泪水和爱戴，当地人修建了妈祖庙，速度之快是因为景仰之深。想想一千多年前，海上是个危机四伏的地方，但海运又非常发达。生活的需要、生存的需要，还有充满危险，这样的悖论让众多航海人和他们的亲戚家属需要强大的精神力量，需要自己的保护神。林默，因此走上众多人的视野，走上神坛。水至柔，水神该是女性的渴望，更是推波助澜。林默就从莆田这个她出生的小村庄走出去了，在她去世之后，一直走到现在，成为 2 亿多人的共同海神，接受岁月的洗礼和众人的膜拜，她的故事和神力也不断演绎更新。和平、勇敢、关爱，妈祖文化逐渐形成。从夫人、天妃、天后，到天母，一次次加封；一座座庙的诞生，从莆田到世界各地；祖庙也一次次扩建修复，从最开始的“初仅数椽”到现在的规模宏大。世界上没有内心抵达不到的地方，因为发自内心的景仰，妈祖的影响传递得非常之快、非常之广。

走在莆田妈祖祖庙和天后祖祠，感受到“爱”的文化、“爱”的回馈，它藏于文人墨客的诗文、皇帝的题匾、信众的香火、虔诚的祷告以及下西洋的郑和、平台的施琅等等历史故事之中。风景这时候已经退隐，历史的细节或许也不那么重要，重要的是林默这个人、妈祖这个神。这条脉络非常清晰，这条筋道非常有力，以至于感觉到有强大的气场，罩盖在我们身上。

除了莆田妈祖祖庙，我们的行走经常和妈祖庙不期而遇。2009 年到台湾，曾经到鹿港天后宫，这座创建于于清顺治四年

（1647）的妈祖庙，是台湾本岛建立最早的妈祖宫，正殿供奉的和妈祖神像，是康熙二十二年（1683），福建水师提督靖海将军施琅从湄洲祖庙请去的。历史的叠加，不仅仅是时间的拉长，更重要的是让这座庙有了厚重的感觉，有故事才有厚度，妈祖不缺乏故事。也是在这次台湾行，我还去过云林县北港的朝天宫，这是全台湾规模最宏伟的妈祖庙，创建于康熙三十三年（1694），宫中的妈祖神像是由树壁和尚从湄洲祖庙朝天阁请去的，所以叫“朝天宫”。我去朝天宫的时候，有不少香客在上香，和香客聊天，听他们用非常敬仰的口气讲妈祖的故事，讲她的灵验。讲台湾有大大小小的妈祖庙 800 多座；讲台湾 200 多名信众在 1989 年冲破台湾当局的禁令，乘船直抵湄洲朝拜妈祖祖庙；讲 1997 年湄洲妈祖金身巡游台湾引起的巨大轰动。我们就像熟络的邻居，讲着亲切的话题，讲着共同的尊长，话语投机，有话则长，没有意识到时间的流淌。

不仅仅在台湾，2005 年的澳门之旅，我走进澳门妈祖阁。记得妈祖阁门不大，只有一个门洞，上面写着“妈祖阁”。妈祖阁也叫妈阁庙，1488 年就建成了，是澳门三大禅院（妈阁庙、观音堂、莲峰庙）中最古老的一座。对弘仁殿印象深刻，因为它只有 3 平方米，后墙是山上岩石，屋顶和两旁墙身也是石头，因此有石殿之称，有特色，又如此之小，历史在妈阁庙建筑群中却最为悠久，所以分外吸引目光。院内有一块名为“洋船石”的巨石，上刻一艘古代海船，船的桅杆上挂着一面写有“利涉大川”的幡旗，是人们喜爱的“一帆风顺”的图景。这块石头和福建人有关，据说讲述的是400多年前一位福建商人，乘船来澳门途中遇到风浪，幸得妈祖相救，转危为安的故事。这仅仅是众多妈祖显灵故事中的一个，但这个故事有留下物证而已，因此也就成为参观者必看景点和比说的话题。妈祖阁还和澳门的名字有关，四百多年前，葡萄牙人抵达澳门，在庙前对面的海岬登岸，注意到有一间神庙。人生地不熟的葡萄牙人询问居民当地名称和历史，居民误认为是指庙宇，所以回答说是“妈阁”，原来是全景的咨询成为一个点的回答，葡萄牙人以其音译而成“MACAU”，成为澳门葡文名称的由来，阴差阳错，让妈祖阁成为澳门的别名。每每听到《七子之歌》中那句“你可知MACAU不是我真姓，我离开你太久了母亲”的时候，我总能感觉到辛酸之外有香火升腾，夹杂着一种肃穆的感觉。

即使在平和县，这个没有港口的山区县份，妈祖的香火也依然存在。平和的延寿庙就有供奉妈祖，晚上散步的时候，经过延寿桥头的延寿庙前，忍不住多看几眼，只因为亲切。诸多神像，也许是威猛，也许是庄严，但妈祖给人感觉是亲切，有着母性的温暖，自然吸引住目光和拉扯住脚步。

黄荣才，中国作协会员，福建省作家协会全委会委员，福建省文艺评论家协会会员。发表文章约200万字，有近百篇被转载或者选入各类选集。获奖若干。出版《我的乡贤林语堂》《闲读林语堂》《林语堂读本》《螺号声声》等13种，主编图书《走进林语堂》《平和县茶志》等14种。

先　生

◎ 罗戈锐

1982年上一年级时，第一课叫《春天来了》，内容大概是：冬天过去了，微风悄悄送来了春天，泥软了，冰融了，芽绿了。彼时，一位先生是这样和我解释这段文字的：每个人的心头都有冰、心上都有泥、心底都有芽，你要是碰到一位好的先生，冰就会融，泥就会软，芽就会绿，然后你就如沐春风了。

那时，还有位先生和我说，他教我，想让我知道的是，哪里有青草、阳光、清风、森林，慢慢长大后，我渐渐明白，那青草、阳光、清风、森林，不仅存在于大自然中，更生动于那一部部厚重的书里，一个个深邃的灵魂间，一份份热忱的理想中……

长大后，还是一位先生，认真地告诉我，就算贫穷，你也要听得见风的声音，就算富贵，你也要寻得着水的源头。

感谢他们，让我在今天回望从前时，于他们渐行渐远的背影中，越来越清晰看见一个个挺立的脊梁和跃然的形象，让我在很长的时间里，还留有做人的尊严、处事的根本、独立的思想和责任的担当。

乡野之间，那些平凡的小先生自有挺立的脊梁；历史深处，那些卓立的大先生更有着绝世的风骨……

“云山苍苍，江水泱泱，先生之风，山高水长。”范仲淹在《严先生祠堂记》里的这16字，大概是历史上对先生礼赞的最好表述了。该文写的是东汉初光武帝时，以高风亮节闻名于天下的严子陵。这严子陵，是东汉开朝光武帝刘秀的知交好友。刘秀登基后，将严子陵请入宫中，彻夜长谈旧事，同榻而卧，甚至严子陵在睡梦中把脚搁到自己的肚皮上，刘秀也毫不介意。可惜，严子陵不慕仕途，无论刘秀如何惜才挽留，终是不辞而别，归隐山野，垂钓富春江，终老一生。范仲淹于文中更以“先生之心，出乎日月之上；光武之量，出乎天地之外”来总结和景仰这个名士与帝王的千古垂范之典故。

如严子陵者，以德行气节表率天下，自是当得起后世所敬称之“先生”。对大多数中国人来说，更多是将“先生”二字用于对老师的称呼。于这方面看，几千年来，除了孔夫子，宋代理学家程颢、程颐该是最好的先生典范了。程颢之弟子朱光庭在汝州听他讲学，如痴如狂，听了一个多月方才舍得回家，回家逢人便夸老师讲学的精妙，并说“光庭在春风中坐了一月”，从此留下了“如坐春风”的成语和典故。而程颐之弟子，东南理学大家“龟山先生”杨时则为后世留下了著名的“程门立雪”，这样一个尊师重道的千古美谈。

诚然，当先生们是学业的长者、为人的榜样、道德的楷模时，总是有好的学生能从先生那汲取足够强大的能量，在任何时代都可以生机勃发，穿越时空，历久弥新……

1966年，陈寅恪先生要被批斗时，他早年的清华学生，当时中山大学的历史系名家刘节教授，以先生身体不好为由，毅然替先生受批。“造反派”殴打刘节先生后，问他有何感受，他说：“能够代替老师来被批斗，我感到很光荣。”于是，又是一顿暴打。

好的学生，在尊师重道的基础上，还须具有独立之思想、自由之精神。张勋复辟时，梁启超以个人名义发表反对通电，斥其师康有为为“大言不惭之书生，于政局甘苦，毫无所知”。哪怕康有为发怒，以四字回学生：梁贼启超！梁启超亦坚定回道：“师则师，弟则弟，政治主张则不妨各异，吾不能与吾师共为罪人。”他应是深明，人须尊师，更该重国家之大道。

而作为先生的梁启超，我却记住了一段有趣的韵事，他在徐志摩和陆小曼的婚礼上会撂出一番掷地有声的话：“徐志摩、陆小曼，你们听着！你们都是离过婚，又重新结婚的，都是过来人！这全是由于用情不专，以后要痛自悔悟。我作为徐志摩的先生——假如你还认我为先生的话——又作为今天这场婚礼的证婚人，我送你们一句话，祝你们这是最后一次结婚！”

在古典中国人看来，所谓先生，是一种神气里隐约的素雅和谦和，骨子里透露的独立和从容，是可以承时代担当、开风气之先，巍然如山、上善若水的。一袭长袍，方瘦矍铄，风貌高古中，智如泉涌；两袖清风，骨气傲立，襟怀包容间，行为表仪。

今天，更广义上的先生已经适用到了对普通人的尊称。人人称先生的时代，先生却是不多见了。如我所知，当世道衰弱、人心迷茫时，先生者，纵不是力挽狂澜者，也绝不该是同流合污辈。若然让我称您一声“先生”，您至少要有起码的责任与担当，有做人与做事的尊严，这人世间多得几位先生，那轻浮的世道人心也便自一点点地厚重了起来。但愿下次和您相见时，我能坦然地称您一声：先生！

罗戈锐，毕业于厦门大学国际新闻专业，现任职于福建省电视台。福建广电集团大型文化节气系列《六十四时空——节气系列》专栏主笔，《福州赋》《三坊七巷赋》《酒赋》《寻味福州》系列作者，电视地产专栏《置业广场》《家住福州》《都市房产》《福建文旅报道》创办者，公众号“真知洞见”作者，福州美谈读书会主讲。

海风不知吹向何处

◎ 谢雪花

走掉的那一代人与留下的那一代人，苍凉与热闹，常常充斥在一起。

沿着满乡满村的大红拱门，火红花篮，几步之遥就有一个灯笼高挂的村道走，我无须打听婚宴地点，也能猜到：这就是我的舅舅给他的大学生儿子办的婚礼。

大红的大蓬房，标致的服务员，穿着高开衩的旗袍在迎宾，龙虾、鱼翅、燕窝一样都不少。酒席开始，迎宾员变身为服务员，她们上菜的标准身姿，依然是左右开弓、婀娜向前。这些动作给乡村里仍然坚持女人不上桌、只蹲厨房吃饭的封建保守的惠女不一般的感受，她们像看笑话一样乐坏了；男人却是真的欢乐，出海的男人返乡，看见紧身旗袍下开的高度，贪婪着那些不羞涩、不扭捏白葱似的大腿。在这些城里女人的身上，闻不到自家婆娘身上的鱼腥味，即使浓烈的海风也吹散不去她们身上的香气。

我与海虽然只有短暂的童年共处时光，但是人越年长越能体味到故乡的意味。曾经认为他乡即故乡，现在时不时思念故乡海风的腥味；走过数个旅游城市的海滩，都未找寻到故乡海的气味。人越年长嗅觉越敏感，只认同那些相同的气味，对不同的人与事物渐渐远离。

从他乡即故乡到家乡才是故乡，我想，自少年时即跟着师傅远走东莞谋生的我的小舅，也是这般的感受吧。否则，他干吗花大把的钱回家乡建楼，出资盖新的村小学，捐款组建村篮球队，如今又亲赴故土办一场豪门婚礼……

小舅的童年在这个海边小村仅有短短10年时光，他在如今给儿子办婚宴的旧小学原校址也只上了一年学。他因贪玩天天逃课而最终真正远离；他掉进外婆家旧房前的池塘而因此学会了游泳，如今池塘早已干涸；他拆了自家的碗橱衣柜，又拆了邻居伙伴家的，他的木匠禀赋早早呈现在他少年时。后来，我的父亲母亲结婚时的婚床，就是小舅亲手制作并描图的，那张床至今牢固且美丽的令村人艳羡。

制作婚床那一年我的小舅才12岁。就在那一年，年龄最小的学徒跟着年老的外来木匠师傅远去了东莞。

后来，小舅不想玩木头了，想快点发财。几年后，他成了工程承包商。从此，小舅极少回家，只是在有一天买了车、买了驾照，然后开着车从东莞去上海遛弯的路上，罚单不间断地寄到外公家。外公开心极了，天天收到罚单时都笑着感叹小舅还是小时候的样子，胆大啥都不用学就自己会。其实，外公最开心的是终于知道小舅每一天在哪里了吧。

有一年春节回家，村口停着两辆新灿灿的汽车，一辆是小舅的，一辆是小舅妈的。原来是买了驾照的小舅也顺带给小舅妈买了一本，于是戴着斗笠包着花头巾，着露脐装阔腿裤的惠安女小舅妈在小舅的催化下，载着两个儿子从东莞开车回了福建。我对这一家子目瞪口呆，小舅妈却不以为意，只说了一句：开车哪有开船难呐。

传奇的小舅是外公外婆最不乖的一个儿子。大舅孝顺，早早学航海，远洋在世界各地，偶尔外公会收到成箱的袜子、成袋的酱油，那都是大舅在哪个码头寄回来的外贸货。二舅仅次于大舅，开着渔船飘荡在祖国各地，他常年在海上无处撒尿，憋出一堆的结石，每次回家乡都是回来取石头。二舅长得像李逵，大方义气，对自己无所求，一年到头赚的钱回来全拿给外公外婆买东西和给我们读书。一年，二舅在他的儿子高考时愤怒不已打电话给我，说表弟想报考航海学校，他坚决不同意，一定要表弟报师范专业或者以后能考公务员的专业。他说：我跑了一辈子海，晒得跟鬼似的，连一口淡水也没得喝，我的儿子怎么能再这样过一辈子！好说歹说，我劝住了二舅。我告诉他，表弟毕业以后是开大邮轮的，不是你那种打鱼船，现在是高科技，赚的是大钱。

大舅、二舅都没让外公操过心，只有小舅让外公提心吊胆，恨铁不成钢。从小机灵却不读书，捣鼓这个捣鼓那个，学游泳直接跳进池塘差点被淹死，学木工拆自家碗柜差点被柜里的碗掉下来砸晕。但是，多年以后，真正提升外公外婆生活水平的是小舅。他从东莞叫了施工队填了村口那个废弃多年、变成苍蝇王国的公厕，在那之上建起了一栋美墅。一楼的店面就留给外公刚好坐在村口看风景，热热闹闹。外公也乐呵呵当起了出租户，自己留了一间店面卖米，其余的租给村里人。也因此他那几年身体尤其壮实，每天都要亲自卸大米直到80余岁。过年回家乡，外公总要我们每家都带走几袋米。真不知道外公做生意有啥赚头。

当然，是小舅为外公创造了晚年热闹的所在。每天，村里的老人都爱在外公的米店里泡茶聊天；路过这个村的路人，来做小生意的小商贩，都爱来外公店门口。因为外公不光免费供应好茶和茶点，有时候还叫他们一起吃口热午饭。

小舅儿子大婚的时候，我不知道舅舅们和我的母亲、小姨是否忆起了他们的父母亲。外公、外婆最终也没能赶上任何一个孙儿的婚礼，只是孙儿们的新娘都是外公、外婆指腹为婚定好的。遵守着孝道传统的舅舅们，从没想过让孩子们退约娃娃亲。我的数个表弟也刚好都跟他们的小媳妇一起长大读书，又恰好在同一个城市工作，且那些未来的新娘长得都不赖。惠女的婚姻从来不复杂，没有海誓山盟。喝着海水，闻着海味，吹着海风的惠女思想单纯，自自然然地恪守妇道，相夫教子，勤劳持家。

回到家乡，总想着去海边走走。站在海风中，我说故乡的大海才是天然的大海。学法律专业要求说话严谨的老公，不解文艺风情，笑话我说：有哪片海不是天然的？站在海风中，过往的人迎面而来。外公、外婆、爷爷、奶奶、二舅妈、大表妹以及父母儿时海边一起长大的几个伙伴，一个个音容笑貌渐远去……还有那久远以前海边的爱情故事，都随着海风不知吹向何处。

谢雪花，文学博士，现在福建省直某机关工作。

均溪英魂

◎ 张先强

均溪，是浦城县与广丰县（今广丰区）边界崇山峻岭间的一个老区村。以前曾去过，但只是蜻蜓点水的“过客”。和同行要么站在村口，远眺巍然耸立的“神仙墙”，云披雾缭的“羊角石”，抒发赞叹；要么穿行村里村外，打量错落有致的新楼旧宅，斑斓多彩的稻菽田园，淡定神怡……

这个被层峦叠嶂三面环抱的古老山村，以其百年的沧桑，把历史和现实一起编织成面纱，袅袅地笼罩着这片土地。然而，当你怀揣真诚撩开她的一角回望，竟如此令人震撼。

清明时节，阴雨连绵，雾霭蒙蒙。均溪村村主任吴惠华带我们过前山，穿大岩下，一路走访板栗、垄冲坞。汽车沿崎岖山路颠簸前行，进一村，访几户，一路看，一路听，革命先辈当年浴血拼搏的困苦与艰难，让我们的心灵经历着洗礼。

当耄耋老人展示父辈《革命烈士证书》，讲述先烈们惊心动魄的故事时，我们恍若身临血与火的岁月，翻阅了一页红色篇章。

均溪属浦北（今浦城县九牧镇、盘亭乡）域内，与江西广丰、浙江江山接壤。这一带山高林密，穷苦百姓长期遭受封建地主、土匪恶霸的欺压，因而也是革命之火易燃之地。早在1929年4月，上级党组织就派袁正开、黄达美到乌荫坑纸厂传播真理，秘密发展了15名共产党员，建立起党支部和民众队，发动人民群众向反动统治势力进攻。1931年冬，中共浦北区委成立并建立苏维埃政权。星火燎原势如破竹。在如火如荼的革命潮流中，均溪、梨木源、垄冲坞等乡、村苏维埃政府和红军花枪连、民众队都建立了起来。

“当年只有几十户的均溪，几乎全村人都参加过革命活动，有10人参加红军或担任苏维埃干部。”村主任自豪地介绍。他领我们来到那座屡受烟熏火燎，曾经是乡苏维埃政府机关的祠堂。随着遗址的门扇如书页般一页页翻开，一个个光荣战士的名字跃入我们眼帘——

朱赖狗（又名朱仕元），自小在苦水里泡大的穷孩子，成家以后靠当佃户、打短工维持生计。和许多穷苦子弟一样，是地下党组织引导他擦亮了眼睛，提高了阶级觉悟，积极投身革命，成为均溪乡苏维埃政府首任主席。白天，朱赖狗走村串户散发传单，发动群众开展“五抗”（抗捐、抗税、抗租、抗粮、抗债）斗争，晚上集中起来打土豪，筹粮筹款支持广（丰）浦（城）苏区红军部队。他利用亲串亲、邻串邻的方法四处宣传革命道理，激发乡亲们的革命斗志，本村朱元福、郑贵生、黄孝池、祝老四、刘喜林、赵清怀、吴怀林、黄孝书、黄池林都同时（1932）加入革命队伍，成为乡苏干部或红军战士。

红色风暴让世世代代受剥削、受欺压的穷苦百姓扬眉吐气，憧憬着翻身做主人的美好明天。倚仗国民党撑腰的封建地主、土豪劣绅岂能心甘情愿？

1932 年 6 月，蒋介石发动了第四次反革命军事“围剿”。国民党军五十六师和驻守浦城的钱玉光旅增派兵力对广浦苏区发起进攻。保安团、大刀会、土豪、叛徒纷纷回乡复辟，配合国民党军队对浦北革命力量进行疯狂的围追堵截，见山烧山，见棚烧棚，见人抓人。白色恐怖所至，处处血雨腥风。

1932 年 7 月，就地坚持革命斗争的朱赖狗、郑贵生、黄孝池、祝老四等 4 人相继落入敌手，壮烈牺牲。当年 9 月，朱元福遭国民党军枪杀。1933 年 11 月，赵清怀执行秘密任务时被敌抓获，施以酷刑致死。时为广丰红军独立三团战士的刘喜林也在 1934 年一次战斗负伤后惨死在敌人屠刀下。

7 烈士坚贞不屈，视死如归的鲜活形象刻入了我的脑海。均溪乡苏主席朱赖狗领头闹革命，反动派叫嚣要他的脑袋。朱赖狗嗤之以鼻：“掉脑袋我也要跟你们斗到底！”朱赖狗被害以后，朱元福义无反顾接过乡苏主席重担，继续带领战友开展对敌斗争，不久也英勇献身。眼见战友们在身边一个个倒下，乡苏干部赵清怀没有动摇过半步，为革命流尽最后一滴血。

均溪山水见证了当年反动派何等穷凶极恶：红军战士刘喜林被俘，匪徒竟抓其妻来目睹丈夫在水井边活活被剖腹掏心。“血染井水，三年不饮”。刽子手枪杀朱赖狗使用开花弹，致其身首各异。烈士肢体至今仍草葬在叫作金钟阔的一个山洞，墓冢埋的只是烈士的头骨。杀戮祝老四且抛尸河中不准收殓，其亲属只能偷偷把烈士掩埋于黄茅岗溪边。不幸的是，2013年端午节一场洪水将墓冢冲毁，遗骸荡然……

那一天，我还听闻7烈士中的6位投身革命时都有了妻室，他们牺牲时年龄不过三十岁左右。烈士们身后，有的是一个家的支离破碎，有的是一条血脉的失续，这怎不叫人叹息？烈士们的鲜血融进了红土地，滋养着山川万木葱茏，家园日新月异。可时至今日，他们的墓冢有的已近无存。这怎不叫人遗憾？

突然，一个念头在我心里萌生：我辈之“余热”尚存，能不能为英魂安息做点实事？

“应该的！”“必须的！”

作别均溪时，雨还在淅淅沥沥地下着。站在村口，回眸雨中的村落，我突觉雾中峰峦如巨人，那苍茫天穹隐约有声，似乎在执着守望，似乎在为苍生祈福。于是顿悟，那些在硝烟中泯灭的生命，还等待着我们的回望。斯人已逝，英魂需要的不只是安息，不只是故事，更是理想和信念的传承。

张先强，南平市浦城县老区建设促进会会长。

走进人民大会堂

◎章　武

如果有人问：你这辈子走了那么多地方，到底哪里最美，最让你终生难忘呢？

我想，我会毫不犹豫回答：是首都北京，是人民大会堂。因为那里，是中华人民共和国的心脏。

美好的回忆，如同一列火车，穿越时光隧道，从岁月深处呼隆隆奔驰而来——

1996年，我54岁；2001年，我59岁；2006年，我64岁。

是的，就是这3年，我有幸一而再、再而三，晋京出席中国作家代表大会。会议期间，总共15次走进人民大会堂。

众所周知，人民大会堂是全国人大常委会的办公场所，也是党中央、国务院、全国人大和全国政协召开全国性大会、举行重大活动的场所。被国内外新闻媒体简称为中国文艺界的"两会"，即中国文联和中国作协的全国代表大会，也每五年一次在此同时召开。虽然"两会"代表合计只有3000多人，但开幕式、闭幕式，国务院和外交部领导到会做国内外形势报告时，其地点都安排在人民大会堂内的万人大会堂。入座其内，抬头仰望，三层楼高的穹顶，犹如夏夜的天空，星汉灿烂。而党和国家领导人在开幕式前与代表合影，在闭幕式后与代表联欢，其地点“更上一层楼”，安排在灯火辉煌的国宴厅。当你循梯登楼时，沿途还可观赏举世瞩目的大屏风《迎客松》、巨型壁画《江山如此多娇》……

能在如此庄严神圣的场所，亲耳聆伟大祖国与时俱进的心跳声、脉动声和脚步声，亲身感受党和政府对文艺工作的高度重视，全国人民对作家、艺术家的热切期望，作为一名公民，我感到幸福与自豪，作为一名作家，我更感到身上有种义不容辞的责任与担当！

特别荣幸的是，作为福建省作家代表团的负责人之一，我还先后 3 次进入中国作家代表大会主席团，6 次登上人民大会堂主席台。

在主席台前排就座的，有中共中央常委及书记处的书记们。他们虽然日理万机，但文艺界“两会”的开幕式总是集体出席。当欢快的乐声响起来，热烈的掌声响起来，身穿黑色西装礼服的他们，列队进场入座，并含笑向台上台下的文艺家招手致意。这时，我的心湖中便有一股暖流在涌动，在翻腾。

坐在他们的身后，我的目光还可以全方位瞭望台下的大会场。我发现，最引人注目的，是各少数民族的文艺家们，他们全都穿上鲜艳的民族服装，无论是蒙古族的长袍还是彝族的披风，无论是藏族的大毡帽还是维吾尔族的小花帽，无论是回族的长头巾还是苗族的银牛角，都给会场增添了浓浓的喜庆色彩。

而在汉族作家群中，我也一眼认出山东的张海迪，因为只有她驾着轮椅，停泊在队列方阵间的过道上，她身穿一件大红毛衣，远远望去，就像一朵盛开的红牡丹。当然，我更忘不了把目光投向福建省代表团的队列，团友们容光焕发的一张张笑脸，比平日更显得可敬、可亲、可爱。

回顾主席台上，在我身边的前后左右，都是我心仪的文艺界知名人士。其中有些老前辈，我年轻时就拜读过他们的作品，很受教益，如光未然、王蒙、马烽；也有些比我年轻者，他们的新锐作品同样让我钦佩，如铁凝、王安忆、陈世旭。今天，我有机会向他们点头示意，向他们致以热切的注目礼。而坐在我右边这位身材瘦小的老太太、儿童文学及传记文学作家梅志，早听说当年她曾主动要求陪丈夫胡风一起坐牢，不能不令我肃然起敬。还有，坐在我前排的金庸，我老盯着他的后脑勺发呆：他那跟常人同样大小的头颅里，怎能既装满武林世界的神功绝技，又能不断提供报刊时评，甚至还能反复推敲涉及香港特区基本法庄严的法律条文？更匪夷所思的是，坐在后排的报告文学作家陈祖芬，刚散会就把大家面前茶杯底下圆形的垫纸片全都收走了。还好，有诗人舒婷在一旁向我揭秘：她特爱她家里几百个洋娃娃，她想用这些纸片给他们做遮阳帽，帽檐上正好有“人民大会堂”五个蓝色的小字，是今天大会最好的纪念。

散会后走出东大门，外廊上那一根根灰蓝色大理石的通天立柱，那一层层白玉般的花岗岩台阶，都是文朋艺友们合影留念的最佳场所。2001年，我们福建作家代表团就以天安门广场为背景，在这里留下难得的“全家福”。如今，画面上老作家郭风与蔡其矫的笑容，已成为历史的定格，成为永久的怀念。当然，更令人难忘的还有1996年作代会闭幕时，当“中国文坛的老祖母”、我们福建乡亲的骄傲冰心先生被推举为中国作协名誉主席时，我团立即派出代表给正在北京医院的老人送去99朵红玫瑰。有趣的是，素不相识的北京花店老板，一听说这花是送给冰心老人的，立马说：为了表达我对她的敬仰，这99朵玫瑰中的33朵，就由我免费赠送吧！

在大会堂东大门外合影的，还有我和我的亲弟弟陈章汉。我俩连续3次双双赴会，也先后3次在此并肩合影。但他归属文联，我归属作协，住处不同，故每次见面，都要事先约定在门廊右起第六根大石柱之下见面。但没想到2006年“两会”开幕式后，早已有人提前到此等候了，他是光明网的一位摄影记者，一见面就说，今年“两会”代表中，共有3对亲兄弟。来，就给你哥俩拍一朵大会花絮吧！更没想到当晚，远在福州的老母亲就从中央台的电视新闻里看到了这一幕。如今，96岁的她，每当说起这件往事，还笑得合不拢嘴！

遥想当年，我进京赴会时，还身强力壮，健步如飞。不论在大会堂还是驻地，每当我路遇坐轮椅的与会者，总是侧身退让一旁，以示尊敬。他们，除了上文提及的张海迪，还有我崇拜的“文学神童”刘绍棠、我心目中最优秀的散文家史铁生，以及老穿褪色蓝布中山装、著作等身、桃李满天下的季老教授季羡林，他们的文品、人品，特别是在老弱病残时坚持思考、坚持写作、不断有精品问世的敬业精神与乐观心态，都给我留下深刻印象。如今，除张海迪外，他们皆已作古，而77岁的我，也早已坐上了轮椅。尽管我困守家中，寸步难行，但只要想起他们，我就有了榜样，有了力量，我就可以不忘初心，“凭窗看世界，卧床游天下”！

遥想当年，作为一名福建人，当我走进人民大会堂时，还有一份特殊的亲切感，因为我发现在大会堂内外都有福建元素：高悬在东大门顶上的，是金光闪闪、红光灼灼的中华人民共和国国徽，其设计者之一福州才女林徽因，她既是“五四”时期著名的女诗人，更是新中国有影响的设计师。而在大会堂的东大厅，即国宾会谈厅，党和国家领导人与外国元首举行正式会谈的场所，还端坐一座题为《松青鹤白东方红》的大屏风，其作者乃“仙游画派”的绘画大师李耕。松青，代表健康长寿；鹤白，象征圣洁吉祥；而东方红，则喻示新中国如日初升，富强繁荣。神圣庄严的国徽也好，祝颂祖国的松鹤屏风也好，都是福建文艺界老前辈精心创作的国宝级艺术精品，是全国人民常看常新，越看越美，能经得起时间检验，与共和国同辉的传世之作、经典之作。时至今日，当我们欢庆共和国七十华诞时，理应向经典致敬，向创造经典的林徽因、李耕等人致敬，并祝愿八闽的文坛艺苑，能涌现出更多的林徽因，更多的李耕！

走进人民大会堂，是我人生的高潮，是我生命交响乐中的华彩乐段，它滋润我的一生，成为我晚年最美好、最珍贵的记忆。

2019年6月

章武，1942年生，福建莆田人，原名陈章武。1964年毕业于现福建师范大学中文系。曾任《福建文学》编辑、副主编，《台港文学选刊》副主编，仙游县副县长，福建省文联秘书长、书记处书记、副主席，福建省作家协会主席。中国作家协会会员。著有散文集《海峡女神》《处女湖》《仲夏夜之梦》《生命泉》《章武散文自选集》《飞越太平洋》《东方金蔷薇》等。散文《阳台》获1989年《人民日报》燕舞散文征文二等奖，《武夷山人物画》和《北京的色彩》分获福建省第二、三届优秀文学作品奖。

铁路穿过的村庄

◎叶　子

一条铁路穿过南靖县金山镇的荆美村，铁轨远处就是连绵的青山，黑褐色的铁轨蜿蜒向前，一辆白色的动车呼啸而过，把梦想带向远方。乡民爱铁路的深邃，爱风驰电掣的列车，爱铁路的一枕一木，爱铁路的一石一碑，爱铁路的一切一切，与铁路结下了长长久久的不解之缘。这片土地、这片天空、这片田野，是乡民热爱的家园。

孩童们记不清到铁路旁边欣赏过多少次呼啸而过的列车，看不够那一列列由远而近、又疾速飘向远方的巨龙，听不够那隆隆奔驰的长龙发出的动人心弦的乐章，几回回枕着火车前行的节奏进入香甜的梦乡。铁路上的石头默默无语，铺起一条路，拓展了希望的视野，延伸了理想的脚步——铁路带给村庄巨大的福音。2008年，匀速的乡村节奏被打破了，好消息传来："铁路要经过荆美村！"同时，铁路也穿过了附近的几个村庄，如内安村、大山村、霞涌村、金山村等。于是，荆西新村应运而生，向拆迁户们敞开了怀抱，加上另外一部分享受到造福工程的村民，率先沐浴到了社会主义新农村的阳光与雨露。省政府提出

"百点百户百万"的补助福利，荆美村有幸成为百点中的一个点。一切都是崭新的，告别了破败的猪圈，告别了黝黑的灶台，告别了油腻腻的灯绳，开始了新的篇章。

新时代的一个个乡村故事，串起来就是宏大的中国故事。这是一种神奇的蝴蝶效应。由村主任带头，带领村人往前走。村领导干部，是地方上的政治精英，也是地方上的文化精英，在抛弃与传承的对立与磨合中，中国几千年农耕文化成了观察社会文明发展进程的窗口。梁鸿老师说过："村庄，是一个民族的子宫。它的温暖，它的营养度，它的整体机能的健康，决定着一个孩子将来身体的健康度、情感的丰富度与智慧的高度。"一个村庄，靠日月天光的涵养，小草蓬勃，大树参天耸立，收藏了风声鸟语与雨露风霜；紫薇花迎风摇曳，藤蔓沐雨而华，不考虑整齐划一，随意生长就是了。适者生存，颓者自颓，秀者自秀，成就与风流在俯仰之间，斑斓多姿又各有秩序。这个村落里，荷塘优雅，阁楼端庄，石板小径、微微翘起的屋檐在清幽中诉说着时光的故事。还有一串串长长的红灯笼，带着人们的美好愿望，展露着无限风情……

我们去农家乐吃烧烤。农家乐里人潮涌动，人声鼎沸，如今有钱有闲的人多了去了。油炸火烤的声音，听起来格外香。裹好面糊的炸鸡、炸虾下锅，先是"吱哩吱哩"油珠蹦跳的声音，再是"呲呲啦啦"的油炸声，煞是好听。听肉串在火上"吱吱"作响，看到肉慢悠悠地由红变灰，简直百爪挠心。儿子坐立不安，站在一边央求摊主：别烤老了！我就爱嫩的！这样就好了，可以给我了！——就差伸手去火里，把“吱吱”求救的烤串给抢出来，性急得简直要爆血管。烤好了，撒上孜然，端上桌来，还有“吱呖呖沙沙”声。新鲜出烤架的烧烤肥瘦相间，吃起来肉质鲜嫩，富有嚼劲。蔬菜也别有风味，经过炭火的酝酿，菜的清香尽数发散开来。现在的烧烤调料丰富多样，有孜然粉，有椒盐，有辣椒油。烧烤的食物有荤有素，五花八门，荤菜有烤鸡翅、烤鸡腿、烤秋刀鱼等，素菜有烤豆腐、烤玉米、烤茄子、烤韭菜等，生活和食物的滋味一样越来越丰富。

香喷喷的烤串上来后，我们大快朵颐。就着啤酒大吃大喝一轮后，热量从体内散发，在这个冬天里所流的汗，竟比在夏天里流得更多。于是将大衣脱下，只剩一件衬衫。这时候须得要冰啤酒，酒倒进杯里，泡沫“咻咻”地雪涌而出。没等吃上一口，先舒一口气：好！喝着啤酒吃着烧烤，配上徐徐而来的山风，慢悠悠闲话，那个闲适，那个自在，那个惬意，让人终生难忘，感觉人生特别美好，只愿这样的太平盛世长长久久。

我回忆起童年时物资贫瘠，禁不住嘴馋，烤过地瓜，烤过蒜头，烤过知了。夏日炎炎饥肠辘辘，拿了竹竿去黏了一盆知了回来，去掉翅膀放在火上烤。知了头部有一块瘦肉，将知了烤熟专吃头部那一点瘦肉，倍儿香。那应该算是烧烤的鼻祖吧？传统烧烤，会强调用木炭烤，且要见明火。木炭与烧烤最为相配，用木炭烤更灼热更干燥。去年我曾经烤过一条鳗鱼，红红的炭火把鳗鱼脂肪烤出来；鳗鱼脂肪滴到木炭里，烟熏别有滋味，另带脂肪回熏之香。鳗鱼大半条都被儿子吃了，我只吃了一个尾巴。儿子比我有福气。

母亲喃喃道："这样好吃的东西，在以前真是不敢想象！过年也吃不上！"我的母亲与新中国同龄，出生于1949年的母亲经常感慨："我们赶上好日子了！七十年的和平，不容易！"仔细想想，这真是中国历史上难得的一段的和平时间。在时光斑驳的记忆中，当和平鸽一年又一年在祖国的上空飞翔，太平盛世让我们倍感幸运和珍惜。

吃饱喝足，我们去荆山公园漫步。轻拂的风儿绕过我的臂弯，我张开双臂将草木芬芳拢个满怀。满眼绿树繁花，香樟树躯干笔直。树冠宛若孔雀开屏，风吹叶动，沙沙作响，仿似哲者喁喁私语；罗汉松生性淡泊，劲风吹它不倒，骤雨只会壮观它的英姿，可贵的是它还以一种低调的姿态生长。我惊奇它们的俊美，这种美，难以言表，充满魅力。掩映于绿树中的石板，平坦沉稳，人行其上，心境安宁。古色古香的凉亭上有三两老幼妇孺或静坐或嬉戏。这是一个和谐的世界，乔木、灌木枝叶繁茂，相隔数步而生，各有各的空间，互不压制对方的生长。植物的规矩和方圆，让我感慨万端——没有距离，树怎能开枝散叶？人应该学树的活法，允许同类拥有自己的空间。我恍悟，园林和谐，花木竞秀；公园如人，家庭和睦，人丁兴旺；国家和谐，复兴可期。一个人、一座园林、一个国家，都有自己的曲径要走，有自己的河流要渡，有自己的高山要攀登。中国走过了70年，70年穿过的是里程，也是汗水浸润的往事。成就一桩伟业，除了所有人的奋斗不息、百折不挠，一定还需要有其他诸多因素的成全，比如天时，比如地利，比如人和。沟渠里的清流缓缓流向前，生命的清流不止，这块土地的历史也不会止息。在这里，人心安详而宁静。阳光透过薄薄的云层，照在高高的树梢上。微风拂面，淡淡的香气氤氲。这时，两耳尽是天籁之音。当我们受够城里噪音的袭扰，如此清音让人顿时身心宁静愉悦，思绪自由飞扬。

幸福的生活绝不可能从天而降，而是来自人们的辛勤建设。荆美村近年来被省、市、县授予“文明乡村”荣誉称号，一条条宽阔平坦的水泥路直通农家门口，一栋栋楼宇拔地而起，田园风光和现代文明交相辉映。该村按照“百姓富，生态美”的总体部署，打造集约高效的生产空间、宜居适度的生活空间、山清水秀的生态空间，以创建“美丽乡村”为抓手，发挥农村生态资源、地方特产、文化积淀等特色优势，培育了一大批现代家庭农场、农民专业合作社、农村休闲旅游点等乡村新型产业，拓宽农民创业就业渠道，促进了农民增收。穿过荆美村的铁路，把乡人带向云蒸霞蔚的远方……

这样的生活是欣欣向荣、蓬勃向上的，这样美丽的新村是适合居住的。我喜欢荆美村山坡上的那一大片竹林，枝叶繁茂，清新翠绿，林深似海。山风吹拂，漫山竹叶似少女舞摆着的青纱舞幔飘逸舞动。陈年累积的落叶之地，踏上去松软而厚实。漫步于竹林之中，渐入幽深之处，环顾四周，一根根碧玉直韧的竹竿插于落叶之上，并向四周布列延伸，好似迷宫布阵。玉节相叠，节节高升，撑起一个青绿时空。竹子的生命力十分旺盛，产出的麻笋个头硕大，剥开皮后洁白光润，没有一点瑕疵。这种麻笋肉质肥厚、味甘鲜脆、营养丰富，堪称笋中之极品，有“笋王”之美誉。古人形容妇女手指之美常曰春笋，“秋波浅浅银灯下，春笋纤纤玉镜前”。荆美村的百姓何其有幸！

荆美村中心有座古庙称显应庙，庙中一尊神称“显化将军”，每年三月初三举行庙会。这是一个村庄的盛会，村民在庙会上交流着去年丰收的喜悦，这个说今年准备种蘑菇，那个说今年要做山货中转……这是一片令人眷恋的土地。旭日东升，彩霞映空，正映衬了大诗人刘禹锡的那句话：“晴空一鹤排云上，便引诗情到碧霄。”掀开新的一页日历，迈开新生活的脚步，乡民用双手编织出一幅幅炫丽的生活壮景，谱写出生活激情的交响曲，为祖国母亲70周岁献歌，奔向更美好的未来！

叶子，女，福建省作协会员，已出版小说集《咖啡人》，2007年出席第6届全国青年作家创作会议，曾获福建省优秀文学作品奖。

银杏夫妻

◎陈　旭

一

阿玲小时候就听老辈人说，她的家乡凹头山巅顶上原本是一根高高的擎天柱，后来不知在哪个年代被雷劈去了一半，才变成现在这样的“残岩”，还美其名曰“羊角石”。坊间传说，岩缝中卧藏了两只一公一母的蛇精，母的善良，欲施善于周遭山民，而公的自私狠毒，只管自己贪婪痛快地吞食，夫妻俩相悖而行，经常闹矛盾，后来根本无法在同一岩里做伙伴了。有一天，公蛇精到溪涧网罗了一大摞“谷冻”（石鳞鱼），回到岩顶的窝里。母蛇精看到生气地责备道，咋把吞食害虫的谷冻捕捉来了呢？那可是乡亲们护谷保粮的宝贝疙瘩呀，赶快放生！说罢便把一大摞谷冻统统倒往深山涧里去，让它们逃生。公蛇精见自己本可以饕餮的美事给搅黄了，眼睁睁地看着活蹦乱跳的谷冻跑掉，恼羞成怒得无以复加，一时性起，张牙舞爪，欲置母蛇精于死地。双方少不了相抵一阵，眼看母蛇精被逼得处于危险毙命的当口，天地间突然乱云飞渡，狂风四起，雷电交加，“哐当”一声，把公蛇精给劈死了。母蛇精安然无恙地从岩缝里溜了出来，过起了独居的日子。过了若干年，由于母蛇精用心良苦，耗心费力皆有益于百姓，被另一只公蛇精看在眼里，好生感动，欲与她结成秦晋之好，共同施爱人间。有情人终成眷属，他们双双在被雷劈过的山巅对面的山坡上化作两棵银杏树，结成一对恩爱的“银杏夫妻”，从此给世世代代凹头山人产出“白果”，供大家享用。所以，凹头山人都以“夫妻银杏树”为恩情树，永远缅怀它们而舍不得下山，在山间尽享大自然之精华，个个都延年益寿。两只蛇精“心中永驻老百姓”，为凹头山人做善事好事，终于修成正果。经日月星辰和山川风水的造化，被雷劈后的擎天柱也不再糟头缺脸，而嬗变为一道美丽的风景，像白狗苍云般任人遐想美化。山下人上山后，对夫妻银杏树没有疑义，却对羊角石褒贬不一，有人说它像一截未燃烧尽的蜡烛，发出“春蚕到死丝方尽，蜡炬成灰泪始干”的感慨；有人认为它像“猴子朝天的屁股”，望去上下都不甚雅观……见仁见智。世间越有争议的物事，越有人想去走一遭看个究竟，于是这里成了熙熙攘攘的旅游胜地。

城里人都说阿玲是个美丽的姑娘，一定能够找到如意的郎君。果不其然，阿玲现在的夫君韩明渠堪称人间极品，他同前妻离婚的缘由感动了在凹头山长大的阿玲。韩明渠的公司做强做大后，欲“一分为三”，让各个股东都独立出去做老板，发挥行业优势，让大家“八仙过海，各显神通”地创造品牌企业。而他的前妻（那时还没离婚）死活不同意他的主张，说自己做老板多潇洒，分开后有了竞争对手，同行是冤家，不是自作孽、找罪受吗？

他回答说，不是什么事情都这样的，我们三个股东多年风里来、雨里闯，好不容易才有了今天的局面，分开后在“命运共同体”的格局里打拼，才能够有更大的发展空间，大家齐头并进，才会爆发出“人心齐，泰山移”的嬗变效应，于人于己都有裨益。

他前妻问咋个分法。

他回答说，三一三十一，3股平分嘛，这还不简单。他前妻说，我也出了许多力，我也要分一股。

他“嘿”一声应道，说话提诉求要凭事实讲道理，其他两个股东的家人和你同样出力，一个的妻子为公司做了多少事你又不是不知道，另一个虽没有成家，可他的母亲和姐姐起三更鸡叫做到鬼叫才歇息地出力。要这样分法，那就按6股来分好了。

我不管，我要和你离婚，夫妻财产共有。她终于说出心里话。

他也不容置疑地回应道，行，离不离的单说，如若按6股分，你自然有一股，如若按3股分，你不提离婚事便罢，要离婚就拿走我的一半。这不牵涉别人，什么事都好办。

离就离，谁怕谁？他前妻撇一下嘴，毫不含糊地说，像你这样的傻瓜，我看走眼了，不跟你瞎掰啦，离！

道不同不相为谋，最后他们就此分道扬镳。

天下事有离就有合。阿玲看上韩明渠后主动追他，虽说他是二婚男，她是头婚女，像是优势在她，可她有自知之明，若是把自己的“情史”抖开来，并不比韩明渠这二婚男强过多少。她生怕韩明渠不能理解她的过去，所以趁着他们这回共同上山彼此掏心窝吐露真情的最佳机会，决定先对他彻底坦白那个羞于启齿的曾经做过人家“小三”的不光彩史。

韩明渠慧眼独具，第一次上山看见羊角石像天地造化、鬼斧神工的稀罕物，就说它是山中的瑰宝；再搭配夫妻银杏树，简直就是凤凰涅槃般浴火重生造化。这一回气氛这么好，彼此心往一处想，她就不好意思挑这个话题聊了。

春夏里的一个周末的下午，天气格外宜人，他俩交往时间不短了，但尚未进入实质性的感情交底阶段。阿玲自认为是老家人讲的“外表秋秋光，内里鸡屎疮”，虽涉世不深，感情却出过问题，难掩其丑。她深谙“夫妻不能诈言诳语”，这回上山就是想竹筒倒豆子坦陈自己的过去，让他审慎做抉择，这样建立起来的感情才牢靠，自己心里也才踏实。

她说，韩，我是从凹头山走下去的山妞，我此生只想回报生我育我的爹娘和山上众乡亲，在我身上发生过不光彩的情史，我或许不是你寻找的理想伴侣，我现在把它抖搂出来，你知道后可要慎重决定对我的取舍，好吗？

韩明渠其实也隐隐约约地知道了一些她的过去，但他是个十分大气的男人，毫不犹豫地应道，我不管你的过去，只注重你的现在和将来，你这么善良，又敢于知耻近乎勇地不肯掩饰自己污点，这本身就说明了你光明磊落的心扉，谁都会在少不更事时犯浑犯傻，只要改了就善莫大焉，我坚信自己不会看走眼，你有什么难言之隐，无须忌讳，在我这个二婚男面前但说无妨……

阿玲说，好，我现在可是无一挂漏地往下倒了嗬——

二

韩，你别看我的做派像个城市小姐，其实我是地地道道降落在凹头山这个被人讽为“死脚冻尾”的滋山村啊。我长得水灵，被称作“美人胚子”，都因为是大自然青山绿水的滋润，“山窝里飞出了金凤凰”。

我的姨妈在市医院当妇产科大夫，视我如己出，使我能够在市里上中学，大专院校毕业后被录用到姨妈所在医院当了司药员，还高票当选为市美丽姑娘——“丹桂小姐”……这些都让我风光了好一阵子。我那没文化的娘说我“整个儿从糠堆掉到油缸里了”，而姨妈却感喟我像个“心比天高，命如纸薄”的晴雯。不过我自个儿心中有数，世间事，往往都是双刃剑，爱美的姑娘都有一段并不可爱的故事，而且都是有苦难言。

韩明渠笑着说，出身寒微并不等于粗俗或者缺少素养，你的本质不坏，就凭你肯把自己的阴暗面抖落给我听，就说明你是一个有自信的勇敢的姑娘。

韩，你能这样说我当然高兴，但我并非像你想象的那么可爱，你先别对我过高赞誉，我抖搂出来的痼疾或许会让你望而却步。

我只求你听后别浑身起鸡皮疙瘩地倒胃口，吓着了跑掉就好。

她充满忧伤地说道，事情是从姨妈买了一辆女式新款小轿车给我才开始的。自从有了这辆车，市里的男孩像晌午后的蜜蜂，总是嗡嗡地冲我扑来，让我应接不暇。

不瞒你了，韩！我有过感情史，而且并不体面。我坦白自己的过去，见笑不见笑的不再重要，只求你听后对我接受与否做出决定。

哪有这么严重？你不会是对我还不够上心，故意给自己抹黑，让我产生畏惧感的吧。韩明渠面带微笑地轻松回应。

要说我是橘子命，人见人爱，可却不是淮南的橘，而是淮北的枳，其苦涩唯有自知；也像凹头山巅的羊角石，借用文人的话说，它茕茕独立、刺破苍穹，屹立着咋看都显现出美，可咋看又都带着丑。把我说成“冰美人”，看去挺美，却碰不得；也有说我是“二锅头”，喝它的人必须是海量的男人。我开始时也按常理接触过追求者的，可是我对他们都没有什么感觉，“不来电”，“达铁”。因此，说我什么的都有，最损的是——根本就是一只假凤凰，一只不开牝的小母鸡。后来，我才知道，我与别的女孩有所区别的是“对异性体味有着特别强烈的敏感”的那种。

我的姨妈是妇产科接生医生，是个独身主义者。据说，妇产科女医生没少像她这样的，不但不嫁人，还拒绝性，大概是因为见多了女性生育过程痛苦之状萌生出“性恐惧症”的负面影响。诚然，也有妇产科女医生蛮爱生养孩子的，可姨妈这一类人对于谈婚论嫁拒之千里之外。但她却特别关注我的婚事，说“男靠读书，女靠嫁夫”，说“男怕入错行，女怕嫁错郎”，还说起多少俏丽的姑娘嫁错郎后的种种悲悯，简直让人“一朝被蛇咬，十年怕井绳”。

那是刚过完23周岁的生日，我正从驾训班结业，按规定需要找个师傅跟车一段时间才能够独立驾驶。通过熟人介绍，严师傅同意做我的跟车人。

严师傅开过大货车，对驾驶C型车是小菜一碟。他为人守信，不好事，嘴又严，所以他的车常被人叫租或雇用，生意挺火。那时市里许多做木材生意的，他们通过省际木材检查站关卡时，除了用手机同站里人通气暗示外，还得用一辆小车在检查站前面探路，“通关者”必须对站内情况了如指掌。

这回租车的是木材老板林胜生。

我依旧在驾驶座上专注地开着车，心无旁骛，严师傅坐在副驾驶座上。我听严师傅的，把桑塔纳开到离检查站不远处的坪上缓缓停住。严师傅先下车了，我依然坐在驾驶室里。我的厄运从这里开始了。

此时，一个笑容可掬的中年男人出现在我的视线里，我的手机铃声也响了起来。我像往常一样按接听键“喂”了一声，没有回应，便挂了。又响，我又“喂”了一下，仍没反应，再次挂了。我有些纳闷，不由得眉头微皱，收好机子，心想是哪个臭小子，定是想追又不敢开口的主吧，不理他！于是便从驾驶座上推门出去。我也是个俗女孩，有寻常女孩的虚荣心。这会儿，在木材检查站前面的大坪上，我故作“顾影自怜”，全凭着自己的颜值，像一道霞光喷薄而出，骤然聚焦了公路旁人们的目光，大有罗敷之美效应。我心里美滋滋的，表面上却纹丝不动、若无其事。

一个中年男人正笑嘻嘻地站在我车前方不远处盯着我，手上拿着大款手机摇晃着。我陡地明白了，原来就是他有意制造这番气氛，用“作弄”和“恶搞”的方式与我逗着手机玩。我看到了他身后的严师傅，于是立马想到这人便是“租车雇主”了。严师傅平时对我说过：“顾主是我们的衣食父母，是上帝，必须热情待客。”于是，我本能地笑笑着向对方说道，原来是您逗着我玩的呀!

只见他目光如炬，似乎要把我全身燃烧个够，然后还讨人喜欢地对我点点头，应道，是啊，阿玲小姐，从现在起，我们就是合作伙伴，敝人姓林……站在他背后的严师傅颔首微笑着对我说，对，他就是雇用我们车的林老板。

我自然礼貌地点点头，还给他递去一窝频笑。

准备过“关卡”了，上车时严师傅故意坐到后座去，林老板便当仁不让地坐在我旁边的副驾驶座上。他本来就是老司机，车技老道，便信心满满地说，现在由我当阿玲小姐的师傅了。

我没有回应，心想你是雇主，正如严师傅说的是上帝，是衣食父母，严师傅没意见了我还能挑什么茬。

由于事前种种的打理和默契，运木材的大货车和这桑塔纳轿车，头尾相顾地通过了“关卡”。

林老板很能侃，嘴上的功夫顺溜极了，一路上尽捡些我这样的女孩爱听的话茬侃。他说，现在的女孩都要像官员一样，不仅要有学历，还要会电脑，会开车。他似乎已经知道我对在市医院药房里的状态不太满意，烦人不说，还责任大如天，必须零差错，所以他特意怂恿我别干药房了。他说，阿玲小姐应该去抢手企业当“公关部经理”。还说现在什么行业都有“营销问题”，企业请高管，其实就是要他们想方设法出点子忽悠客户，就像银行、保险和电信部门一样，一门心思盯着消费者的兜子；靓女是攻关天使，谁见了都会赐给她单子……我听了觉得林老板对社会看得很透，事事洞察。他见我对他的话点头爱听，更来了“疯”劲。他说女的开车比男的心细、冷静，善于处理紧急情况，女孩子学开车是最理智的选择，司机是最合适当自由职业者，就是哪天下岗了，大不了替人当司机嘛，照样是抢手货。

我边听边心里乐，心想这位林老板不但社会经验丰富老道，看问题一针见血，挺深刻的，还让人开心。

遇到转弯的时候，他又指导我如何打方向盘，说这么打车上人会有什么感觉，那么打车上人又会咋影响，等等，简直比驾校班师傅讲得还到位精细。

我隐隐感觉到了他的话语不但给我醒劲，还感受到他身上的气息特别对我的味，它让我亢奋，给我舒适。陡然间，我在潜意识里对他有“曾似相识”的感觉。

于是，我一边听他指挥开车，一边听他调侃，还有一搭、没一搭地随着他的节奏，“嗯嗯”地应答着。后来，我竟不由自主地对他说，林老板，你真了不起，懂得这么多，出这趟车真爽！

三

从此，林老板自然专拣严师傅的车租用了。只要是他雇车，严师傅干脆就不来了，还对我说，阿玲，反正林老板也是老车手了，让他带你一样的。严师傅乐得赚歇息，林老板便成了我阿玲“须臾离不开”的师傅。

心理学家分析说，男女之间过往甚密之后，就会滋生饮食男女的那些纠葛。

在别人眼里，阿玲是个蛮自重的姑娘，一向见到帅哥老总什么的都那么矜持，不曲意逢迎，这回咋就这么轻易地被林老板“叼”去了呢？不，他算什么？论模样稀松平常，家有妻室，也没什么特别让人钦羡的本事，叫他老板那是给他戴高帽子，秃噜嘴顺着叫。那图他啥？外人不知道，这里面有特殊原因，不就是他身上有股体味儿正与我对路——“气味相投”。当他意识到我将要掉入他的“体味”不能自拔时，便玩起了猫捉老鼠“欲擒故纵”的把戏。他是猎场老手，我却正值少不更事的少女初期，自以为好不容易“千年等一回”地遇到了好男人，不但不会轻易弄丢他，还会格外小心呵护他。尽管我知道他已有家室，与他没有发展前景，只是一时冲动，但却不容易一时间回到理智中的当口。

那天，我姨妈上夜班，肯定不会回家了。我们幽会时，他故弄玄虚，晚餐在街上小酒家里两人都喝得微醺，正对应古书里说的“灯下观美女，酒后望伟男”的幻境。他那越来越强劲的体味，特别厉害地激活了我尚处于不太敏感的静湖，没来由地不能自持了，瞬间三魂涅槃，七魂出窍，压根儿把姨妈平日里教诲的本能护卫女性安全的话语忘到爪哇国去了……

此事像偷尝了一回甜瓜似的，有一回就会有第二回。

后来，我发现自己老是渴望见到他，此外对其他都没了兴趣，有时开车也会精神恍惚。严师傅见状，没有言说什么，为保证安全，他自己坐进驾驶室，叫我在副驾驶座上呆坐着。唯有林老板在车上时，他才放心让我驾驶。

四

有一天林胜生——对，林老板名叫林胜生——对我说，阿玲，你太可爱了，也太黏人了，我已经离不开你了，动了娶你回家的念头。

我当时正在兴头中，听了他的表白正中下怀，回应道，好呀，我没有障碍，这事你说了算。

可他没有立马就办，而是进一步跟我玩起了“欲擒故纵”的把戏，甚至有几天他故意去雇租别的车子了。

我为此大惑不解，旋即也怒火中烧！打他的手机，回话总是“在通话中，请稍候再拨”；发他的“短信”，很少回复，有回总说“阿玲我忙，再联系”。此时，我感到自己堕入情网欲活难受，欲死不能。我本就自尊心强，转而也狠下心来以牙反牙，断然决定不理他了——他打进来的电话，我也按上“拒收”键；他发来的短信，我让它泥牛入海无消息。

后来，他大概感觉到自己这么玩会玩砸了，不敢再那般过分，干脆去路上堵我了，百般殷勤，还装作负荆请罪告饶状。他把自己最近发生的事情编上一套天衣无缝的瞎话，说是遇上了一桩麻烦官司，这会儿刚刚处理完毕，所以就来找我了。他请我无论如何都要包涵他一回，只一回。我心善，总是相信别人，特别是他。于是，两人间很快就冰释前嫌，又如此这般干柴烈火地燃烧了一阵。

过了一段日子，现实生活中林林总总的尴尬便渐渐突显出来，我也开始慢慢地回到现实生活和理智生命里来了：论年龄，他是我的父辈；人家早有和谐家庭，还有一个他深爱着的女儿。姨妈隐隐约约也感觉到了我最近精神恍惚、心神不定的缘由，便有一阵没一阵地在我面前旁敲侧击地说，阿玲，做人不容易，做一个有教养、有素质的女孩更不容易，中国传统文化里说“己所不欲，勿施于人”，是讲为人必须守住这个基本底线和基本良知，每个人心中都要常驻道德法庭，不然就不能算是大写的人。她还说，男女之情无论多么山高水深，总有个头，没有永恒之爱是终极真理，“审美疲劳”“见异思迁”是人世间再寻常不过的事情，也是饮食男女的天性。欲壑难填是客观存在的危险信号。一个人能够恪守欲望不让其膨胀，才能够维持正常人的生活。婚姻家庭的主轴是靠产生亲情才能长久维系，否则丧失理智“自作践”地冲动犯傻，迟早要栽跟头。若是只讲男欢女爱，等待你的是吹灯拔蜡之后便堕入万劫不复的痛苦深渊，直至跌得粉身碎骨……

这些话像锥子一样钉在我的心坎上，我反复琢磨后，渐渐清醒过来，并感到了惶恐。

五

快乐的时光像朝霞，稍纵即逝；痛苦的日子像夏天晌午的老阳，高高挂在那儿，总觉得落不下。善于观言察色的姨妈不再旁敲侧击，而是对我直言了。

这天她与我一起用罢早餐，见我心事重重，就直接问我，我却有些答非所问。姨妈径直问我，与林老板究竟到了什么程度？我只得如实回答。她问我，你了解他吗？

我此时心里乱极了，却不得不带着羞涩说，知道一些。

那你不是受骗上当了？

我想认真倾听姨妈的意见，请她教导我眼下的路究竟脚落何方。但出于虚荣的自尊，嘴上故意犟着应道，对，是心甘情愿的，我们相爱。

姨妈听后声色俱厉地问我，你知道什么叫爱？

我听了当然不服气，讪笑着说，嘿嘿，姨妈，我都这么大了，咋不知道爱？他对我承诺，会离婚，我们重建家庭后打算外出打工，最不济替人家开车。我想这样的日子也满可以的，有爱就会有幸福。

姨妈拉下脸来讥讽道，阿玲我说你没长大就是没长大，就这么点出息？

我的自尊心也受到了伤害，本来是愿意接受姨妈规劝的，但这阵儿我心底里的虚荣心在作怪，便说了违心话，应道，姨妈，真的，我不骗你，他对我是真的，虽然人家都说他爱泡妞，可他同我好了之后，就断绝了同其他女人的往来。姨妈，我对他特别有电击感，我对其他男人都是“短路、达铁”，做夫妻要是没有了这个元素算是什么事儿？你或许不懂。

姨妈斥责我鬼迷心窍。还说，阿玲啊，不错，姨妈是没有经历过感情生活，但俗话讲“没有杀过猪，也见过猪跑”，告诉你，姨妈不是自私的人，从来也没有打算巴望你为我养老送终什么的，姨妈只是视你同亲生女儿，只想你幸福，对得起你妈我姐的托付。她还说，你要知道，这个叫林胜生的生意人，名气很大，人称“两条狼”：一是色狼，糟蹋过不计其数的女性；二是赌狼，赚了不少钱，可也赌得精光。你是不见棺材不落泪，我就让你听听他是咋说你的事吧。信不信由你。

接下来，她那冷冰冰的脸上掠过一丝不屑，淡淡地说，你别以为我没有什么贴己人，也自有高人指点，用高科技手段在法规允许范围内取下了证据。

旋即，姨妈把小型录音机放在桌子上，然后“咔嚓”地按键，从里面传出了这样的声音：

（先是一段其他人的嘈杂声，或许是在酒吧间悄悄录的缘故）

——林老板，听说你要离婚，娶一个叫阿玲的小妞做新妇？

——嗨，原先有这么个想法，现在不啦，玩玩罢了，这山妞虽然水灵可人，可是背运，泡上她后我牌桌上都不爽。

——那你怎么甩掉她呀？听说她可是对你一往情深，非你莫嫁啊。

——不要说那没用的，不能给我带来财运又有何用？

——你舍得？

——我这几天不就躲着她了，当然还得想狠招绝辙……

我听到这里，双手捂住胸口，如五雷轰顶，胸腔里像有一包炸药要爆炸，肩头一直不停地抖动，泪泉滚珠泻玉般噼里啪啦掉落满地，喊道，不要！我不要听，我不要听了！我突然悲痛欲绝，跑进卧室呼天抢地起来……

我姨妈自是疼惜我不改初心，赶紧进来搂着我，心尖尖般像葡萄吐皮似的道，阿玲啊，姨妈不生你的气，因为这世上清纯的女孩易上当，你对社会了解得太简单、太肤浅了，主要责任不在你，只要你接受教训打住就好……

我见姨妈还这样疼爱我，马上坐起来扑向她，哭着喊道，姨妈，我愿意把一切都告诉你。姨妈，我本来不应该犯傻，关键他身上有一股特别让我神魂颠倒的气味……

姨妈耐心地听着我可怜的喃喃自述。其实到后来，我已经感觉到和他在一起肯定不合适了，弄不好会毁了我的一生，但我离不开他那味儿。

姨妈说，是啊，我好像也听说过少数女孩生理上会喜欢稀奇古怪的体味。在生物界，有些昆虫会根据对方发出的气息寻偶，人是不是也有这种特性我没有研究，也没有看见过相关信息。啊，怪不得了，过去有那么多追求你的好小伙，你一个都看不上，原来……

阿玲说，是呀，我原本以为自己这回寻到了真爱……

姨妈冷静地对我认真地说道，傻孩子，男女一生，那事儿当然挺重要，不过也不能光靠那事儿过日子，姨妈虽然没经历过，但凡是人，都会懂得一些。

后来，市医院正好有上省城培训高级药剂师的名额，我通过参加考试被选拔上了，离开两年，自然与那个人彻底断绝了往来。后来，我得到的信息是他说“幸好她在人间蒸发了，不然咋摆脱这个滥妮子啊”。韩，想想看我遇上了什么样的男人？我这样的浑女子你不怕吗？不过，这全是认识你之前的事啊！

六

韩明渠认真地默默听完后面带微笑地说，这一堆事儿我都懂，姨妈说得对，主要责任不在你，据说寻常人不管男女，对异性都有一点体味方面的敏感度，那是最原始的动物性感应，不是人类真爱的本能。真正的爱是建立在价值观和文化底蕴上面，靠生理需求产生的爱情，只不过是动物性的吸引效应，绝对不能长久。人与动物不同的是有思维、价值取向和更高层次追求的支撑和选择，你那段情史终以败北告终，有其必然性，符合事物发展规律。你只要勇敢纠正于当下，就没事儿了，幸福的生活必须靠自己创造……

我听后茅塞顿开，豁然开朗地点了点头。他又说，你我萍水相逢，为什么会产生感情？正是由于情投意合铸就，即使你暂时对我没有那个感觉，或者用你的话说“不来电、达铁”什么的，都无妨，你要相信真正的情愫爆发在人的灵魂深处，与生俱来的死之区。特别是你还难能可贵地不怕显丑，敢于袒露自己的阴暗面，让它置于阳光之下曝晒，这本身就是勇敢的行为，会让人产生爱的勇气。像我这样离过婚的男人，特别喜欢心里干干净净的异性，你比刻意掩饰自己不敢袒露缺点的女人强百倍。何况，我们志同道合，心甘情愿走在一起，立志为凹头山乡亲奉献，都愿意“舍得”，有“己欲立而立人”的大爱心怀，寻找“命运共同体”的快乐家园。

阿玲听罢，突然感觉到他不是寻常的衣食男女，而是眼光和志向特别高远的大写的人，这样的人心中永驻老百姓，这样的人是有道德的人，纯粹的人，脱离了低级趣味的人。阿玲在感情遇挫醒悟后能够找到这样的人是苍天的赐予。于是，她禁不住地扑向他，在两棵硕大无朋的银杏树下，喃喃发誓道，韩，我已经爱上你了，已经对你产生了激情，我此生不会再与除你之外的男人好了。我们做银杏夫妻吧！

同阿玲的关系确定后，韩明渠上凹头山拜见过准岳父母。这在闽北山区叫“插旗”，也就是毛脚女婿正式登门——那是去年夏天的事。

七

如今他们俩都结婚大半年了，感情甚笃，婚姻和谐。适逢春节期间夫妻双双回娘家，于是又登上了凹山头。

凹头山在闽北不算一座特别高的山，虽处于中亚热带季风湿润气候区，适宜人居，但也是高出海平面千米以上的天寒地冻地带了，在冬春季节有些人家还要“猫冬”。韩明渠是农业大学毕业的高才生，深谙但凡寒冷地带的经济作物都生长缓慢，而生长缓慢的植物，其果实品质都属上乘，尤其是稻谷、水果、茶叶之类。凹头山方圆不大，却盛产周期较长的茶叶和称之为“美人红”的单季糯稻红米，历史上曾经出过“贡米”“贡茶”等。

如今上述特色稀罕物，属于珍稀无污染绿色有机食品，在“有毒食品猛于虎，胜于防火防盗贼”的今天，被视为金贵食品，若把它们分门别类进行保护性开发，然后结合文化宣传推向市场，潜力可以预见。韩明渠上回作为“毛脚女婿”上山时就做过详尽调查，下山后又试着谋划，比如怎样注册商标，提升产品知名度等。

阿玲跳起来说，这不是把我凹头山物产变天物了吗？

他调侃地应道，正是也，我的娘子！我想包括咱爹娘在内，让乡亲们都成为股东。

阿玲说，那敢情好，我打小就想做这样给爹娘和众乡亲既撑脸又踏踏实实获得感的事儿了，这回你韩明渠帮助我圆梦，心想事成啦！

阿玲没文化的娘却说，一猫顾一家不算本事，一猫顾九主才是好猫。

此后，阿玲和夫君韩明渠泡在凹头山和众乡亲相商着如何对凹头山这个处女地的种植业、养殖业诸如高山红米、山茶、谷冻、山鸡、山兔、土鳖鱼等注册品牌商标，作为绿色有机特价系列保健食品供应市场。

后来，又把羊角石的历史演变和夫妻银杏树的形成，编为故事，结合特色旅游公司实景实物进行形象讲述宣传。

鉴于全凹头山农户都是股东，全山头就成为当地的著名企业，嬗变为农村奔小康的典型，也是生态文明发展“绿水青山，就是金山银山”的样板。连阿玲姨妈都说：“我退休后也要作为凹头一员加入家乡的公司。”

韩明渠和阿玲成为凹头山农民致富的引路人。

人们也把他俩称作“银杏夫妻”。

2018 年 5 月 17 日改定

陈旭，福建闽侯人。中共党员。1959年参加工作，历任福建省崇安县林区检验员，福建生产建设兵团14团干事，福建省浦城县林业局干事，共青团浦城县委副书记，浦城县万安公社党委副书记、盘亭乡党委书记，浦城县建委主任、县政协文史委副主任，专业作家。中共浦城县委第五届委员，县政协第八、九、十届常委，南平市作协副主席、文联委员，浦城县文联副主席。1975年开始发表作品。1997年加入中国作家协会。文学创作三级。著有长篇小说《官居七品》，短篇小说集《错道》，中篇小说集《兽岭人家》《因果树》，长篇历史小说《梦笔江郎》等。《兽岭人家》《官居七品》《梦笔江郎》分获福建省第九、十、十二届优秀文学作品奖暨黄长咸第五、六、八届文学作品奖，历史故事赣剧剧本《梦笔江郎》（合作）获福建省优秀剧目编剧二等奖。

圆梦（《上岸》节选）

◎ 黄明强　张福财

一

残阳若血。

鲜血是红的，红旗是红的，红箍圈是红的，《毛主席语录》的封皮是红的，墙壁上刷的标语是红的，人们手里挥的小旗帜也是红的……

自从听说念生牺牲的消息，德山的双目便开始红了，看什么都是红色的，红成一片一片的，红得朦朦胧胧的……直到那年夏天，上海沪剧团来县里演出，慰问畲族及溪马门的劳模，当一位十八九岁的后生仔在台下找到德山，突然躬身喊阿爷，德山眼里的世界才逐渐地恢复了正常——

说什么？你叫光明，你……真是光明？

是，我是光明，徐念生是我父亲——

天爷，你真是光明，念生家的光明啊……

德山当场泪如泉涌，抱住徐光明，哭得像个受尽了委屈的青娃儿。

二

光阴荏苒，日月如梭。

沧海变桑田——

到这年春天，德山已是年近百岁的老人了。

天色渐暗，夕阳在梅花峰那头映出了半个天空的炫丽晚霞，岸上的扩音大喇叭按时广播，播音员用铿锵有力的声音播报：“……经省、地验收，柘荣县成人脱盲率达87.1%，成为宁德地区首个基本实现无文盲的县……”

“柘荣县厉害啊，后来居上……”徐光明望薛清雅一眼，不禁苦笑，自己为溪马门民众扫盲付出了许多努力，依旧收效甚微，到目前为止，脱盲率还不足20%，看来还得加大力度……薛清雅这时的心思并不在广播上。日头一偏西，风儿吹进舱蓬吹在人的身上感觉冷到不行，海风儿咸湿，灌进脖子里就像猛然灌进一瓢子冷水。许是跪久了腿麻，清雅干脆坐了下来：“爷又迷迷瞪瞪睡了一下午，我实在担心……”光明长叹一声：“自然规律……”这天回到久违的舢板船，德山睡得比任何时候都沉都香，唤都唤不醒。

最后，清雅只好把德山搀起来，让光明赶紧背回去，小心别着了凉。光明无奈地笑了笑，轻声喊一句：“走啰，爷，咱回家去啰……”

“文革”伊始，德山突然犯了嗜睡的怪毛病。李安国了解德山，心里说，德山大概是装的，做人难得糊涂！十多年过去，德山现今是真睡，昏昏沉沉地只想睡。那日，县里接他过去开大会。他坐在会议室的椅子上直接打起呼噜。书记见状只好宣布散会，吩咐工作人员取毯子给他盖上……

德山因柄生的军统身份受过一轮严格的政治审查。最后李安国站出来说话，以他30年的党龄保证德山同志没有问题——德山政治上当然没有任何问题。很快，他被推选为溪马门乡溪尾村首任村支书。

那是最艰难却最充满希望的几个年头，德山和徐东升一道，带领船民走东屿，过三都，闯坞洋，为岸上乡民送去新鲜且品类丰富的鱼虾。那时的德山话不多，但意气风发，挺直腰杆站在船头，谁都瞧不出来他是一位70岁高龄的老人，某些时候甚至要比后生仔还后生仔……直到光明回来，在光明遭诬陷被教育局停止一切工作后，一家人被赶出朱家回到船上，德山笔直的腰身才骤然地弯了下去，开始变得嗜睡，任何时候任何地方都可以入睡。

尽管如此，徐东升对德山依然打从心底里钦敬与佩服。从年岁上讲，德山是最年长的老船民，放眼整个溪尾村，他也是最年长的长者。

徐东升是继德山之后溪尾村的第二任村支书。溪尾村包括双井自然村（即双井海上生产队），溪尾街和溪头、溪前、溪后3个自然村。溪尾村的村支书可不好当，整个村山人和船民掺杂。新中国成立后山人与船民之间仍旧时常爆发这样那样的矛盾。身为村支书，自然要协调和处理好各方面的利益与冲突，保证党的路线、方针、政策得到全面贯彻和执行，维护整村的和谐与安定。可多数山人不服徐东升，说他本身是船民，必然站在船民那头说话，政策措施肯定有所倾斜……这样说可就冤枉东升了。身为党的干部，群众哪里还分彼此？最后在一次全村群众大会上，德山站了出来，大声呵斥："瞎嚷嚷什么？回去问问你爹你爷，当年闹倭鬼子，是谁把你们带进山里？是谁给你们吃给你们穿保护你们不遭倭鬼子祸害？真是不可救药，好了伤疤忘了疼……"

德山一向大嗓门，加上扩音器的助威，一番话喝得众人鸦雀无声。

"基层工作原本就不好干，这些我们是清楚的……"乡书记呵呵笑着安慰徐东升，"某些政策群众开始不理解很正常，正因为不理解，我们才要更耐心地跟他们宣讲政策的必要性……"这是刚开始推行计划生育时，徐东升陪卫生局下乡的薛清雅进村入户做动员工作，遭了一位村民的打，书记等人到乡卫生所看望徐东升时说的一番话。

这天下午，徐东升从县里开会回来，对县里的一项扶贫新举措再不敢擅自做主了，准备先找徐光明商量，再决定下一步的安排。毫不例外，天一黑德山就睡下，回到家醒来片刻，草草吃了几口晚饭，转而就回房睡了。

"唉——"徐东升叹着摇头，对徐光明说，"能和你爷一样就好了，倒头一睡不用管那么多的麻烦事。"徐光明笑了笑，说："您刚过 50，这时候正是干工作出成绩的黄金年纪。"徐东升苦笑："还出成绩？呵……这次救济款不再按人头平均分配，怕又得挨人一顿揍啰！得，谁叫咱是党员，揍就揍呗！光明哪，你赶紧替叔想想，怎么办好？"徐光明问："真听我的？"徐东升点着头："当然，谁对我听谁的。"徐光明定定地望住徐东升几秒，说："我倒是有个主意，如果能落实的话，可以一劳永逸……"正准备谈，德山披着棉衣出现在厅堂门口。德山一直住西角的夏屋。"德山叔……""爷……"徐东升和光明同时抬头。只见德山步伐稳健，仿佛肢关节的风湿痛骤然好了似的，径直走进来坐到光明身旁："嗯，你们继续，我也听听……"

按徐光明的建议，这年的救济款不全发……"什么，不全发？"徐东升刚听到这儿便怔住了，"发到手的自不必说，没份的人还不把我撕了？"

德山眯着眼，突然插一句："平均主义害死人！"

这话说得徐东升脸色顿红。

20 世纪 50 年代初，当上支书的德山将船民分成若干个捕捞小组，各小组劳力强弱搭配，实行生产竞赛机制，将捕捞到的鱼虾先分类，再仔细过称，每个月公布一次汇总结果，最终选出一个"最佳红旗手"的生产小组……哪个生产小组荣获了"最佳红旗手"的称号，哪个组的组员便能更多地享受县里派发下来的救济物资。这种相互帮扶的竞赛机制实行了几年，曾得到县委书记在群众大会上的公开表扬："溪尾村的这项举措，极大发挥了船民群众的主动性……”不久，河南遂平县首先成立“嵖岈山卫星人民公社”，紧着“人民公社运动”便在全国轰轰烈烈地展开，按上头传达的精神，一切生产资料和公共财产都转为公社所有，然后由公社统一核算统一分配，社员分配实行工资制和口粮供给制相结合，总结了“青年队”集体吃食堂的好处，大力推广公共大食堂——就在徐东升积极响应“号召”，组织人手在刘家大院砌大灶支大锅建立公共大食堂时，德山就曾冷冷地说了这句：平均主义害死人……

“东升叔，您先听我把话说完……”

徐光明严肃地说：“您想啊，连家船民为何到目前为止还没能完全地搬上岸？为什么同是溪尾村的村民，溪前、溪后几个自然村包括溪尾街的群众依然瞧不起咱们？这里头虽说有许多客观因素，但究其根本原因，就因为咱船民多数不识字，没文化，生产技能单一……至于上岸后大伙该怎么生活，怎样生活得更好，怎样才能真正脱去穷帽子，县里和乡里的领导大概都思考过，可惜都没能拿出适当的法子……所以我想，何不干脆从根本上抓起？”

“什么叫从根本抓起？”

“办教育！”徐光明自信地笑了笑，“眼下百废待兴，县里和乡里的财政相对吃紧，让上头拨款盖学校办教育恐怕很难，至少还得等几年……今年的救济款虽不多，动员村民再凑凑，我想，盖一所学校应该没多大问题。”

十年树木，百年树人……徐东升虽说识字不多，这个道理还是懂的。他望一眼德山，又望向徐光明。“光明哪，溪尾村虽说没有学校，孩子们要想读书也不是没地方，救济款不发……还让村民掏腰包？”徐东升苦笑一下，“好比老鼠钻进了铁匠铺，哪里找吃的呀？”

“解放思想，实事求是……这可是十一届三中全会的核心思想。”

徐光明显然早料到徐东升会有这样的忧虑，接着说：“学校建成后，白天给孩子们上课，到了晚上，咱办夜校扫盲班，办水产养殖和农作物耕种技术培训班……培养孩子成才是一个漫长的过程，而技术培训班立竿见影，这样一来一校两用……学校的建设资金咱们自筹，我再向县里打报告，尽量申请减免学杂费，这样的话村民应该不会有太大意见……您觉得呢？”

听到这，徐东升大致听明白一些，准备问德山意见，发现德山又安静地闭上了眼，扑哧地笑了：“瞧，你爷又睡着了……”徐光明说：“我爷人老，脑子却一点不糊涂，他刚才如果不赞成，决计不会睡……”

徐东升不好当即做决定，这事须由村两委拿主意，坐片刻便起身走了。

将爷爷背进夏屋安顿好后，徐光明想了想，还是走进西厢房。清雅刚才给儿子鹏宇讲睡前故事，外面讨论的内容基本都听到了……“你呀，总是不吸取教训，别又惹上一身麻烦。”见光明走进来，清雅放下手中的书，埋怨地望住未复婚的丈夫。光明坐到床边，定定地看着酣甜入睡的儿子——

“跟你商量一件事……”

“不用说，你肯定是想辞去教育局的工作。”

“嗯……”徐光明握住清雅的手，放手心轻柔地摩挲，“行政工作谁都能干好，你是知道的，其实我……更愿意当一名教师。”

“你觉得爷会答应？”

“肯定会。”

“然后呢？”

“跑手续，选校址，找工程队……这些都需要专人负责。”

“既然都决定了，还问我做什么？”

“你是我爱人，我不找你商量，和谁说去？”

“……”

“我，一定能把学校办起来！”

“办学可不单单建好校舍就可以……哪里请教职工，请农技人员，所需经费和教材……所有这一切，你都考虑好了？”

“来不及全面考虑了……”话虽如此，徐光明语气依然坚定，“总的来说事在人为，走一步看一步，船到桥头自然直……”

第二天上班开完会，徐光明直接跟教育局局长耿敬谈了自己的想法。耿敬严肃地看着徐光明。“嗯，想法很好，可是……”停顿片刻，“毕竟这种办学方式没有先例……要不这样，明天党委会上先拿出来讨论讨论，先研究一下可行性……”耿敬没有马上答应，但没说不行。回到办公室，徐光明迫不及待地给薛清雅打了电话：“就说嘛，领导肯定支持。”薛清雅却忧心忡忡："救济款如果留不住，再可行，我看也是白搭……"

挂上电话，徐光明呆坐许久。

这确实是个既现实又具体的问题！

三

天刚蒙蒙亮，徐东升家的船就被涌来的村民团团围住。

20世纪50年代初，在德山等人的推动下，部分船民先一步上了岸。除了小部分住进刘家大院和朱友贵原先的老屋，县政府还特批了一个定居点。该定居点位于刘家大院的边上，乡政府出钱，出建筑材料，船民自己动手，在上面盖了两排的集体屋，后来人们称该集体屋为"双井集体屋"。集体屋双层结构，单门上下两间加一个3平方米的小院子，共安置了30户船民。海面船民还有几百户，所谓僧多粥少，德山和徐东升等人主动放弃了"首批上岸"的资格。

那时候德山关节病痛突然严重，被家胤接到家里照顾，后来就在朱家后院住了下来。姚金凤见自家上岸彻底没了希望，便和徐东升大吵大闹起来，大骂徐东升脑子进水，遭人哄了骗了……那年徐东升刚当选为溪尾村村支书，很清楚"首批上岸"的意义，毕竟下一批不知要等到猴年马月。众所周知，乡里财政困难，建集体屋的款子还是几经挤凑才有的，包括建屋用的砖石材料也都是隔壁村支援的。那时儿子徐国庆尚在襁褓中，姚金凤就开始琢磨了，如果能上岸变山人，且不说今后生活怎样，儿子将来上学娶媳妇都不成问题。可东升毕竟是党员啊，党员就该有党员的觉悟，就算别的船民不在背后嚼舌根说闲话，自己一家先搬进集体屋也住得不踏实。德山经常说，做人得讲良心。身为村干部，凡事若都先占先得，首先于良心上就过不去。

昨晚在回家的路上，徐东升仔细地想了又想，忽地兴奋起来：光明毕竟是吃公粮的国家工作人员，且在上海念过书，别看年纪比自己小，见的世面可要比自己吃过的盐走过的路还多……嗯，应该错不了！船民不也有句老话，送鱼不如教会人家拉网！办培训让村民提高生产技能，必然大大增加全村的生产效益。说实在话，每年春秋两季到县民政局领取救济款，徐东升整张脸都挂不住，像做贼似的，生怕遇见熟识的人……这晚路过会计江新全家。徐东升直接拐进他家船舱，还是和他先碰个头，商量今春救济款的安排……

"外头吵吵什么？"徐东升刚睡醒，听见动静迷迷糊糊地问。

姚金凤冷冷地回一句："我不晓得，你自己瞧去！"儿子徐国庆都快30岁的人了，至今仍打着光棍。姚金凤把这笔账算到丈夫头上，哼，当了个屁点大的官，没见捞到多少好处，反倒把儿子的终身大事给耽误了。姚金凤从来没给过徐东升好脸色看，夫妻俩仅生了徐国庆一个儿子，非姚金凤不能生，而是当年"首批上岸"的希望破灭后，再不肯让丈夫碰她身子……

徐东升没再问，披上外套钻出舱篷。

此时，东方刚现出一片柔和的浅紫色和鱼肚白，青色的曙光和淡淡的晨雾交融在一起，点染着溪马门碧波万顷的海面……

徐东升一出现，嘈杂的声音立马都没有了。

“怎么回事？”徐东升边穿上衣服，边问蹲一旁的江新全。

“我……”江新全望徐东升一眼，便把目光挪开，慌乱的神色像是做了亏心事似的。“还是我来说吧……”这时，人群中站出来一个人。姚万盛，狗娃的小儿子。“好吧，万盛你说……”徐东升拿目光快快扫了一遍众人，从大伙的眼神中已经瞧出这些人聚集到这的目的，无非就为了那点救济款的事。徐东升苦涩地暗叹，光明的想法怕是要落空了，这些村民只顾眼前。当然，也只能先顾眼前，谁家都没有余粮，春耕所需的种子、肥料，破烂了的渔网，样样都需要钱！想法很完美，现实很残酷。果然，姚万盛开口就问：“东升叔，听说咱村今年不发救济款了？”“谁说的？”徐东升暗下脸看着姚万盛，“今年和往年一样，我们将综合考量大伙的实际情况，按比例分发，可……”徐东升望向众人。“同志们哪，县里乡里年年救济，你们是不是觉着特理所当然？是不是觉着脸上特有光？”说着，眼圈不禁泛红。

“东升哥……船民穷嘛，因此……”姚万盛嗫嚅着，明显底气不足，声音一下低了许多。“是！”徐东升苦笑，“船民穷，船民从来都没富过，当然不晓得该怎么盼来富日子，我这么说，并非责怪谁，我只是认准一个理，人穷志可不能短……”徐东升刚准备乘机说服众人，却突然被人打断：“不管怎么说今年的救济款先发，什么志长志短的，以后再说。”徐东升定睛一瞧，原来是溪后村的村民曹根山。提起这个曹根山，徐东升就腾起了无名火。老话说了，不怕家里穷，就怕出懒虫。曹根山就是远近出了名的大懒虫。他不是船民，而是地地道道的山人。生产队唤出工，爱去不去，或干脆露个脸便不见了人影，到了秋收分粮，他才苦哀哀央求多称一点多给一点，整一个乞丐相。关键是曹根山有一位上了年纪的老娘，而他自己年近50仍打着光棍，年轻时曾收留过一名安徽南下乞讨的女人，后来那女人见他实在太懒给吓跑了。由于曹根山时不时地来事闹腾，无奈之下徐东升只好把他家列入五保户的救济名单。

“没说不发……”徐东升刚要继续。

“有发就行，走走走……围着做什么，散了散了，都回家吃早饭。”这时候曹根山活脱脱像个领事的带头人，双手一挥真把大伙解散了。江新全起身也准备回去，被徐东升喊住：“新全哪，没定的事，你怎么就说了呢？”江新全没脸转身，停顿一下，叹着说：“咱俩昨晚谈的都被秀凤听见了……”

刘秀凤是江新全的婆娘，徐东升张着嘴却哑了。

当天下午，村里的救济款如数发放……看着本子上密密麻麻登记的名单和金额，徐东升只感觉心里头好一阵空落落。

几天后，徐东升突然被乡书记喊了过去，说要把溪尾村一拆为三。

“什么？”徐东升愣住许久，只听说兄弟成亲后分家，还没……

“不是，书记……溪尾村是咱福宁县最穷的一个村，我晓得，我这人能力不足，这么多年一直没把溪尾村带好……”徐东升不住地自责。

“哎——”书记笑着，“东升同志啊，你自担任支书以来，一直兢兢业业、任劳任怨，我们都看在眼里。这次乡里决定，将溪尾村拆成三溪、双井和溪尾街道，实际上也是为了减轻你的负担嘛……”

原来，有人把徐东升告到乡里，说他开始搞一言堂，没经过村民同意擅自截留救济款……当然，此类状词乡领导不会采信。可从实际出发，溪尾村山人和船民掺杂，内部矛盾逐渐尖锐，比如那些上了岸的船民仍不善耕种，因此在如何评工分上各生产队和各生产小组意见很难统一，队长和组长经常吵到面红耳赤……如此拆分，此后各守各的“一亩三分地”，各自发挥自身的特长，于安定团结而言乃至各村发展特色经济都有帮助。

“好吧，既然这样，那就拆吧……”徐东升只能点头。

直到20年后，双井村摇身一变成了福宁县的明星村、富裕村，原先那些起头闹着拆村的人才懊悔不已，只能眼睁睁看着人家搬进新屋，老人住进村里的养老院，海面各种特色海产源源不断地产生经济效益……

当然，谁都无法未卜先知。

救济款最终没留住，徐光明很快就知道了，好比一盆冷水当头浇下，忽地感觉到一阵莫名的透心凉。他拿着刚从教育局申领的2000元钱，苦哈哈地问薛清雅：“我这样算不算叫剃头挑子一头热？”办学的事经由教育局党委会上讨论通过了，且以试点的名义特批了。徐光明被任命为筹建办公室主任，全面负责学校选址建设及相关筹备工作。清雅只微微一笑：“想好没去做，你铁定不甘心……做不成，总有多方面的原因。”徐光明坐了片刻，说：“不行，我还得找东升叔商量。”钻进徐东升家的船舱，还没开口，却听说了拆村的事。

“事情经过就是这样……”徐东升苦哀哀地望住徐光明。

“都什么时候了还有人贴大字报？”徐光明不解，“都有谁？简直就是瞎捣乱！”徐东升没说，只苦涩地笑了笑：“不管什么时候都不能忘了阶级斗争，联名信上倒也写得在理，现在说什么都没用了，乡里已经着手，过几日就会下达正式通知……至于办学校的事，光明哪，叔只能说对不住了。”

“这……”徐光明无话可说。

教育局特批的2000元支持款大概只够买些砖石，至于其他用度，没了救济款还能从哪里拼凑？真要向村民集资吗？……不，曾经的溪尾村变成不足原来三分之一的双井村，村民便全是纯粹的船民了，还能从他们兜里掏钱吗？就算船民愿意掏，能掏多少？能筹到多少资金呢？钱的问题，着实把徐光明深深地难住了。

四

一连数月，徐光明一直在为建校资金四处奔忙。问银行，信贷主任支支吾吾面露难色。信贷主任大概担心款子一旦贷出去，到时还款很成问题。徐光明又相继联系了曾经相熟的老同学，彼此多年未联系，才联系上就说钱的事，老同学自然推诿加敷衍，没人真正替他分忧……这日下午，徐光明拖着疲累的身子回到办公室，刚坐下来，桌面的电话便丁零零地响了。

“天啊，真是光明，猜猜……我是谁？”电话里咯咯地笑着。

她是谁，还用猜吗？虽说十几年未见，可声音的辨识度实在太高了，说话带着浓烈的吴越口音，笑起来含羞带嗔的样子，听过的人基本忘不了。徐光明至今都搞不明白，认识马媛媛到底是幸运还是不幸？说幸运，当年打扮入时的马媛媛亭亭玉立，纤细的腰身，长长的大腿，娇美的容颜，在远处看，她就是天边那抹最绚丽的彩霞，在近处瞧，她就像一朵刚刚绽开的芙蓉花。和马媛媛一眼对视，徐光明便被深深地吸引住。马媛媛身上总有一股劲，敢于挑破时代沉闷争取自由的劲头。就拿跳舞来说，她敢当着母亲的面紧紧搂住徐光明的脖子贴身跳起了交谊舞。马媛媛的母亲是福宁县军管会的主任，也就是后来的革委会主任曾骏青……正是这种叛逆与温顺的矛盾综合体，把徐光明迷得晕头转向，很快与马媛媛坠入了爱河。所有认识徐光明的人都说，光明这小子实在太幸运了！可惜，曾骏青极力反对他俩来往。有一天晚上，马媛媛将徐光明约到单身宿舍。两人刚坐下来，马媛媛立即投入徐光明的怀中，坐在他腿上搂住他的脖子准备亲吻，房门突然被一群人踢开了。徐光明当晚被扭送到县里，押到曾骏青面前，说他对马媛媛同志耍流氓。那个时候，耍流氓的人是可以直接枪毙的。徐光明百口莫辩，只希望马媛媛能为他做证，他和她真心相爱，此情天地可鉴。曾骏青冷冷地问女儿，真是这样吗？马媛媛不敢看母亲，更不敢看徐光明，只眼圈泛红地说，不，不是的……“不是的”三个字，等于直接宣判了徐光明“死刑”。他当即惊呆了。等被关进县公安局看守所，才听说马媛媛原来是有未婚夫的。马媛媛的未婚夫是上海某大人物的公子。这些话是曾骏青亲口对徐光明说的：“虽说你父亲是革命烈士，可你亲爷爷是罪大恶极的国民党特务，你爷爷手上沾染多少革命同志的鲜血懂吗？所以，说你根正苗红是抬举你呢，还不知收敛！你本身什么身份？连家船民。真是笑话，癞蛤蟆也敢馋着天鹅肉……”是，马媛媛确实是高高在上的白天鹅，曾主任那番话像一支支无情的箭，嗖嗖地射在徐光明的心坎上，羞愧且痛！

躺在冰冷的监牢里，徐光明觉着自己真真活成了大笑话！

幸运儿是吗？不，人家许是无聊，闲着发慌，故意拿他寻开心。

徐光明差不多被关了一年半才释放出来。

出狱后才知悉。他被抓进去的第二天，阿爷和清雅开始四处求情，最后看在烈士遗孤的份上才使他暂得“宽恕”……不过他因为“耍流氓”事件被教育局停了职。没多久，有人告诉他，马媛媛在上海结婚了。他听后只是笑了笑，说不清心里是喜是悲，像听说某陌生人结婚一样。浑浑噩噩度过一年，朱家胤溘然病逝，朱家院子成了溪马门红小兵的总部，他和德山、清雅三人又被赶回船上，这才猛然清醒，阿爷原本挺直的腰杆不知什么时弯了下去……

“没想到会是你！”徐光明停顿许久，冷冷地回一句。

“是我！”马媛媛在电话那头笑着说，“你回教育局工作了？”

“但凡错误的，总有纠正的那一天……”徐光明尽量将语速放慢，为的是不让对方听出他内心骤然翻腾的复杂情绪。

“哦，确实。”

“找我有事？”徐光明紧着问。

“听说你在找资金？”

“是。”

“还没找到吧？我可以帮你解决。”

“是吗？太好了，这可真是及时雨。”徐光明脸上终于有了些许笑容。

“光明，当年的事……对不起！”马媛媛说着，忽地哽咽起来，貌似她为此事也背了十多年的良心债，“要不是我，你也不会……”

“事情过去这么多年了，我早忘了……”徐光明此刻的心情很好，只要解决了资金难题，为船民办好学校，自己当年所受的屈辱又算什么。

“你……过得好吗？”

“还行……”

“那就好……”马媛媛转而说起资金的事，“怕得下个月才能办理，我刚调回福宁县不久，信用社的情况并不是很熟悉。”

“能解决就好，这种事本就急不来！”徐光明再次说了感谢的话。

“光明……其实我……已经离婚好几年了……”

挂断电话。徐光明心里已经腾起滔天巨浪，马媛媛说这话几个意思？

难道是想重续旧情……徐光明慢慢地端起水杯，想喝口水稳稳情绪，喝了半天，才发现原来杯子里没有水……

薛清雅比徐光明更早听说马媛媛调回福宁县的消息。

“马媛媛可一点也不简单，听说都离了三次婚……清雅，我敢打赌，她回来第一件事就是跟你家光明联系……”卫生局一位了解情况的大姐终于忍不住提醒薛清雅。清雅心里难受，故作轻松地笑了笑：“天要下雨，娘要嫁人，咱只能管好自己的事，还能管别人怎样，他俩就算……也合情合理合法。”那位大姐说：“天啊清雅，你不会真糊涂吧？光明可是打灯笼都没处找的好男人呀，咱不说别的，难道真让那女人给鹏宇当后娘？再者说，你和光明离婚是有历史原因的，听姐的，赶紧复婚，有了红本本，幸福生活才会有保障……”

有了红本本，幸福生活才会有保障……

这也是德山当年说的一句话。

回船上生活的第二年秋天，清雅如愿地嫁给徐光明。那年，她刚满 25 周岁，实际上她的年龄要比徐光明大两岁。不过若从外表看，她身上稚气未褪，仍像个十八九岁的青涩姑娘。清雅皮肤没有马媛媛白，一张微黑泛着红润的瓜子脸，五官长相随她母亲。她母亲本就是省城红楼一枝花，后来被薛怀安相中娶回家当了九姨太。清雅就是薛府那个九姨太所生的遗腹子。她 6 岁的那年深秋，母亲突然一病不起。她母亲大概觉着自己快不行了，让清雅去溪尾街的忠义堂找大娘……母亲口中的“大娘”，就是朱家胤。

清雅隐约记得，当她走出家门来到街上，外面到处是人，人们手里挥着各色小旗，脸上洋溢着热烈且灿烂的笑容……等长大了些，清雅才知道，原来这天福宁县刚解放。清雅好不容易找到大娘，可刚见一面就被朱家胤不怒而威的样子吓坏了，缩着身子站一旁，一动不敢乱动。德山恰巧走过来，抚摩她的头，笑呵呵问家胤，这是谁家的娃？好乖！家胤冷冷回答，她是薛怀安的小女儿，她说她妈妈病了，肯定是她妈叫她来投奔咱的。听这话，德山骤然敛住了笑，半天脸上才重新浮出笑容，摇着头说，唉，薛怀安死了，上一代的恩怨也该结束了……瞧，娃儿一身泥，这娘俩肯定遭了不少罪。然后蹲下，柔声地问，阿爷帮你洗洗，好吗？小清雅怯怯地点头。那天，德山牵着清雅的小手走进柴伙房。清雅觉得，阿爷的手心比冬日的暖阳还暖和……

那以后，清雅一直由德山带着生活……人们问德山，这是谁？他说，天爷可怜我，给了个孙女养呗！所以，当德山说，要不你嫁给光明，好让他走出马女娃儿套下的怪圈圈时，清雅想都没想就答应下来。那日，秋风送爽。她和光明在船上举行了新式婚礼。两人身穿新缝制的蓝布衫，胸前扎着大红花，没有哭嫁，没有办酒，只拿着凭糖票从供销社买来的糖果挨家挨户发了就算成亲了。德山总感觉缺了什么，第二天喊他俩到乡里办了结婚证。看着两人办成的红本本，德山笑得像个孩子，连声说，嗯哪嗯哪，没错，有了这红本本啊，幸福生活才会有保障……

然而，两人没过多久幸福甜蜜的生活，一张大字报豁然地贴在卫生局门口的布告栏里。这是一张寄自上海的大字报。清雅知道是谁寄的。她和马媛媛是卫校的同班同学。她只跟马媛媛私下说过，她父亲就是薛怀安……那时候她刚生下鹏宇，光明刚被安排在一所小学当教工。大字报上陈述的内容，无疑给才结婚三年的两口子一记晴天霹雳。光明当然不答应和清雅离婚。虽说清雅长得没有马媛媛漂亮，但她正直，善良，性子柔和，善解人意。三年朝夕相处知冷知热，已让他深深地爱上这个女人了，凭什么让他俩分开？他才不相信“夫妻本是同林鸟，大难临头各自飞”的道理。可是，清雅已被“黑五类”的“帽子”压得连头都抬不起来。她才不要儿子和丈夫跟她一样抬不起头。她哭着投进丈夫的怀中，央求说，咱就离了吧……离婚后我也不会离开你和鹏宇……清雅这辈子只有你光明一个丈夫，我生是徐家的人，死是徐家的鬼……

下班后，清雅推着自行车走回家，边走，边回忆往事，不知不觉眼里涌出泪。

“你……怎么了？”身旁忽地响起熟悉的声音。

“哦……”清雅抬头，光明就站在自己跟前。

“没，没什么，眼睛不小心进了沙子……”

徐光明纳闷，阴沉沉的天，没有一丝风，何来的沙子？

回到家，清雅准备做晚饭。

徐光明跟进柴火房，帮忙舀了一瓢水，突然停住说：“清雅……明天，咱去民政局把手续办了吧。”

“好……”清雅没有拒绝，只慢慢地回头，凄凉地望住丈夫。

此情此景，和当年德山让她嫁给光明时何其相似。光明放下水瓢，快步走上前，一下将清雅拥在怀里。清雅这才趴在光明胸口肆意地哭出声来。

说是一个月可以办成的贷款，不想又拖了大半年依然没有结果。

徐光明计划年后再去信用社问问情况，总拖不是办法……他也想再找马媛媛最后探个底，行不行一句话，实在不行，建校的事只能先搁置，别希望越大失望越大。当然，也可能柳暗花明，说不定还有别的路子可走……

这年的春节过得要比往年舒心多了。

德山听说两人已经复婚，执意把两人的红本子收了起来，塞到自己的枕头底下藏着，说无论如何不让他俩再离了……清雅哭笑不得，只好由着德山，并答应说，就算天塌下来，她和光明也不会再离了……夫妻之道，一荣俱荣，一损俱损，两人都是快40的人了，已逐渐参透许多事，曾经迷茫的、纠结的，乃至慌乱无措的，都已慢慢地归复平静、从容，乃至淡定。

“光明，如果贷款实在办不来，其实……还有一个法子。”

这晚，清雅原本躺在光明的臂弯里，猛然直起身。“嗯？”光明瞬间来了精神，“说说看……”清雅扑哧一笑，将长发拢到脑后，说：“你呀，脑袋钻进误区一直出不来，建学校为了什么？是教育，是培训，建一所学校和采购一套优质教科书有什么两样？毕竟都是工具，并非最终目的……”听到这，光明忽如醍醐灌顶，说：“天啊，我怎么没想到……”清雅娇嗔地说：“哼，你以为就你聪明，你没想到的事还多了，我……”话未说完，嘴吧却被光明吻得密不透风。

许久，两人才松开，四目对望，彼此眼里桃信灼灼。

光明再次将清雅搂进怀里，动情地说：“我徐光明得妻如斯，夫复何求？”

清雅眼眶湿润，呢喃地说：“反正，我这辈子是赖上你了……”

“清雅……”

“嗯……”

“假设我辞了公职，全心全意办好这件事呢？”

“那……我养你。”

“拿什么养？”

“我每个月也有几十元工资，应该够咱一家人吃喝……不够的话，我可以跟秀娟她们学织网，总的来说，不会有问题。”

“这样啊……你会很辛苦！”

“谁让我要嫁给你……”

五

一年之计在于春。

元宵的爆竹响过不久，海面上的寒风依然凛冽，徐光明准备在刘家院子办学的消息像南面吹来的春风一样在船民中传开了……

“什么？徐光明不会傻了吧，放着好好的工作不干，准备干那吃力不讨好的活？”许多人表示怀疑。确实会怀疑。船民的孩子大多在十二三岁的时候便开始奔海讨生活，某些家庭甚至把这些半大小子当成家庭收入的顶梁柱。徐光明不敢轻易动用教育局的那笔支持款，花了自己的积蓄，买来课桌椅，将刘家两间窗户较大的茶舍腾了出来，请人重新粉刷，并亲自用红漆写了牌子“双井村船民学校”，还特地跑去省城福州，订购相关教材，与水产科研单位签署了帮扶帮教的合作协议……等忙完这一切，已是这年的3月了。

此时岸上春花灿烂，海面和风送暖，正是船民最忙碌且最可能收获满舱的季节。徐光明却开始逐船挨户耐心地动员，必须让适龄孩子上学，“四有（有理想、有道德、有文化、有纪律）”是国家对所有公民的基本要求，孩子将来是国家的主人，咱可不能让船民的孩子拖整个民族的后腿……好说歹说，谁知却鸡同鸭讲，忙了大半月，一个孩子没劝上来……光明无比泄气。清雅了解后没好气地说：“你呀，架着大炮打蚊子，够得着吗？”

光明问："那该怎么办？"清雅想了想说："凉拌……看我的吧，你给鹏宇辅导功课。"

清雅出去转了一圈，才花了不到半天的工夫，就有30多名船民的孩子报了名。光明喜出望外，却也纳闷："奇怪，你是怎么办到的？"清雅神秘地笑了笑，然后说："其实，我就问了他们父母3个问题。第一，你们想不想往后的日子过得比现在好？第二，你们想不想孩子长大后赚更多的钱？第三，你们想不想尽快搬上岸？"光明依然懵着："他们怎么回答？"清雅说："你呀，真是个书呆子，答案自然是肯定的。那么好，我接着说，孩子如果没文化，一切都是空的，他们就给孩子报名了。"光明真心服，朝清雅竖起了大拇指。

30多名孩子并不多，许多适龄少年仍在海面上。

徐光明却认为，万事开头难，无论如何得让这些孩子先动起来。

很快，他给教育局打了辞职报告。耿敬没批，了解情况后特事特办，任命徐光明为这所特殊学校的校长。当然，专职老师也是他。每逢周末，清雅若得空也会过来帮忙。当清朗的读书声从刘家院子传到海面时，许多人驻足船头心情复杂地听着，心里说，嘿，徐光明还真把学校办起来了……

没多久，徐光明办船民学校的消息传到县里。

这天是周末，马媛媛突然骑车过来。

30岁多一点的马媛媛仍旧打扮入时。远远望去，站在刘家院门口的她仍旧娇艳得像一朵盛开的芙蓉花。"光明，款子批下来了，要知道，我为此可花了好大力气……”见徐光明走出来，她嫣然笑着，几步上前拉住他的手。

“哦，是马主任来了。”跟丈夫出来的薛清雅抢先打了招呼，“站外头做什么，快进来坐。”看见薛清雅，马媛媛脸色立马变得难看，说：“不了，我和光明说几句话就走。”清雅笑靥如花：“行，那你们聊。”说完，转身回去。

“我想，我们已经不需要这笔款子了。”徐光明说。

“为，为什么？”马媛媛愣住。

“原先谈好的那块建校用地，已被三溪村拿了回去。”徐光明苦涩地笑了笑，“你现在就算贷给我再多的资金，我们也没地方建学校了……不过，对你的支持与帮助，我还是表示万分的感谢。”

“建校用地，不是乡里特批的吗？”

“原想两个村合作办学校……当然，现在也挺好的，船民学校嘛，专门为船民服务。”确实，往教室里头瞧，大多是十二三岁的孩子，当中也夹杂着八九岁的孩子，有的孩子甚至光着屁股蛋……若不是孩子们都齐整整地坐着，认真地听讲，谁能想到他们是在教室里上课?

“其实，你们大可以将这座宅院拆了，然后再……”

“刘家院子这么大，里头还住着许多人。拆了，他们住哪儿？”徐光明冷讽地笑了笑，“咱们做事，可不能只顾自己不管别人……”

“你和清雅这样……像开夫妻店。”

"呵呵，管他什么店，只要能帮到船民，黑店又如何……"

马媛媛知道，自己用贷款纠缠徐光明的如意算盘落空了。但她不死心，盯住徐光明的眼睛继续说："听说你还辞了职？这么做，将来肯定要后悔。"

"不不，我绝不后悔！"徐光明语气特别坚定。

"……"

六

德山眼神变差了，脑子也开始糊涂了，看见光明，开始唤他念生。看见清雅，一会儿唤念慈，一会儿又唤她秀……清雅知道念慈，光明的亲姑姑，如今厅堂墙壁上还挂着她的照片，抗日烈士徐念慈，卒于1944年……

但不知秀是谁？

光明思忖着说："曾听朱奶奶提起过，说秀是阿爷的亲妹妹，奇怪的是她也是朱奶奶的亲妹妹，这里头关系有点乱……总之，论辈咱都得尊秀一声姑奶奶呢。听说姑奶奶当年嫁到杭州，姑爷爷姓侯，叫侯通州，山西人，是朱家商行的掌柜。后来，抗日战争爆发，我爸妈曾到杭州找过他们，没找着，这么多年一直没有音信。"清雅低叹着说："当年鬼子杀死那么多人，不知她一家是否幸免？"光明说："但愿吧……也许没有消息就是最好的消息！"

刚开始，对德山的误认夫妻俩还会耐心纠正，最后干脆听之任之，甚至干脆答应一声。谁知，德山又开始埋怨了，说清雅：“秀啊，这么些年你都去哪儿了？哥寻着娘了，给你寄了信，你没回，她就在碧莲寺出家，唉……你说咱一家人往东的往东，往西的往西，就留下哥守着溪马门，哥实在不敢走啊，生怕一走，你们回来就寻不着家了……”这些话，清雅听得热泪盈眶。

这日，一名老华侨在乡长等人的陪同下找到德山。见到轮椅上昏昏欲睡的白发老人，老华侨深深地鞠了一躬，哽咽道：“太好了，大伯您还健在，晚辈叫朱茂霖，家父朱孝允……”原来，朱孝允当年离家出走，跟朋友去了南洋，后来娶了当地一名华侨的女儿重新安了家。只可惜，德山此时完全忘了朱孝允是谁。他目光直直地盯住老华侨，过了好一会儿开口说：“念海，爹觉着你应该去自首，争取政府宽大处理，共产党在杀鬼子，你却将枪口对准新四军，你可知道，你妹妹就在新四军的队伍……”乡长很尴尬，忙跟老华侨解释，说德山老人年岁大了，思维难免颠三倒四，希望体谅。老华侨当然不会介意：“家父临终再三嘱咐，让我一定回来寻亲……其实，谁都有老去的那一天，徐大伯这般高龄口齿依然清晰，已经相当难得了！”

老华侨此次回国就为了找寻朱家人。听说船民徐德山尚在人世，第一站便直奔这儿。紧接着，在乡长等人的陪同下，老华侨又去了刘家院子。在路上，老华侨了解到亲大伯朱孝临和刘家话事人刘富余当年不屈从日寇驱使，双双遭枪杀后尸首就被吊在刘家院子右手边的桂树上。老桂树一如往昔地站在那儿，斑驳的树皮十足地显露出岁月的沧桑。老华侨感慨地说：“希望屈辱的历史今后不再重演……”

据说抗战胜利后，大伯家的后人和自己同父异母的兄弟都搬至别处，老华侨没在刘家院子停留多久。离开前，他留下两万元现金，并紧紧握住徐光明的手说：“溪马门是家父的出生地，自然就是鄙人的家乡……今后家乡的教育就拜托你们了……”办学需要经费，徐光明坦然受之，诚挚道谢。

有了这笔意外的捐赠，许多想法便可以付诸实施了。

当天下午，徐东升挨家挨户口头通知，每户船民至少出一个人，晚上在刘家院子集中，准备开大会……全村大会的内容将是什么呢？是准备抵防即将到来的风灾，还是继续宣讲计划生育政策？许多人心中纳闷，却还是吃过晚饭按时参加。见人到得差不多了，徐东升清了清嗓子，开始说话：“现今岸上各村基本都实行了家庭联产承包责任制，也叫包干到户，这项改革措施可了不得，据说去冬过年，山里人几乎家家有米面，户户有余粮……”

话刚起头，登时引起底下轰的一阵议论。

船民当然听说了，心里头简直叫羡慕到不行。常言道，没有对比就没有伤害。早年遭遇灾荒，船民还暗自庆幸，讨海生活虽然凄苦，至少没听说有饿死人的悲剧发生，而山里人却因为粮食短缺，不少人得浮肿病死亡……

谁曾想，此一时彼一时，现今山里人每家每户都分到可耕种的田地，除了该上缴国家的统购粮外，余下的都是自己的……天爷啊，简直没有比这更好的好事！船民交头接耳，每个人的心里头都像有千万只蚂蚁爬来爬去似的痒得不行。“安静，请安静一下……”徐东升按了按手，继续说，“大家心里头肯定都在想，山里人能够做到包干到户，因为他们原本就有集体耕地，咱船民有吗？从来就没有。既然村里连集体耕地都没有，说这些还有什么用？”听这话，众人低头叹息，整个现场鸦雀无声。“今晚把大家召集起来，其实就说一件事，至于耕地嘛，咱也有，而且是比山里人更好地将产生更多效益的耕地……”

哗……底下立马又是一片闹哄哄。

甚至有人站起来，大声地喊：“东升叔，您就别卖关子了，该怎么干我们都听您的。”有人却愤愤地呛声：“船民哪来耕地？要有土地，谁还在海面漂泊……”徐东升不说话，含笑地端起水杯，慢慢地喝着，等大伙议论得差不多了，才接下去：“咱船民的耕地，就在咱脚下的海面上……”

海面上？听这话有人暗暗纳闷，有人明显失望，不过大伙都愣愣地望住这位一连干了近20年的老支书。东升书记不是一位说大话、空话的人，所以他这么说必然有这么说的道理。“下面请光明同志先给大家介绍情况……”

徐光明这晚的心情和徐东升一样激动，等这一天实在等太久了。

实际上水产部门的同志早跟徐光明提过建议，海是溪马门最大的优势，这时候应该乘着改革的东风，发挥地域优势，发动船民搞滩涂养殖，或搞网箱养殖，甚至可以引进投资，搞立体养殖基地，这才真正叫“向大海要生活”，而不是像以往那样“向大海讨生活”……像那种由多方合资或私人独资搞起来的立体养殖产业基地，早在江浙、潮汕等地区陆续出现，绝对不算违反国家政策。徐光明经过一番思虑，也觉得可行。可惜，巧妇难为无米之炊。真想搞养殖，就拿种植龙须菜来说，据他和东升叔、江新全粗略估算，需要一笔不小的资金。那么，资金从哪里来？向乡里或县里伸手？乡里和县里的财政差不多也捉襟见肘，更别说海面上还有七都、八都、漳湾、三都、下岐等许多困苦船民呢。“看来……只能继续等了。”那日徐东升长叹一声，“船民和山里人争平等权历经数百年，在共产党的领导下，我想用不了多久……”徐东升吩咐江新全，将属于双井村的滩涂海地仔细丈量登记，最后村两委召开几次碰头会把实施方案确定下来。至于方案内容，暂时向船民保密。

老华侨的这笔捐赠，等同于及时雨，雪中送炭。

“当初村里决定创办学校，除了解决船民孩子就近上学的问题，更主要是为了解决咱今后海产养殖的技术培训问题……”徐光明最后说，“山人实行包产到户，极大发挥了他们的劳动自主性，所以逐渐解决了他们的温饱问题，如果他们和以前一样，偷懒，不干活，我看照样没饭吃。”

众人哄然大笑。

接着，由江新全宣布，在梅花坞浅滩等几处滩涂搞试验，恢复德山之前定下的强弱搭配的生产小组制，更名为“双井村互帮互助小组”，每个小组负责一块海地……“这次，咱不再搞生产竞赛，也没有任何奖励，大家若不想饿肚子，就好好守住那一亩三分地吧！”徐东升说完，宣布散会。

这晚，许多人回船上翻来覆去地睡不着觉，兴奋中夹杂一丝怀疑。不过徐光明不仅将学校办起来，还把首批船民小学生送入溪马门乡中学，这可是未曾有过的事啊！因此，大家相信且兴奋的成分还是多一些。

约一周后，第一批龙须菜的苗子和海蛎苗子（海蛎壳）送到村里，还跟来了省里的水产技术员……船民这下完全相信了：哟，是来真的！

七

那以后，徐光明变得更忙了，白天教孩子们功课，到了晚上，全程陪同技术员培训大人……水产养殖对徐光明来说，完全是陌生的知识。于是他和船民坐一起，从头认真地学，仔细地做笔记。船民不识字，加上技术员讲得比较深奥，听的时候差不多明白，技术员前脚一走，他们立马又糊涂了。徐光明只好给每个互助小组单独开小灶，针对养殖的品类重新上课。他采纳了清雅的建议，尽量用朴实易懂的语言讲课，还亲自跟他们下滩涂……

这时候，鹏宇已是一名中学生了，周末从学校回来，总没看见父亲，问母亲，我爸呢？清雅说，你爸赶海去了。鹏宇无奈地说，噢，我的天，我爸现在完全变船民了。清雅剜了儿子一眼，正色地说，咱本来就是船民，如果你爸听了这话，非削你不可……鹏宇吐了吐舌头，表示自己错了。

几年工夫，徐光明一再地风里来雨里去，晒黑的脸庞上爬满了整日劳作留下的皱纹。他许多时候忙得没时间刮胡须理头发，人站在船头，远远望去，豁然变成一位粗线条的中年壮汉，说话也开始变粗鲁了，甚至着急起来开始大咧咧地骂人……清雅不得不说他，无论如何都得注意形象。

光明嘿嘿笑着，说忙起来、急起来就全忘了，今后一定注意……

光明知道，清雅这么说非是嫌弃，而是心疼他。他也想打扮清爽，也想夏日里躲树荫下喝喝茶吹吹凉风避避暑，冬季窝家里听听广播看看书，也想像之前那样轻声细语地说话……可是，现实时不我待！三溪村北面几个山头已完全推平了，开始热火朝天地建设三溪工业园区了。虽说两个村没有可比性，原本就存在不小的差距，可对双井村的船民来说，先不谈会不会继续拖全县经济的后腿，单是解决自身的温饱问题，就得努力再努力！幸运的一点是，近几年海面相对平静，即使遭遇风灾，基本也都在可防可控的范围之内。

尺有所短，寸有所长。

船民江老七所在的互助小组劳力最弱，却干得最出色，关键在于这些人勤劳。自古有云，笨鸟先飞，天道酬勤。这晚双井村又召开全村大会。徐东升在会上特别表扬了江老七等人，说他们给全体船民起了榜样的作用……江老七等人听后脸上特别有光，纷纷坐直腰身，显得特别自信与自豪。不过江老七等人知道，功劳首先应该归于徐光明。若不是光明替他们寻来收购商，他们收割的龙须菜卖给谁？温饱问题得到解决后，自然而然就有了别的想法。江老七把小组的男人唤到他家船舱，把想法一说，果然得到众人的热烈响应。

“七哥，这想法好啊！我极力赞成不分红，反正咱这几家暂时也不缺那点钱……等攒够攒足了钱，把三溪靠近咱们村的那块菜地买过来，在上面盖一排集体屋，咱也算第二批上岸的人，嘿……想想都美！”

“可是七哥……就怕曹万禾不答应。”

“要知道当年就是曹万禾带人闹拆村的，他铁定不会把地卖给咱。”

大伙喝着买来的米烧，吃着小菜，美美地一番憧憬后，不免又腾起一股担心。“我估计，他会……”江老七举起酒碗，目光透过舱蓬望向三溪村，“他们既然能卖地给外商，凭什么不卖给咱们？”有人立即纠正：“听说工业园的地没有卖，是租，是租给外商使用50年……”江老七呵呵笑了：“管他是卖是租，反正有钱好办事，换句话说，三溪村都有工业园那块大肥肉了，还会在乎菜地这点小油水？放心吧，这事七哥来办，来，大家一起干了。”说完先将碗中酒一口喝下，将空碗拍在矮桌上，一副志在必得的样子。

次日上午，江老七只身过去找曹万禾商量。原以为对方就算故意刁难说不想卖，八成也是为了坐地起价。谁曾想，曹万禾竟一下把话说死了。曹万禾长叹地说：“土地呢，属村民集体所有，虽说现在改革开放了，土地所有权并没有发生改变，也改变不了，因此……”江老七继续问：“那……如果我们像外商那样，向你们租呢？”曹万禾笑着摇头：“租？那就更不行了，要知道我们村自从建了工业园，耕地面积已经大大减少，村民意见已经很大，莫说再把地租出去了，我们还想从别村租些地回来耕种呢……”

好话说尽，结果仍旧两个字：别想！

江老七气得快骂娘，只好回去跟大伙说抱歉：“七哥对不住你们哪！”大伙得知这样的结果也很失望，不过这事怪不得江老七。“七哥，我看算了，咱现在也挺好，至少吃穿基本没问题，除了……”某些希望原本就像五彩斑斓的肥皂泡，外观好看却不经久，手指还没戳到泡泡就自己破灭了。

大伙反过来纷纷劝江老七。

“放心吧，只要瞅到机会，七哥我一定替大伙争取……”

江老七把胸脯拍得当当响。其实谁心里都清楚，让山人把土地卖给船民，就算把胸脯拍塌了，从胸口直接拍到后脊背，也不是想买就能买到的……

认命归认命，发牢骚归发牢骚，该干的活丝毫不能落，毕竟养殖场的“金饭碗”才是船民实实在在看得见摸得着的，搞好养殖，才可以让一家老小吃得饱穿得暖。不论哪个领域，一分耕耘一分收获，这是亘古不变的道理。

几年后，徐光明带领船民搞渔排黄鱼养殖试验，眼看就要收成了。徐东升手叉腰站船头，看着海水中浮浮沉沉的一排排大网箱，心中无比感慨："光明哪，咱们船民以往搞拉网作业，完全看天吃饭，运气好捕得多，运气差的话有时连半条鱼都捞不着，现在好了，什么好卖咱就养什么。"徐光明含笑站一旁，指着育苗的渔排说："等第一批黄鱼苗产出，咱就可以全村推广了。"徐东升满意地点着头，拍着徐光明的肩头说："走，陪叔喝几杯去……"

喝酒的时候，徐光明说出心中的担忧。"东升叔，大海温顺的时候，像慈祥的母亲，对咱又是疼又是爱，给了咱取之不尽的好处，可一旦暴怒起来又化身恶魔，将无情地撕毁一切……我现在倒不担心养殖场的前景如何，至于养什么，可以跟着市场走，像工业区的工厂，市场需要什么就生产什么，其实我最担心的，还是老天……"徐光明说着，拿手指了指篷顶。

徐东升端起酒盅咪一口，满意地咂了咂嘴，笑着说："你是说台风吧？嘿嘿，船民什么没见过，多少年风里来浪里去。人定胜天嘛，就算来了强台风，不还有你吗？"

徐光明苦笑。他心里清楚，自己可不是法力无边的神仙，有什么能力确保海面风平浪静？

不过，该做的预防措施丝毫不能省，绝对不敢马虎大意。

徐光明再三嘱咐姚金梁。姚金梁是姚万盛的儿子。金梁家里穷，志气却不短，仅上了几年扫盲班，愣是将几本厚厚的技术指导丛书全啃下来，加上手脚麻利，做事稳妥，被徐光明"任命"为技术助理。"金梁哪，这边必须用绳子加固，还有那边，得多绑几根竹竿子……"姚金梁按照徐光明安排，忙完抹了把汗，笑着问：“徐老师，您说咱做这么多，会不会做无用功呢？”听这话，徐光明面色严肃起来：“台风说来就来，咱做这些防备工作，为的就是预防意外情况发生。”姚金梁再问：“您怎么判断今年台风会比往年厉害？”徐光明皱着眉头，许久才说：“俗话说三年暖冬换一季严寒……但愿不会！”

但愿不会？现实却往往事与愿违！

八

早上起床，徐光明发现天空都被翻涌而至的灰黑色云片埋葬了。

他心头一纠，这该死的台风就要来了！

每每这个时候，海面的空气总会变得格外凝重，人们的心情也会变得格外凝重，因为台风一来，意味着船上不能住人，届时风大浪大，船舱包括眠舵都将被海水灌满。幸运的话等台风过后，洗洗涮涮晾干继续凑合过日子。若遇不幸，船破沉水，只能请人打捞，还得花去大半年的口粮请人修补……因此有船民苦哈哈地自嘲说，每次遭遇风灾，就像获得新生一样，能够活下来都是赚的——别以为船民看破生死心态豁达，这叫无奈！

“东升同志，东升同志……台风晚上就要来了，船民都转移了吗？”包片的乡干部陈为民正推着断了链条的自行车，拿着喇叭站岸边喊话。“差不多了，可惜养殖场顾不上了。”说话时，徐东升好似都能听到心脏撕裂的声音，心疼啊！“顾不上就顾不上，先顾人要紧，必须在下午五点前把所有人都转移到岸上……”包片干部匆匆交代几句就转身推车走了，别处还有其他船民。

看着正在浪潮中不断起伏的连排网箱，徐东升悲痛地蹲身下去，单是网箱里的鱼苗就花去不少钱，谁说钱财乃身外之物？即使到了现在，船民仍然是一分钱掰成两半花，就这样没了？不甘心啊！徐光明比照顾儿子还精心地照顾了一年多，这里头满满都是光明的心血和船民的希望啊！

天渐渐黑下来，船民们正提着大大小小的蛇皮袋，或抱着锅碗瓢盆闹哄哄地往岸上集体屋的院子涌里，包括刘家院子里也都挤满了人……徐光明进来，有人喊：“徐老师，台风什么时候来？”问这话并非盼着台风什么时候来，而是盼着台风什么时候过去。只有台风过去了，船民的生活才会逐渐恢复正常，这是这个特殊群体特殊时期的特殊期盼。

徐光明没有回答，提口气问：“全部人都上来了吗？金梁呢？”有人回答：“应该差不多了，金梁媳妇生孩子，他应该还在船上……”

姚金梁确实还在自家船上。

姚金梁好不容易才娶上了媳妇。照理他早该送媳妇上乡卫生院待产，可台风要来，他不得不在渔排上照料刚育出的鱼苗，就把这事给耽误了。好在没出什么意外，这是头一胎，他媳妇阵痛不久自己分娩了。第一次当父亲，姚金梁既兴奋又慌乱。

他不是产科医生，不知该怎么处理婴儿的脐带。徐东升刚好挨船通知船民转移，见状说，去喊金凤过来。姚金凤当年生徐国庆就是她自己剪断脐带。“你抱孩子先走，你媳妇还得等一会儿。”姚金凤对姚金梁说。

至于为什么要等一会儿，姚金梁不懂。正要问，蓬口的帘布突然剧烈飘动起来，发出喇喇的可怕声响，船儿更是晃得连跪都跪不稳。我的天，台风竟在此时不偏不倚地袭来了。金梁拿件自己的衣服，草草包着初生的婴儿，对媳妇说声我马上回来，抱上孩子冲出舱蓬，三步并作两步地往岸上跑。

没工夫留意，身后不远的海面上骤然出现一道巨大的浪墙。浪墙是台风来临时溪马门特殊的地理位置形成的特殊海浪，破坏力极强。金梁一口气跑进刘家院子，刚把孩子交到一名妇女手中，刚转身，只听轰的一声巨响，三米高的浪头朝停在岸边的舢板舵劈头盖来，许多船儿当即被浪头击毁了。

“天哪，船……”许多船民嘴巴张大，却没法喊出声。

狂风就在这时怒吼起来，咆哮起来，像发了狂的野公牛，没方向地四处猛梭乱窜，紧着跟来的，是雹子一般的暴雨……

这就是可怕的“台风正面登陆”。

狂风暴雨中，隐约看见几个男人疯了一般地往海边跑。

“金梁，东升叔，国庆……”徐光明被强力的阵风推进刘家院子，嘴被风眼儿堵住，发出来的声音小得可怜，大概只能自己听得见。

平素厚道的姚金梁边跑边哭边破口大骂。

姚金梁的声音于风雨中更显单薄，就像一个无助的孩子。

姚金梁的心都快碎掉了，不，已经碎成许多瓣，再也拾不起来了。

被这种浪墙击中，生还的可能性微乎其微。

徐东升顾不上喊儿子回去，当然也喊不回去，儿子的娘就在金梁家的船上。徐东升这时候分不清脸上到底是雨水还是泪水，金凤自从嫁给他，虽说一直霸道强势，说不让碰就不让碰，那是因为他疼她，才会毫无原则地由着她，顺着她。少年夫妻老来伴，缺了姚金凤，对徐东升来说，他的人生必然是不完整的。有一种完整叫作有人和你怄气，一旦没了，真就什么都没了……

金梁媳妇就这样没了，把姚金梁的魂儿给带走了。

姚金凤就这样没了，从此徐东升话变得很少。

还有许多来不及转移的船民也这样没了……

风灾过后的很长一段时间里，人们仍无法从巨大的悲痛中回过魂来。

那日傍晚，人们终于从几里外的海岸边寻回了金梁媳妇。姚金梁怀里抱着幼小的闺女，定定地看着已被海水泡得不成人样的女人尸体，目光呆滞，像一尊缺失了灵魂的泥塑，表情木然，却始终没掉下一滴眼泪。徐光明挤开围观的人群，趔趄地走上前，扑通跪下失声恸哭："对不起，对不起……"

徐国庆摇着小船四处寻找母亲姚金凤，一直没寻着。

最后，徐东升泄气了，说别找了，茫茫大海，哪里找去……

茫茫大海，大海茫茫——

九

溪马门的海，即便又过去十多年，依旧是那样的诡谲多变、幽深莫测，广漠的海面依旧时而恬静温顺，时而巨浪滔天……当然，大海的胸怀一贯宽宏博大，可容百川，能滋养万物。初秋的夜晚，半圆的月儿皎洁地撒下一片深沉的蔚蓝，微风夹带着久久不肯消逝的溽热，在海面上吹起了绝细绝细的无数个粼粼碎碎的小皱纹。此时，大海就像一个玩累了的孩子，安静地躺在朦胧苍穹的怀抱中，轻轻地、悠长地发出一阵阵均匀且甜美的鼾声……

徐光明站在自家的二楼阳台，突然发现空中或高或低的浮云正悄然地朝南边天际聚拢。他倏然锁紧了眉头，看来用不了多久，溪马门又将迎来那该死的台风了。不过很快，他又重新舒展了眉头，今时不同往日了，台风固然不可驯服，桀骜肆虐得可怕，但脚下这新建成的连片的安居房便是船民生命最强有力的保障。自从儿子鹏宇接过养殖场的担子，徐光明直接干回了老本行。教书其实和鱼苗培育一个道理，只有全身心投入其中，才可能得到丰硕的回报。

姚灵灵便是一个极其成功的例子。

至少徐光明这样坚定地认为。

因此这晚，他思考再三，特地约来姚灵灵。

这年高考，姚灵灵顺利地考上了北京的一所名牌大学，摇身变成了溪马门船民名副其实的一只“金凤凰”。她是溪马门第一个名牌大学的大学生，更是双井村的首个大学生，意义当然非比寻常。徐光明感到无比欣慰，就像当年首批黄鱼苗育成投产那样，当姚灵灵把录取通知书递给他时，他的双手居然是颤抖的，心中百味杂陈，眼眶也是湿润的……

什么叫苦尽甘来？徐光明太清楚灵灵这孩子在学业上下了多少苦功，包括她的父亲姚金梁为她默默地承担了多少付出了多少，个中种种，非三言两语能够说清。不过徐光明仍然希望，在灵灵入学前，有些话能和她单独地当面地谈一谈。也是时候谈一谈了，这么些年过去，徐光明对灵灵母亲当年的不幸依然心怀愧疚——是的，当年若不是因为他的嘱咐，姚金梁一家三口大概也和其他船民一样，如今搬进了新居，过上了幸福和美的好日子呢！

“徐爷爷……您找我？”

一声轻灵的问候，打断了徐光明杂乱的思绪。

明日就要动身去北京了，灵灵的心情自然既忐忑又激动，同时又夹杂一丝放心不下的担忧。父亲的身体一向不好，她去北京上学后，谁来照顾他？过来之前，父女俩正收拾所需的行李。“爸，要不……您给我找个后妈吧？”姚金梁刚锁上行李箱的拉链，突然听见女儿说这话，骤然呆住。“真的，我觉得您不该一个人过……爸，您为了我不舍吃不舍穿，吃了那么多苦，也该……”姚金梁一如既往地没说话，只定定地望住女儿。这一刻，他蓦然发现，女儿真的长大了。灵灵长相随她母亲，身材苗条匀称，一双聪慧的大眼睛总泛出清亮的光彩，漆黑的双眸就像清晨最耀眼的星星，熠熠生辉……最后，姚金梁无声地笑了笑，上前摸了摸女儿的头，“去吧，你徐爷爷还等着呢。”

“你爸他……这辈子非常不容易！”

徐光明望住乖巧的姑娘，轻叹一声，起了头：“说起来，是我对不住你爸，对不住你妈，也……”说着，眼里慢慢地腾起一片迷蒙的雾气。

“为什么这样说？”姚灵灵眨巴着黑眼睛，不解地问。

“因为当年我交代你爸，无论如何都得保住育苗场，以至于耽误了……”徐光明深吸一口气，“所以……对你爸，对你，我都有愧啊！”

“其实您……完全不必自责！”姚灵灵咬了咬嘴唇，凄清笑着，“我想，那时无论换谁都会那样做，因为育苗场不仅是您的，更是大家的……”姚金梁一把屎一把尿把女儿拉扯大，却从未跟女儿提及她妈妈的具体死因，只说风灾无情人有情。灵灵是个聪明的姑娘，才听了寥寥数语，便完全猜到了当年那场台风惨烈且无助的情景。“徐爷爷，请别再说什么对不起了好吗？您是我们的恩人，我爸如果没有您，不可能学会一手的养殖技术……而且，若没有您和薛奶奶的支持，我也不可能上完高中……”说到这，姚灵灵的眼圈红了。

徐光明长长地舒出一口气，仿佛堵住胸口许多年的郁结一下消散，解嘲一笑，缓缓地摇头说：“身为船民，自古就有互帮互助的传统，这恩不恩的，算不上……嗯，说到恩，首先应该感谢党，感谢政府……那次台风过后，省里就把咱连家船民的上岸问题，定为脱贫的重要任务，无偿划拨建设用地，投入专项资金，才有了咱现在的安居房，圆了世代船民的上岸梦……当然，这只是一个开端而已……灵灵啊，你要明白，幸福生活不能全靠救济和帮扶，个人发展亦是如此，你是个聪明的孩子，道理必须懂。”“嗯，徐爷爷，我懂！”姚灵灵自信满满的，“其实我在报志愿的时候就决定了，争取考上最好的大学，毕业后就回来。”学成归来回报家乡？徐光明没料到灵灵做了这样的打算，欣慰地点头：“路在脚下，该怎么走，决定权在于你自己……回来也好，留在大城市也罢，总之，不忘初心，不辜负美好的青春就好！”

“不忘初心？”姚灵灵将目光投向远处的海面，“嗯……”

这天早晨，注定是一个不寻常的早晨。

姚金梁怎也预料不到，包括徐光明也万万没能想到，整个双井村的村民居然不约而同地都过来送别。众人七嘴八舌，一路说着笑着，一直送到镇上的公交车站。“灵啊，到了北京记得写信回来……”“钱不够了跟叔说……”“别担心你爸，还有我们呢！”“我家长华明年高考，我让他也报你们学校……”姚灵灵眼圈泛红，一个劲地嗯嗯点头，心里满是感动。不知谁突然喊了一句：“要怕你爸孤单啊，我来做媒……”骤然听到这句不合时宜的话，众人哑了，继而哄地大笑。姚灵灵也扑哧地笑了，回头说：“嗯，那就拜托您了！”

姚灵灵登上了公交车，坐在靠窗的位置，隔着玻璃定定地望向父亲。

徐光明推了一把姚金梁，低声说："再去叮嘱几句吧。"姚金梁嘴唇动了一动，仍旧什么话也没说。徐光明不禁摇头苦笑："你啊……"

儿行千里父担忧！

从未出过远门的女儿一下要坐车去遥远的北京，说一点不担心，那肯定是假话。姚金梁笃定女儿自己能行，不过目光依然随车而去，站着看不见了，便爬上路旁的小土坡继续极目眺望……大伙说着笑着，有人开始问刚才那位大嗓门的"保媒"人，合适的女人是谁呢，哪个村的？有人竖起大拇指说，嗯，灵灵不愧是大学生了，通情达理，多好的闺女啊……有人准备找姚金梁打趣，却发现他蹲在土坡上双肩不住地抖索——

天哪，姚金梁哭了……

刚开始唏嘘饮泣，渐而呜呜咽咽，最后干脆歇斯底里地放声大哭……嘶哑的声音，听上去就像风吹破壳的海螺。

为什么？奇怪，闺女考上名牌大学，理应高兴才对！大概舍不得吧！但也不至于……自从金梁媳妇死后，没人看见姚金梁掉过一滴眼泪……众人面面相觑，不明所以。有人准备过去劝一劝，毕竟引来了许多路人围观，却被徐光明拉住了。别人兴许不清楚缘由，徐光明能不明白金梁为什么哭吗？

此时，远处海面，几艘悬挂五星红旗的大货轮正破浪出港：

呜，呜，呜——

黄明强，笔名于山客，“70后”福建人，剧作家，原香港天宝文化公司影视经理人、编剧。著有剧本作品《小赵中奖》《邂逅便是重逢》，商战经侦长篇小说《利益捆绑》，中短篇小说《老井》《如此受气》《我要离婚》《寻窝记》，及科幻小说《意外》等。

张福财，福建寿宁人，1974年出生.中国新闻出版广电报驻福建记者站站长，福建传记文学学会副会长、福建海峡传统文化研究院副院长，资深媒体人、策划人。长期致力传媒出版领域的采访与研究。曾主导出品《福建人》《传记》等杂志，以及《经典福建》系列杂志书。

德化西溪村：从历史走向未来

◎ 孙绍振

终于有一个机会让我实现了重归德化西溪村的夙愿。30多年来，我一直向往着到那里去，重温我的记忆，和乡亲们分享当年留下的故事。

1970年，大学解散的风潮把我抛到这个穷乡僻壤。没有上课的铃声，没有学生期待的目光，我的生命失去了价值，变成一片空白。春节前3天，来到一片惊异的目光中，孤零零，没有亲人，没有朋友。这里的生活，并不缺少我。我背着从十里开外粮站买来的米，20斤重，压得气喘吁吁，踏着乱石杂草，穿过农家晒谷场地，跨过积水和猪尿，爬过100多级陡峭的石阶，到达我白云生处的小木屋，筋疲力尽，再也没有心思欣赏云雾缭绕的梯田。小木屋背后的原始森林，佳木葱茏，碧涛泛滥，山茶烂漫，屋后喧哗的瀑布，泻入碧透的水潭，比朱自清的《梅雨潭的绿》还要晶莹，但是，这一切不属于我。夜来风雨声，杜鹃花并没有凋落，反而开得更热烈，也不属于我。窗外彩虹，细密的彩色雾珠，远看则有，触手却无，也不属于我。山中一夜雨，树杪百重泉，更不属于我。我不知道如何把水收集起来做饭。属于我的只是早上到梯田里，在昨天挖过一个小坑的地方，轻轻地用葫芦瓢舀起两桶水，挑起担子回去在炉子上烧开，做饭。

才30岁的年纪，生命已经没有了价值，没有未来，没有希望。不知什么时候，还可能失去大学教师的物质保障，也不知什么时候，噩耗突如其来，又被揪回去面对狂野的口号。

西溪山高水寒，冬天真是太冷了。农民乡亲，穿着单薄的长及膝盖的黑色夹衣，连毛衣都是稀罕的，大人、小学生的衣袍下，拿着竹编小篮盛着的木炭炉，周身发散着一种特殊的气味，并不好闻，但是，就是在这样的气味中，我渐渐感到了一丝温暖。

我不会用油松点火，不会做饭，借来的木炭炉子，又被弄破了。老天真是不想让我活了。就在无助发呆的时候，我发现孩子们对着我发笑，嘻嘻哈哈，替我生着了火，在他们的欢笑中，我终于有了早饭果腹。中午，素不相识的农民拿来过年的米粿。后来我记住了他的名字，叫卢衡权。我听不太懂他的闽南话，他也不能完全听懂我的普通话。可我知道，他们的口粮并不够，1000亩梯田，养不活1000多口人，要偷偷到深山里去种地瓜糊口。米粿过年才能吃上的。他朴素的微笑对着我感激的眼神，彼此心领神会，日后他成为我在西溪村最好的朋友。不止一家的孩子拉着我的手，要我到他们家去吃饭。还有三天就是大年夜了，远在他乡，举目无亲，然而，一种陌生的亲切，无名的温馨，让我几乎掉下了眼泪。

孩子们陪着我去打柴，一路欢笑。走进原始树林，一整个上午，才打了轻飘飘一小担，20斤吧，还在过独木桥的时候，掉到山谷里去了。看孩子们把各自的柴火放到我的门口，外带好几簇灿烂的野花，我感动得无以言表。

自“文革”以来，我一直遭受歧视、鄙视、敌视，生活在精神孤岛上，我忍受着朋友在公开场合对我保持冷漠的距离，同事们也已经习惯了彼此戒备，没有想到，在陌生人之间，我紧张的心理难得地轻松起来，还笑起来，享受着无私的关切。

春节后7天，我和他们一起去挖水田，光着脚踏进冰冷的水里，我有点发抖，脚趾深入软泥深处，那真叫冷彻骨髓。他们就叫我不要劳动，说别的下放干部都不劳动也一样拿到工资啊。

他们以他们的逻辑在关心我。

很快，我们熟悉了，我买了一把理发剪刀，挨家替他们理发。他们把我当作手工师傅一样，用妇女坐月子的红米酒招待我，不知深浅的我，竟然喝得酩酊大醉，成为一时的佳话。就这样，我成了这个贫困的、闭塞的山村的一员，我和他们一起赶集，一起通知开会，从晨光熹微到月上东山，才把几个生产小队跑全，沿路谈天说地。我渐渐听懂了他们的闽南话，听他们发牢骚，骂干部，胡吹海侃，精神上完全不设防。我渐渐从精神孤岛中解放出来，一时忘却了压在我心头的噩运和对未来命运的忧虑。我深深为远离大学里那种精神紧张而庆幸。村民们的眼光不再陌生，我已经属于西溪，西溪也属于我。

但是噩运还是来了，正在地头和乡亲一起劳动时，已经解散的华侨大学留守处突然派人把我押解回去。我穿过两旁惊呆了的人群，迎面走来了民办小学老师郑进贺，他发出了极度惊异、略带不平的声音喃喃说，怎么回事？！他无声的、同情的眼光停在我的脸上，一停就是20多年。他并不知道他的同情和正义感对于我是多么珍贵。7个月后我从华侨大学回来，内心充满了沉重的忧虑，在那以阶级斗争为纲的时代，乡亲们会怎样看我这个被押解回去的异己分子？我会不会重又遭受歧视，忍受白眼和戒备性的疏离？那个已经属于我的西溪村，会不会从此失去？但是，我错了，我的回归，居然不亚于一种胜利的欢庆，慰问性质的糕粿热气腾腾，亲切的问候和玩笑溢出了我的小屋。

西溪村已经成了我的精神避难所，雷打不动，永不离异。

不知为什么，我都没有来得及和郑进贺谈起他的眼神，直到20多年后，我写了《怀念一个眼神》，在报纸上刊出。他的亲戚看到了，我们在通信中，共享那永恒的刹那。

30多年来，虽然远离西溪，但是和西溪的情感联系却没有中断，郑进贺时有电话，我那篇怀念眼神的文章颇有影响，把他的名字传到了美国华人圈中。还有一个当年上涌公社的广播员吴秋安，后来考上了师范，也从我怀念泉州和西溪的文章中得到信息，和我建立了相当密切的联系。她为我能够记住她和她的丈夫名字感到高兴。

那过去了的一切变成了珍贵的怀恋。

回到西溪村，本是为了重温那被时间淡化的记忆，可是记忆中的西溪村却消失了，那曲折坎坷的山路已经为高速公路代替，村主任卢普暖用轿车载着我，风驰电掣，谁还记得当年老旧的汽车两厢呕吐的食物的痕迹？当年那曾经跌死6个月的小牛的独木桥变成宽广的大桥，汽车长驱直入。当年根本忽略了的唐僖宗年代古石桥，修建成古色古香的廊桥，俨然成为休闲公园的景观。卢善普的老旧的木屋修建成两层楼，在一字展开的阳台上，可靠着栏杆俯视整洁的庭院。乡亲们已经不用像我当年那样去田里挑水，家家户户自来水龙头随时可打开。当年猪尿流淌的屋前，竹篱围绕着的菜园，通知开会走一天的崎岖山路，最偏僻的石门头那样的角落，都变了。各处通了公路，路边是和城市无异的路灯。层层梯田早已没有了庄稼的影子，代之而起的是盘旋而上的果园，一个农业技术公司正在精心经营。

西溪村早已摘掉了贫困村的帽子。这一切，都使我这个西溪村故人感到欣慰。当然，感叹着这样的变化的时候，我们不能忘记2018年省委组织部选派的第一书记杨思敏，在此近三年卓有成效的劳绩。我虽然没有见过他本人，但知道他来自央企中化集团泉州石化公司。获悉他不到一年将期满离任，这里仍然希望现在的村干部卢普暖、卢普簪等和未来的村干部将他的治村理念发扬光大。

但是，欣慰中也有失落。村子繁荣了，熟悉的人却不见了。原来1000多人，只留下100多人。年轻人、壮年人大都在城里有了事业。当年大队长的孩子，念到小学毕业还讲不清普通话，除了课本上的文字，他想象不出普通话究竟有多么丰富。他曾经很认真地问过我，普通话里有没有骂人的话。然而就是这个孩子，却在德化一个瓷厂里成了神气的白领。当年因为年纪较小没有引起我注意的郑英添，实实在在有了自己的瓷厂。他送我一个自己设计的花瓶，还带有红木的底座。

40 多年来，西溪村真是换了人间，共同的记忆每天都在增殖，变成了传说。一个女孩，我在西溪那年，她还没有出世，特地来和我合影，仅仅是因为他父亲对她说过关于我的传说，这令我感动。但是，我的朋友卢衡权却过世了，人世沧桑，颇为伤感。不无欣慰的是，他那时才 4 岁的孩子已经长成一条大汉，和他的母亲来了，我们合影，作为历史变迁的证据。郑进贺的兴奋富有感染性，他早已不是民办教师，而是一位中心小学的退休校长，他对地形地貌的解说，充满自豪，货真价实地成为历史的导游。

重游故地，本来出于怀旧，这里的历史本是农民的历史，但是，农民大都进了城，层层梯田已经为农业技术公司承包，这里似乎已经不属于锄头和镰刀，而属于新的生产力。年轻人都到城市里去飞翔了，承包梯田的公司职员一个个西装革履，话语中不时夹着英语。

这一切，让我不仅回顾着过去，而且展望着未来，卢普暖坚持让我为西溪村题名，要刻在村口石头上。我想石头是不朽的，可以见证未来，再过 40 年西溪会是个什么样子呢？这个问题，我是没有可能回答了，我挥笔时，怀着期待，期待卢普暖、郑进贺、郑英添、卢衡权的孩子，还有他们孩子的孩子做出美满的回答。

2020 年 6 月 14 日　星期日

孙绍振，1936 年生，祖籍福建长乐。1960 年毕业于北京大学中文系。现为福建师范大学文学院教授、博士生导师，中国文艺理论学会副会长，中外文论学会常务理事，福建省北京大学校友会副会长。著有《新的美学原则在崛起》《文学创作论》《美的结构》《论变异》《孙绍振如是说》《当代文学的艺术探险》《审美价值结构和情感逻辑》《怎样写小说》《挑剔文坛》《幽默学全书》《美女危险论》等。

生当作人杰

◎ 施晓宇

说到烟台，我从小记住的是烟台苹果好吃。长大后，我记住烟台，因为岳母是今天的烟台市蓬莱区人——“人间仙境”与“八仙过海”的美丽传说都与蓬莱有关。待到跨入花甲之年，我对蓬莱的老北山情有独钟。因为，2200 多年前，跟随田横的五百壮士与田横诀别的动人情景，据说就发生在老北山，所以后人将老北山改名为田横山。这也才有了听说田横不愿投降、毅然自刎的消息后，田横的五百壮士舍生取义，集体自刎于一个小岛——今名田横岛的后续故事的惊天地泣鬼神。

1987 年，蓬莱人建起“田横山文化公园”，对田横等先贤高士予以永久纪念，这是很有意义的一件事情——人们在游览“田横山文化公园”时，于耳濡目染中，永世不忘田横及五百壮士的高风亮节。

我在大学读的是历史专业。初读司马迁笔下的《史记》，记住的第一个山东好汉是齐王田儋，出自《田儋列传》。记住的第二个好汉就是按图索骥——由田儋认识的田横，因为《田儋列传》一开头就写到了田横：

田儋者，狄人也，故齐王田氏族也。儋从弟田荣，荣弟田横，皆豪，宗彊，能得人。

说的是，田儋是狄县（今山东省高青县）人，乃战国时齐王田氏的同族（本家）。田儋及其堂弟田荣、田横，都是当地很有影响的人物，而且宗族势力强大，深得人心。

不幸的是，秦国的大将章邯带强兵在临济城下杀死了齐军首领——齐王田儋。田儋战死后，故事也就了结了。我把注意力全部集中到了田横身上。司马迁在《田儋列传》中继续写道：

田荣乃立田儋子市为齐王。荣相之，田横为将，平齐地。

说的是，自田儋死后，田荣立田儋的儿子田市为齐王，自任丞相，任命弟弟田横为大将，一举平定了齐地。后来，田荣在齐国重镇即墨把投奔项羽的齐王田市杀死了，并以同样理由杀死了济北王田安。于是，田荣就自立为齐王，全部占有了三齐大地——今天山东的大部分地区。项羽听说此事后，十分恼火，立刻起兵北伐齐国。齐王田荣被打得大败，就逃到今天的德州市平原县，结果平原民众把田荣给杀死了。田荣的弟弟田横化悲痛为力量，收拾起齐国的散兵游勇数万人，反过头来在城阳攻打项羽的楚军。此时，汉王刘邦带领的军队击败了楚军一支，进入彭城。项羽赶忙放过齐军，在彭城与汉军多次交锋，两军势均力敌。因此，田横得以再次收复了齐国失地，立哥哥田荣的儿子田广为齐王，自封丞相，辅佐田广。其实事无巨细，一切都由田横决定，田广徒有其名。

转眼之间，刘邦消灭了项羽及群雄，统一天下，建立汉朝，是为汉高祖。尽管齐国已经灭亡，田横和他最后的500名部属仍然坚守在一个孤岛上（今田横岛）。汉高祖下令：如果田横来降，可封王侯；如果不来，就杀光岛上的人。田横为了保存手下500人的性命，只好在老北山上与送行的五百壮士诀别，带了两个忠实部下前往洛阳。到了离洛阳30里的地方，田横沐浴更衣，自刎而死，死前嘱咐两个部下拿上他的头颅去见汉高祖刘邦，表示自己既不愿接受投降的屈辱，又因服输而使岛上的500名部属的生命得以保全。汉高祖为此非常感动，以大王之礼厚葬田横，并封他的两个部下做都尉。哪知《田儋列传》最后写道：

> 既葬，二客穿其冢旁孔，皆自刭，下从之。高帝闻之，乃大惊，以田横之客皆贤。吾闻其余尚五百人在海中，使使召之。至则闻田横死，亦皆自杀。于是乃知田横兄弟能得士也。

说的是，田横的两个忠实部下在埋葬了田横之后，也自杀在田横墓穴旁边自己挖好的土坑中陪葬。刘邦听说这一消息，非常震惊，赞叹田横的手下都是贤者。刘邦连忙再派人迅速招降岛上的那500名贤者，可他们听到田横自刎而死的消息，也都自刎而死——追随田横而去。正所谓“士为知己者死”——田横为保全部下的性命而违心去洛阳，而部下为表示对田横的忠心却集体挥刀自刎。因此，司马迁在文末感慨万千地赞颂：

田横之高节，宾客慕义而从横死，岂非至贤！余因而列焉。

说的是，田横节操高尚，宾客仰慕他的崇高道德而心甘情愿追随他去死，这难道不是至高无上最为贤达的人吗？我根据事实把田横的事迹记录在这里。

正是有感于田横五百壮士的高尚节操，加上1928年5月3日，嚣张的日寇制造了惨绝人寰的“济南惨案”——将中国政府所设山东交涉署交涉员蔡公时割去耳鼻，然后枪杀，同时把交涉署职员全部杀害，焚烧、杀死中国人17000多人，受伤2000多人，被俘5000多人，作为美术教授的徐悲鸿除了去国立中央大学艺术系授课外，历时2年多，于1930年元旦前，全心全意、殚精竭虑，创作完成了长349厘米、宽197厘米的巨幅油画《田横五百士》，以示纪念和抗议。对于国宝级精品《田横五百士》，徐悲鸿的大女儿徐静斐回忆说：

父亲作此画时，正是日寇入侵，蒋介石妥协不抵抗，许多人媚敌求荣之时，父亲意在通过田横故事，歌颂宁死不屈的精神，歌颂中国人民自古以来所尊崇的"富贵不能淫，威武不能屈"的品质，以激励广大人民抗击日寇。

这让我想起烟台蓬莱的又一个好汉，抗倭名将戚继光。

1528 年 1 月 10 日出生的戚继光，是今天的烟台市蓬莱区登州街道人，有修葺一新的"戚继光故里"（内设"戚继光祠堂"）为证。

自明嘉靖皇帝朱厚熜于 1521 年 5 月 27 日继位起，倭寇就不断侵扰我国东南沿海地区。明嘉靖二十三年（1544）戚继光继父职任登州卫指挥佥事。两年后，戚继光为抗击倭患专门写下《韬钤深处》一诗明志：

小筑暂高枕，忧时旧有盟。
呼樽来揖客，挥尘坐谈兵。
云护牙签满，星含宝剑横。
封侯非我意，但愿海波平。

全诗数最后一句"封侯非我意，但愿海波平"最能表明戚继光誓死抗倭的雄心壮志。

明嘉靖三十四年（1555），戚继光调任浙江都司佥事并担任参将一职。从这一年到明嘉靖四十四年（1565），10 年间，戚继光以军纪严明的宋代“岳家军”为榜样，亲自到自古民风剽悍的浙江义乌募兵3000人，抓紧时间，严格训练出一支英勇善战的“戚家军”，镇守海防。

明嘉靖四十年（1561）夏季，倭寇又大举进犯浙江沿海，戚继光率领“戚家军”迅速出击，在台州一带一次次沉重打击入侵的倭寇，打得倭寇晕头转向，找不到北。“戚家军”一共杀死倭寇近6000人，浙江的倭患很快就肃清了。

“台州大捷”后，戚继光因功升任都指挥使。他又到义乌去募兵3000人，把“戚家军”扩充成一支6000人的战斗力极强的“海防军”。

明嘉靖四十一年（1562），倭寇避开海防严密的浙江，转而不断进犯闽东沿海地区。戚继光奉命率领远近闻名的“戚家军”进驻闽东沿海地区，又一举平定了侵扰福建多年的闽东倭患。

明嘉靖四十二年（1563），戚继光率领“戚家军”，与福建总兵俞大猷率领的军队，合围入侵福建兴化湾的倭寇2万多人。一共斩杀倭寇5000多人，取得“兴化之战”大捷。戚继光因功代替俞大猷升任福建总兵。

明嘉靖四十三年（1564），倭寇残余纠集1万多人又围攻福建仙游——打了三天三夜，双方呈胶着之状。又是戚继光率“戚家军”急行军前往解围，打得倭寇败走麦城。戚继光率军奋勇追击，不给倭寇以喘息之机。追至厦门岛外的王仓坪，“戚家军”将倭寇顽敌斩首100多人。更多的倭寇由于畏惧，逃跑中纷纷坠下悬崖摔死。仅剩残寇数千人逃走，占据了闽南漳浦县蔡丕岭负隅顽抗。戚继光分出五哨“戚家军”将士，悄悄攀岩而上，出其不意，与倭寇短兵相接，连俘带杀又消灭100多人。剩下的倭寇劫掠了当地渔船逃到海上，而后回到闽东福宁沿海作乱。戚继光率领李超等“戚家军”名将，“宜将剩勇追穷寇”，又杀死倭寇300多人，取得“仙游之战”大捷。至此，福建的倭患也基本肃清了。

这以后，戚继光又调任北方的蓟州总兵、南方的广东总兵等——单单在蓟州总兵任上一干就是14年。

1588年1月5日，太子少保、左都督（一品）戚继光在烟台登州老家于清廉贫寒中病逝，享年60岁。

如今，为了纪念戚继光抗倭的丰功伟绩，戚继光的山东老家和闽浙两省建有戚继光纪念馆（山东省烟台市蓬莱区），戚家军纪念馆（浙江省义乌市），戚继光公园（福建省宁德市蕉城区），戚公祠（福建省福州市鼓楼区），戚少保祠（浙江省余姚市）等超过10个纪念馆等。而无论秦末高风亮节的田横，还是明朝的抗倭名将戚继光，都是烟台人的骄傲——恰如山东章丘女杰、宋代诗人李清照《夏日绝句》所形容的那样：

生当作人杰，死亦为鬼雄。

2020年8月5日

施晓宇，男，1956年生于福州，籍贯江苏泰州，福建师大历史系和北京大学中文系毕业。1992年以来出版小说集《四鸡图》，散文集《洞开心门》《都市鸽哨》《思索的芦苇》《直立的行走》，摄影散文集《大美不言寿山石》，杂文集《坊间人语》等。中国作家协会会员，福建省阅读学会副会长，福州大学人文学院教授、硕导。

且听风去

◎ 陆永建

我曾在平潭岛工作、生活过 3 年。

我无法准确定义幸福的含义，却能实实在在感知：蓝天下、碧海旁，老人们脸上常带着惬意与祥和，清风斜阳里畅谈往事的清淡与高远；孩子们尽情玩耍嬉戏，畅快歌唱，任时间在指尖流淌；来自海峡两岸的青年，意气风发、以梦为马，如百卉在春风中萌动……这是大开发、大发展带来的看得到、闻得着、抓得住的幸福，真真切切地存在于每一个平潭人身边。然而，还有另一种幸福，需要用心体会、用情感受，它是自然的恩赐、天然的风情，是平潭最独一无二、魅力无穷的风。

乙未春，我带着第二批挂职干部中的100多人从福州出发，奔赴大陆离台湾最近的岛屿——平潭岛挂职，怀着投身开放开发大潮的蓬勃激情，怀着建设两岸共同家园的美好信念。

汽车缓缓驶入平潭收费站，映入眼帘的数十台风力发电机齐刷刷地耸立在高速公路两旁，一座雄伟的大桥连接大陆与海岛，跨过海，蜿蜒绵绵，向远处延伸。桥的两侧是一望无际的蓝色大海，海风劲吹，汽车摇晃着慢速行驶在大桥上，翻涌的海水在桥墩上激起白色浪花，时不时飞溅到离海平面三四十米高的车窗上。也许是看出了大家的疑惑不解，负责接应的平潭本地干部调侃道：“水在中国传统文化中是财气的象征，可见你们到平潭挂职，不仅给平潭建设带来了强大的智力支持，还为平潭发展提供了丰富的物力资源。”汽车下了大桥，沿着宽敞的环城大道驶入挂职干部小区。车停稳后，我习惯性地开锁推门，不料却推不开，我诧异地问司机，车门坏了？他笑着说，平潭风大，下车得用力推。我将信将疑用力推了几下，车门依然没有动静，司机呵呵笑着下车帮忙打开。平潭的风，果然不容小觑！

挂职干部小区坐落在平潭老城区城东一隅，面朝大海，闹中取静。院子里有一棵长得歪歪斜斜的榕树，只见枝丫不见绿叶，时不时有塑料袋或纸张被风刮到树上“哗啦啦”作响。起初，我请清洁工及时清理这些垃圾，但后来发现这是无用功，大风似乎是没有遮拦的小霸王，吹着响亮的呼哨，隔三岔五裹挟着塑料袋到处奔跑。深夜，楼道的铁门和入户大门常常被风吹得“啪啪”作响，风扬起的沙尘穿过门窗缝隙飘落在书桌的画毯上，弄得满屋狼藉。其时，正逢南风天气，潮湿的墙面不断地冒出水珠。那天晚上，我在书房看书写字，突然发现刚坐不久的椅子坐垫上竟显现出一只鞋印，诧异之余，毛骨悚然。此时虽已半夜，但我毫无睡意，挥毫泼墨，直到地面和板凳铺满宣纸才罢休。好奇之余，我查阅了相关资料，见《平潭县志》载：“相传清初，浦尾十八村，一夕风起沙拥，田庐尽墟，附近各村患之。”

后来，平潭的民谚用“一夜沙埋十八村”形容风大，世代相传。

因风沙漫天飞舞，过去的平潭常年“光长石头不长草”，生态环境不容乐观。平潭历届党委、政府都曾在吹沙地上造林下过很大的力气，其中有位深受群众爱戴的县委书记白怀诚。新中国成立初，平潭贫穷落后，自然条件十分恶劣，白书记带领群众筑公路、建水库、打深井、修水渠、造盐田，植树造林，治理风沙，短短几年时间，平潭的风沙得到了有效治理，群众的生活得到积极改善。时至今日，当地的老党员们还满怀深情地称白书记是平潭的“谷文昌”。他也成为一面旗帜，激励着一代又一代后来人，前仆后继，吹沙造林，绿树成荫。

2012年以来，福建省委、省政府启动实施“四个一千”人才工程，其中一个，就是每五年从全省选派一千名优秀年轻干部到平潭挂职，躬身实践，投入创业热潮，集智聚力支持平潭开放开发。绿水青山总关情，陆续奔赴而来的挂职干部们在本职工作之余，年年都参加吹沙造林活动。近十年来，大家种下的木麻黄从林地到林带、林网，已经蔚然成林，耸立起一道道巨大的绿色屏障。居高而望，触目皆是蔚蓝色的大海，海风习习，水波不兴，而平潭的大地绿色飞歌，林涛阵阵，绿光粼粼，正荡漾着坚韧的精神与动人的传说。

2016年“五一”期间，我在大练乡党委书记郭为建的陪同下，到福平铁路项目部三标三分部调研。三分部位于平潭小练岛，岛上有3个行政村、5个自然村，村里的青壮年大多外出打工，岛上人烟稀少，人迹罕至，每天只有一艘船能够在大、小练岛往返一趟，出入十分不便。调研过程中，我与“大桥人”在“工棚”里座谈、研讨，深入了解大桥建设情况，深切体会到建设者们的艰辛不易。别的不说，只看这平潭的风，便足以让人畏怯。据记录：平潭全年9级以上大风58天，8级以上115天，7级以上210天，6级以上314天，基本风速每秒45米，年平均台风6—7次。在这样恶劣的条件下进行如此浩大的工程建设，其难度可想而知。

次日，我在福平铁路项目部三标党工委书记赵进文的陪同下到一线走访调研，近距离了解工人的生活起居和工作情况。赵书记介绍：“平潭的海坛风口，是世界三大风口海域之一，与北美佛罗里达半岛的百慕大、非洲西南端的好望角齐名，也是历史上出了名的航船行驶禁区。目前，海坛风口附近海域还发现有20多艘古沉船遗迹。”

在这样的条件下怎么建设？我的疑问更深了。不曾想，当行至10万多平方米的海面建设平台上，之前的困惑竟然瞬间消散。一片浩瀚无际的蔚蓝色海面上，在阳光热切的注视下，跳跃着粼粼的波光。大风从海天一色处推卷着海浪，翻滚着层层叠叠、洁白无瑕的浪花，一波一波地涌上来，升腾、幻灭，此起彼伏，不停地拍打着钢架，在做一场华美而盛大的绽放。与小岛的荒凉迥然不同，眼前的建设工地车水马龙、热火朝天，满头大汗、斗志昂扬的工人们来往穿梭于铁架高台之间，紧张而有序地作业。面对着浩瀚无际的大海与豪情万丈的工地，胸中的满腔热血喷薄而出，令人顿时心生“三万里河东入海，五千仞岳上摩天”的感慨。一名工人告诉我，现在所处的位置就是海坛风口，工人们所有的吃住都在这个平台上，一日三餐、常年不休，生活和工作条件艰苦可见一斑。而最令我难忘的，是在调研中，见证了世界建桥史上的一项新纪录的诞生，我目睹工人们通宵达旦连续工作20多个小时，于海风呼啸之下，把一个3700多吨、足有8个篮球场大小的主塔墩钢吊箱围堰顺利吊装成功。

赵书记告诉我：“平潭大桥是中国铁路桥梁的标志性工程，也是桥梁科技创新的代表性工程，它开创了在复杂海域施工的奇迹，称得上新时代信息化技术运用的样板。”我面向大海，海风吹在脸上生疼，但内心油然而生更多的敬畏。我们这个时代的传奇，就是这些怀揣着坚定理想，执守着赤诚信念，具有英雄气概的人们所创造的；我们这个时代的精神，就是这些无惧风浪、始终勇往直前，具有英雄气概的人们支撑起来的。他们，展现了新一代中国造桥工程师们的时代风采，也表现了中国人发奋图强的攻坚精神和不屈不挠的民族精神，更折射出一个坚强刚毅的大国的世界形象！

站在海浪拍打的礁石上，迎着扑面而来的阵阵海风，我内心久久无法平静。平潭的风，曾经令人畏怯恐惧，当地百姓一代接一代不懈地与之抗争，虽然也取得了不小的成效，却终究只能做到“防守难攻”；而今，五湖四海的精英人才汇聚于此，与平潭人民凝心聚力、携手奋进，终于实现历史性的逆转。人们不仅在大风大浪中创造了中国第一座公铁两用跨海大桥、总长度50多公里的环岛公路和周边一座座拔地而起的新城等奇迹，更进一步集智聚力、因势利导做好“风”的文章：按照风力发电、风电制造、风电服务、融合发展四大板块精心打造风能产业链，充分发挥产业上下游之间的协同效应，推动经济社会高质量发展；以国际风筝冲浪节为亮点的风运动产业蓬勃兴起，带动风电与旅游相融合的新业态旅游产品设计研发；集观赏性、先进性、科学性于一体的现代化综合性“风博物馆”正在建设……而今，风已成为平潭一张独特的名片，展示着“海西风能之都”的无限魅力。这是国家战略的伟大规划，是所有建设者们共同努力的成果。

一个个风中奇缘正在书写，一曲曲风之赞歌飞扬流转，曾经令人畏惧的大风，吹皱了多少沧桑的容颜，吹散了多少远行的船舷，却吹不倒改革开放奋斗者挺拔的身躯，吹不灭新时代建设者灼灼的理想。

尼采说：“我们来到这个世上，就应该跟最好的人、最美的事物、最芬芳的灵魂倾心相见。如此才好，不负生命一场。”来吧，来平潭走走，看看这里的蔚蓝深海，吹吹这里的飒飒海风，领略这里的幸福蓝图，感受那一个个自海风中淬炼出来的美好而坚强的灵魂！

2020年8月27日

陆永建，生于福建浦城，现居福州。中国作家协会会员，中国文艺评论家协会会员，中国摄影家协会会员，中国电视艺术家协会会员。著有散文集《一天中午的回忆》《飞翔的痕迹》《思想与性情》，书法集《陆永建篆刻作品选集》《武夷山书法大观》《武夷山青竹碑林》，剧本《柳永》等。文学作品获福建省第二十八届优秀文学作品奖，书法作品获福建省第七届百花文艺奖三等奖，摄影作品获第三届中国古建筑摄影大展二等奖。

八戒护猪及其他

◎ 钟兆云

一、老猪八戒红过小猪佩奇和麦兜

己亥猪年，在小猪佩奇、小猪麦兜争宠凡间时，老猪八戒不甘示弱，靠着抖音和天时也蹿成仙界红人。那高老庄的小姐还穿过大半个中国赶来伺候，发微信朋友圈希望“嫁猪随猪”。下有所呼，上有所应，就连玉帝也莫名喜欢上了他的憨态可掬、灵动可爱，下旨召回，在原“敕封元帅管天河，总督水兵称宪节”之上连升三级，还欲让当年令其垂涎三尺而犯下生活作风之过的嫦娥小姐姐，与他握手言和。

参考人间有关人事升迁准则，仙界也有样学样地来了个任前调查和公示。翻查吴承恩的《西游记》，这老猪一出场就是：“黑脸短毛，长喙大耳，穿一身青不青蓝不蓝的梭布直裰，系一条花布手巾。”走进诗中，则是：“碓嘴初长三尺零，獠牙觜出赛银钉。一双圆眼光如电，两耳扇风嗯嗯声。”如此“人设”，虽然进化得可以，但能有逆天福气，持续走红三界，每逢生肖年前后必定大红大紫，实为咄咄怪事。巡视组叹息连连，有的还恨自己不能化为猪身跟着得道升天，在天庭催促中草此结论：猪元帅未必完全守得住清规戒律，亦有许多不足，但边学边修身，对上对下一团和气，本性纯真质朴，再加若干奉献精神，倒也深受普罗大众喜爱。玉帝闻报，御批如期任命。

老猪在“八戒”的律令下多少年来都不敢高调，乱动凡胎，谁料踩了狗屎运，自是笑不拢嘴，回到府上情不自禁地哼起了小曲儿：“我不是野豕，亦不是老彘，我本是天河里天蓬元帅。只因带酒戏弄嫦娥，玉帝把我打了二千锤，贬下尘凡。一灵真性，竟来夺舍投胎，不期错了道路，投在母猪胎里，变得这般模样。”

一旁的书童抿嘴而笑：“主人，你怎么还唱这？”

八戒嘿嘿一笑，道声无妨无妨，却马上改唱大战流沙河时的那段豪言：“老猪当年总督天河，掌管八万水兵大众……”

梦回大唐。八戒加入唐玄奘取经队伍时的“投名状”，经吴承恩写成白纸黑字，在他发迹后确感有碍观瞻，幸好卿本宽厚，时时还自嘲，以此为长鸣警钟，倒更见心宽体胖。

世上谁人不识猪八戒？一直以来都有名流显学在研究“猪学”呢。

“横眉冷对千夫指，俯首甘为孺子牛”的鲁迅，就曾放下身段为猪发声，认为八戒形象乃由中国古代神话传说中发展演变而来，还列举了干宝《搜神记》里“猪臂金铃”的故事。马上触发旷源作《闲话猪八戒》一文，附和中还加以补充，以为《搜神记》“安阳亭书生”中的母猪精更接近猪八戒。

以“独立之精神，自由之思想”为信仰和追求的一代国学大师陈寅恪，特作《西游记玄奘弟子故事之演变》一文推考，“猪八戒高家庄招亲故事，必非全出中国人臆撰，而印度又无猪豕招亲之事……”，认定并非从众人所说的印度佛经故事中衍化而来。

要说身世特别是文学形象，八戒也有点懵懂，反正不是像大师兄猴哥那样从石头里蹦出来的。这世上，又有多少人能弄清自己的前世呢？不过，他却是调查清楚了，在吴承恩落笔前，元代杂剧已有猪精拜师唐僧后称为猪八戒之事，他至今还会哼唱元曲里猪精自报家门的几句：“生于亥地，长自乾宫……生得喙长项阔，蹄硬鬣刚……”而且，甘肃天水华盖寺还保存有表现唐僧师徒的元代壁画，悟空猴脸，八戒猪首，下笔传神。

正是千年来正反两面的艺术加工，才让猪八戒名闻天下，重进玉帝眼界，星光灿烂。

“旺福狗，多福猪”“老鼠打头猪打末”。佩奇和麦兜都这样又唱又跳，仿佛世界归根到底是他们的。八戒肚子比他们大，自信也比他们满，作为值岁官腾云驾雾，胜似闲庭信步。

一猪得道，同类升天，这道理放之三界四海而皆准。已然成为中华民族文化遗产的十二生肖，被说成是12尊轮流值年的神兽。他们中，猪算是有些斤两的了，据末席而不争不怼，想的是人世间和生物界每有军事撤退，殿后者往往非大将勇将莫属，何耻之有？

地球物种皆知猪何其古老，已有3600万年的生活史呢，而贵为灵长类的人，年长尚不及其十分之一呢。老猪老猪，怎一个老字了得？在十二生肖排名中被一窝蛇鼠反超，却是为何？有个版本说得有鼻子有眼，说黑猪因争抢生肖座次触怒玉帝，被置末不说，还遭批文痛骂：无用蠢材，颠倒黑白，罚去吃屎，一年一宰。

这是真实还是八卦？猪群为此集体嘱托代言者二师兄破解千古之谜。八戒绞尽脑汁，搜遍自己最强大脑中库存的万年记忆，一片空白啊，难道又是醉酒误事不成？他不敢去翻动天庭那汗牛充栋的史册，真要有此记载，岂不泄密于众，自寻羞辱？也不敢当面问玉帝，万一这老儿责怪恃宠问罪或篡改历史，又该如何收场？难道能重排生肖座次不成？还不让那些红眼病看笑话。俺老猪又不是猴哥大师兄，打死也不能大闹天宫啊，连神通广大的猴哥，排名也靠后，与自己只隔前三席都不恼，俺老猪又何必挑事！罢罢罢，反正黑锅背了这么多年何曾压垮俺老猪，俺也得有精神，起码不丢阿 Q 精神。

八戒在天上悠哉幸甚，随便哼哼几声，凡界便跟起风来。“猪猪”的昵称还泛滥人间，情侣确认过眼神后，尤其希望自己的伴侣像猪一样善良可爱。一时间，“莫愁前路无知己，天下谁人不识猪”“但愿猪长久，千里共婵娟”等带着唐诗宋词的骨架、元曲的意味风靡一时，与“诸（猪）事顺心”的祝福，在短信、微信的世界齐飞共舞。

童话、神话莫不和现实相依附。猪蹄嗒嗒，有联风行：“休笑嘴长，惹是生非从不齿；莫嗟皮厚，吹牛拍马总无心。”嬉笑怒骂皆成文章，二师兄从小名“猪刚鬣”，到观音赐法号“悟能”、唐僧取诨名“八戒”，再到如来封其为“净坛使者”，这一路顶着四方名号走来，从不怕戏谑，自在自信地做自己，做好天下之猪的形象大使。公道自在人心，它分明瞧见了春联那个喜色：“亥时看入户，猪岁喜盈门。”“瑞犬辞旧岁，金猪报春来。”

二、问猪能有几多愁

话说从天上到人间，从小说而入史册，猪八戒跟着满腹经纶的唐僧玄奘、吴承恩，肚子里也装了不少墨水。一日闲来无事，碎片化阅读，却见文人笔下的猪形象，不是眼小耳朵阔、头大鼻嘴长，就是脚短体胖，臃肿怪模样。老大不服气中，便来捧读吴承恩同个朝代的兰陵笑笑生所著《金瓶梅词话》，一目十行看到第十一回，“百般指猪骂狗，欺侮俺娘儿们”这句，心里又有点不舒服了，直到身边文化侍者解释，“指猪骂狗”亦作“指鸡骂狗”，犹“指桑骂槐”，这才下了心头。鼻子哼一声，扔此书，转捧曹雪芹的《红楼梦》，看这位晚于吴承恩的大作家又是如何描写自己的同类。却见第七回写道：“天下竟有这等人物！如今看来，我竟成了泥猪癞狗。”遂又狂躁起来，猪在人们眼里怎都这般不堪？

闷闷不乐中，八戒隔着云层雾海俯视人间，听得人群在对骂中，什么“猪生狗养”“猪头三”“咸猪手”等都用上了，没个中听的。这也太被作践了吧！八戒忍不住平地起春雷般一吼叫，吸引得凡界猪们都趴在各式各样的栅栏上仰望，呜呜哽咽中，恳请得道成仙的猪元帅做主，为猪正名。

南方猪一脸委屈地说："人类真是个奇怪的动物啊，他们自己的科学研究都证明了猪的智商碾压猫猫狗狗，怎么百般宠爱仍一如既往地集在猫狗之身而轮不上我们？拿广阔的中国大地来说，有超过1.5亿只的狗，有大几千万只的猫，基本是宠物；而超过6亿只的猪，却几乎全是食物！我们也算是朝中有人了，二师兄得为兄弟们扳一扳。"

前些时候被二郎神的哮天犬吓了一跳的猪八戒，对狗实在没多少好印象，却不动声色地说："据预测，不消多久，城里人养宠物的时尚会从狗变成猪。世界上有什么比猪更适合当宠物的呢？长得标新立异咱不说，但安静，不惹事，好养，通人性。"

"哪要多久呢？"

天上一日，地上一年，八戒对此心知肚明，眼前的猪伙伴如何有望等到这一天，想了想，乃笑不露齿地说："只要上下努力，准快，准快……"

东方猪说："在这里的人们眼中，我们不过是一群脑满肠肥，只会在泥浆里打滚，天天喝尿嚼屎的蠢货。"

八戒安慰道："人嘴两面皮，困难时期人还相食呢，可我们即使再饿，也不食同类，只选择干净食物。"

西方猪说："我们的终极价值是为人类提供动物蛋白，可有些人甚至连我们的肉都瞧不上，说什么不吃那些连自己的粪便都分辨不出的动物。"

八戒强抑心头之火，道："讲这话的老弟，我看暴露智商了。"

北部猪说:“我们的同伴年年月月都慷慨地献出嫩润的肉体,以死喂养人类,人类不仅毫不感恩,还变着法子糟蹋我们,给我们吃瘦肉精、注水,骂我们低贱……是不是因为我们太过慷慨和宽厚了?今后就少贡献一些肉吧,别让人类饱食终日无所用心!”

八戒叹息道:“你们可知,宗教里的圣徒也是因为爱而主动降尊成为牺牲品的。”

中部猪哭诉的是如何遭受欺负、生不如死之愁苦悲催,活着时待遇差,临死还要受一次罪。

一旁侍候八戒的书童忍不住就在记录本上信手写道:问猪能有几多愁,恰似泪水飞流三千尺。

不忘“二师兄”身份的八戒越听越生气,一时血性来潮,拿了尘封多时的耙,就要直下天庭奔向凡界,整整那些得了便宜又卖乖、吃了猪肉还骂猪的坏人,让他们明白不是一头猪在战斗,而是天下猪在呐喊,而他不是一头猪,是“天蓬元帅”!

书童急忙拦下,提醒八戒天庭规矩,而且以一己之力管不住人间万象,在汉语新词汇雨后春笋般猛生之际,有些如“蓝瘦”“香菇”之类的词汇会很快自生自灭,既有的入猪成语,其实大都用来贬低人。

八戒沉思间,书童还告知八戒特别在乎之事:时代变迁中,凡界的情人爱人间开始广泛用“猪”作昵称,小孩子也乐意被称为“小猪猪”,猪年生的小男孩被称作“小公猪”;再有,当代词语中其实也还是有正能量的,如“猪血煮豆腐——黑白分明”。

八戒这才眉开眼笑，放耙，正衣冠，通过猪语告知东西南北凡界众猪：努力进化，做好自己，今后必有公道的专家、作家们，作客观评价，并赋予别样形象。

书童沏上一杯好茶，报告一个民调，是说二师兄在人间特别是女性中的受欢迎程度，已远超大师兄，特别是高老庄那段经历，堪称人性、神性、猪性的完美结合。

在《西游记》中，食欲、色欲是八戒最大的罪孽，没想到，此形象恰恰被凡界众生说成是人类本性的真实，远比神通广大的大师兄孙悟空、无欲而刚的唐三藏更得百姓喜爱。说到所谓的“食色，性也”，八戒一时有口难言，他在小说中任由吴承恩塑造得如何耽溺于口腹之欲，却从未真正获得过一次情欲的释放。

正如小说中八戒的耳朵沟里总藏有细软一样，八戒有自己的窃喜，情欲的释放渠道岂能让别人知道，只能自个儿暗爽。

最新传出的中国北斗卫星定位系统开始工作之事，就让八戒舒心，一直想广而告之唐代笔记名作《酉阳杂俎》所记真人传说。知晓天文玄秘的唐代科学家僧一行捉住北斗七星，密封于罐内，原来那七颗星竟是七头猪。神奇不？八戒还想提醒不爱看书的“猪脑”们，其实，早在汉代已有北斗化猪的遐思妙想，“斗星时散精为彘”，僧一行的故事可谓有源可溯；而道教壁画中，“北斗众星之母”斗姆元君的神车，是由七头黑猪拉着走的，这岂不也是北斗七猪传说的具体体现。“亥者天地混沌之时”，可见古人借助昼夜时序展开的天马行空之联想。借用猪形象来构思北斗七星，是古典天文学的一份遗产。又有，猪八戒担任天蓬元帅的“天蓬”，本为道教仙官门，而《西游记》中，包括八戒在内的各路神仙，基本借鉴了正统道教神仙录。呵呵，猪于传统文化的符号意义，派生出了如许奇特想象。

让八戒爽心的还有，如今的三界都以人间倡导的和谐社会为追求方向，对猪确实友好了许多。

三、猪期待有个新“鉴定”

生于猪年的人，在差不多一律说好的生肖解析中，拥有了慷慨、善良、胸襟宽广等美德，还成了富有、不愁吃喝的象征。

这个己亥猪年，合着中国传统观念中“猪入门，百福臻”之说，民间工艺中的猪造型，千姿百态。不管是河南浚县的泥猪、四川新繁的棕编猪、陕西洛川的布猪，还是江西景德镇的瓷猪、圣地延安的剪纸猪，莫不代表聪明、勇敢、富裕和运气。

一年之计在于春，元宵过后各界都得收心投身工作。为了让生肖当值的“猪明星们”收心，更好地肩负起沟通天地以求风调雨顺国泰民安的神圣职责，各界组成评审委员会，要给这个有着悠久历史的杂食动物一个组织鉴定。

此前，评委会专门做了广泛的民意调查，还请八戒自己召开一次小型猪会，搜集整理意见。八戒为此从凡界猪群中叫来几个“意见领袖”，它们有的属于行走逾万年的土猪种，有的是结合得天衣无缝的杂交猪种，有的是落地生根反客为主的进口猪种，还有的是近年忝列的“保种”者，各有代表。八戒身在天庭，却不忘和凡界猪暗通款曲，说是了解民情。

猪界各位代表见到同款的集大成者、升天得道者，少不得要对八戒来一番顶礼膜拜，继而像事先预谋似的，对生存现状、未来命运竞相吐槽，呕哑啁哳，诉说平生不得意，不时声泪俱下。八戒书童记录之后，如是概括众猪喧哗之要义：

身为地球分布最广的哺乳动物之一，以及动物界繁殖力、生存力、野战力、智慧力、奉献力最高端的种类之一，委身于食物链的最底端不说，还要子子孙孙每天前仆后继地去填人类深不见底的肉食欲壑，生前没多少欢乐享受，吃的是多数动物不屑一顾的食料，献出的是一身肥嘟嘟、香喷喷的肉体，真是愧对当初纵横四野、自由主动的祖先。也真得说说无情无义的人类，彼此相处几千年，人类怎么还不懂猪？

人类选择猫猫狗狗来陪伴，所以全人类对猫狗的认可度高；而猪是被人类选来吃肉的，所以人类社会只希望肥猪满圈、肉质鲜美。世间万物各有其命，生而为猪，要我们无条件献身也就认命罢，人类却整天琢磨怎么往我们身体里注水和别的东西（说不出口）。是嫌我们长得不够丰满，还是有意要让我们每个毛孔都流着肮脏的东西呢？人类如此算计同类，教我们又如何教育好后代。这么个玩法是时代的嘻哈还是道德的沦丧？

人类现在到处立法，也应该立个猪权法。猪跟随人类回家差不多快有一万年了，完全按人类的意志改变自己，性情变温和，食肉改吃草，身型成矮胖，这也算了，却还要让我们灭绝猪性，刻意地要把“天赋猪权”的繁殖变得紊乱不堪。去看看那些大大小小遍布城乡的养猪场，有多少公母终生不能自然交配，只能在发情期互相想着对方，远水解不了近渴，任由人类粗暴地、程式化地、毫无快感地完成输精。人们偶尔发些慈悲，也只能被困在七尺见方的猪圈里配种。我辈很多精壮年还没尝过恋爱的滋味就被无情地阉割，说什么是不净之根，说什么要多长肉少发骚，有人性吗？还要我们保持一点猪性吗？玉帝啊，我们也知道“我不下油锅谁下油锅”的大义，可整整一万年了，人类在我们身上开发了一万种吃法，却万分之一都没考虑过我们的感情生活和活法。仁慈的上天给了我们最长可达20多年的寿命，可不管是猪年还是什么狗屁年，有几头成年猪能活生生地跨过新年的门槛？

人类既有科研成果表明，动物之中，基因上与人类最相近的就是猪。人类因我们的生生不息而有取之不尽的肉、用之不竭的油水，岂能忘本、过河拆桥，忘却我们是最像人类的动物之一……

众猪诉说都不离一个惨字，哀哀切切，声泪俱下，动情处听得书童泪落如豆，说得八戒的眼眶也胞肿如桃。

书童写就初稿，“天蓬元帅”站位高，作适度修订，最后形成如下几条：

——猪于人类有救命之恩。

古往今来提供无数肉食补充人类营养不言谢，医疗科技日异发达的近年，各路医生借用猪体进行了无数能作用于人体的新疗法，结论催人泪下：猪科在生物界为人类提供了最多的优质蛋白和必需脂肪酸；猪科的某些重要器官与人类几乎完全相同，心脏十分相似，冠状动脉几乎一模一样，所以不仅捐献皮肤给严重烧灼伤病人，捐角膜细胞给眼睛受损人，捐胰脏细胞给糖尿病人，捐脑细胞给帕金森病患者，而且所有冠状动脉装置先装入猪体内测试后再用于人……

——猪是人类亲近的好朋友、今后仍可继续合作的好伙伴。

猪科给人类以陪伴或安慰，嬉戏或表演，摆耳朵或摇尾巴，这么细腻的情感，能不是好朋友所为吗？猪科脑结构和人类极其相似，海马体发达，记忆力惊人；猪鼻是天生神器，能充当嗅闻工具（人类自己都科研出来了，人类的嗅觉距离只有五六米，猪科比人类高8倍，也完胜于普通看家狗，而且招风的耳郭和深邃的耳腔保证了猪伙伴的听觉灵敏）。有强有力肌腱的猪鼻还能作推土机、挖掘机之用，连根拔树，挖洞填土，拱翻天敌。

只要人类愿意合适训练，唤醒残存的四分之一野生血脉，我猪一族不仅可以和公安警察组队参加缉毒、搜捕（有的同伴已在西方海关当警猪，在北美丛林探险），甚至还可冲墙撞门，移动混凝土。人类无从“与虎谋皮”，但只要好好说话，定可与猪共襄盛举，一句话，猪和人类有着更广阔的合作可能。

——人类辱猪多时，没多少人真正懂猪。

再不要用“猪脑子”这些话骂人了，它们侮辱了猪。还有，拜托不要动辄在商场吵嚷，一个标“杀猪价”，一个又说“杀猪”，这样吵嚷的气流传到猪圈，一些听不懂人类弦外之音的伙伴，就会去猜测今天轮到杀谁，胆战心惊中会分泌出一种毒汁，到头来害的还不是人类自身。

……

书童初稿中，本有“猪是趴着的人”这么一节，说的虽仅就体内结构而言，却还是被八戒删掉了。如此高论也太高了吧？搞得亲近过头了吧？人会怎么想？照这么说，人们吃猪肉岂不也成了吃人肉了？真是异想天开，夸夸其谈，蹭鼻子上脸了，得删！还有“世界那么大，我想去看看”一节，争民主和自由，争猪权，岂不反了？反人类呢！也要删！

书童由此看出了八戒缜密的心思，别说人，即使猪，一旦出“猪”头地，居高而处，与同类也就有了一堵不可逾越的墙，那比路人皆知的“司马昭之心”还隐藏了几分。

但八戒口口声声说的是，作为生肖年的值星官，要借到处巡行之机，特别教化天下属此生肖之人。

这份参考件，确实给了评审委员会一定的参考价值。

四、人文关怀也适用于猪

评委会首先明确肯定了猪拯救人类生命的种种事例，比如猪心脏瓣膜通常用于需要更换瓣膜的病人身上，有朝一日还可以帮助人类治疗更多的疾病，因为人和猪的胰腺相似；又比如，猪的基因结构非常接近人类，可以利用猪的干细胞来治疗人类疾病。鉴于猪的历史进化、历史表现以及对人类和肉食动物界所做的巨大贡献，结合多方会议，特别是猪界的请求，评委会认为确实要给猪应有的礼遇和尊严，人类要放下身段修正因某些尊大而滋生的特种歧视，多从正能量来弘扬猪的社会作用和文化象征意义。评委会为此专门通过了一则宣告。

这份事前征求了八戒个别意见的宣告，在批评猪不太听话这个大问题（比如不能用猪耕地、用猪做交通工具等。八戒情知这就是所谓的“下马威”）后，希望猪还得照常奉献甚至奉献更多，但死法应该庄严些，不得像“注水猪”那样遭虐杀，可以考虑在音乐声中麻醉，在欲仙欲死中闭眼。当然也可以来得痛快点，各地应多培养一些技艺高超、能一刀了事的执行者，尽量减少猪的恐惧和痛苦。还有，猪得病后应及时救治，若无效，也要施以临终关怀，死有葬身之地，深埋或火化皆可，绝不能曝尸众目睽睽之下，污染环境不说，还让猪死后背负骂名。

宣告也有许多解释之后的再强调，强调之后的再解释。如说，“猪狗不如”等词听来虽不舒服，但为了保证汉语的延续性和完整性，不能禁止使用，也不能删改。人间要骂就任其骂吧，反正骂的又不是猪，可别傻不愣登地代人受过，指桑骂槐、“为要打鬼，借助钟馗”向来是人类的套路，猪得理解，切莫过于情绪化，抑郁成疾，更不能一气就分泌毒素，制造毒肉。比如说，人间在建和谐社会，尤其主张和平共处，但人这个万物之灵长仍有情绪化和妄自尊大的一面，偶有家暴，猪也不必斤斤计较，人们常说宰相肚里能撑船，得让事实说话，咱们猪肚也能撑船；即使遇人不淑，动辄乱棒加身，天大委屈也只能忍气吞声，退避三舍思思己过，学不来古代女子“生是你的人，死是你的鬼”，起码可多学狗的忠诚；绝不能脑后长反复，伺机来报复，果真发生啃人、伤人、食人等事，对不起，不管再劳苦功高，也要处以叛逆罪、反人类罪，九族凌迟，“杀鸡儆猴”，任天皇老子出面都法无可恕。

宣告还说，猪固然有恩于人类，但人类近万年来也一直有恩于猪呢，猪界还胡闹什么民主和自由，真要离开了人类这个庇护所，别说自立江湖，只怕是过街老鼠那样随时招来杀身之祸的命运会马上降临；想再折回山上吃回头草，野猪也不会相认早被招安的异类，食物紧张、生态恶劣呢，一个獠牙就能把你撂倒，毛都不剃就撕了生吃，你悔青肠子回头无岸，还不知是否有资格流浪地球。

对此一说，八戒当初倒是代表众猪提出过不同意见，只是评委会一意孤行，以众口难调、不能完全照着猪性乱来等为由，照常颁发此宣告。多数猪对此不敢苟同，议论四起。善于倒打一耙、斗争长才干的八戒据此又命书童搜集各方意见，形成文字，想着择机向玉帝报告。其文大意如是：

人工饲养繁殖达数千年以上的绝大多数动物，放生确实等同放死。如鸡、鸭、鹦鹉、仓鼠、金丝鸟，一旦从温室里放回到大自然，不是饿死病死吓死，就是成了天敌的美味。即便某些生下来就被饲养的老虎，一朝回归山林也难以生存。但猪不一样，纵然是被驯化后的家猪，其实也没成二级残废，更未失去野性。不管是主动放生还是“越狱”逃出，以天生具有感知磁场的罗盘辨别方位，很快能找到适应生活的野外，野外露营拱土觅食时间一长，不仅能重新生出粗长的鬃毛，鼻子能重新变长变硬，连头盖骨都能逐渐返祖，从怂塌塌的模样恢复成平滑尖利的铲子形状，至于拾草搭窝、吃鸡鸭、逮蛇鼠、抓野兔、游泳捕鱼皆不在话下。如果野外过度贫瘠，那么，野果甚至草叶、树根皆可果腹，如此好的肠胃和牙口岂会坐以待毙？！家鸡有笼食性窄，野猪无栏胆气壮。所以，不用担心该牲畜的生死，真要离开人类，跑向山野，不出一年就能野化。

八戒有自身做猪的经历，特地在这一段留下批示：

家猪是唯一从娘胎里就长有利齿的哺乳动物，驯化后别看其爱舔猪槽拱猪圈，但发起威来，战斗力仍不容小觑。其体型圆滚得让各种猛兽都不好下嘴，又没脖子，头骨坚硬粗壮，四蹄放开跑得比风还快，只怕没几个猛兽能有非分之想；而其冲击力和咬合力超强，一口就能把别的玩意儿啃断腿，再长出个獠牙来，什么豺狼族类皆可应付，一招一式就可捅出它们的肠子来。我就探知某公猪轻松自如逃逸场面，起跑、垫脚、弹跳、抓栏、蹬墙，一气呵成，前来堵截的狗狗挨了它两记飞腿之后发出沉闷的惨叫，在躲过主人追缉之后的几年，附近山林就诞生了一头威震八方的吨级猛兽。据人类自身的科研报告显示，所有的驯养动物中，猪最能且最快适应野外生活，回归山野之后体重能达千斤。对此顶级求生者而言，人类花了一万年驯化，而返祖不消一年。所以，人类也真要懂懂猪！

猪的感受和心声传递到评委会后，有位评委倒是为猪的生存能力超一流做了个证。三年大饥荒时，该评委巡视到某所学校，猪圈修在厕所下，那时，剩饭剩菜是从来没有的，只有淘米水给猪吃。一群猪就靠淘米水，再加水浮莲和粪便，居然都活过来了！

这份宣告还透着无尽的人文关怀。比如揭示人与猪其实一度也是命运共同体，并为此从历史的纵深回顾100多年前的中国人如何被当成“猪仔”，远渡重洋为洋人开矿做苦力，终身无回国之望，成为“野猪”。还说，即使现今轻歌曼舞的世界，也还有许多国家温饱不能解决，仍有许多人沦为衣不蔽体、食不果腹的“野人”，真是连猪都不如。凡此种种，猪又何其自怜为猪？

宣告心平气和地举例子、做比较、讲道理。比如说，天地人都知猪聪明，但也不能因此想多了，尤其不能动心起念远离“庖厨之用”，那还想成仙不成？猪成仙的自古只有一个天蓬元帅，也是因为遇上了千年一遇的好人唐三藏。天造万物，各有使命，成仙之事别痴心妄想，得尽责演好角色才是。真的，别一根筋胡思成仙成精之事，否则别说人间大乱，天庭大乱，生物谱系大乱，连“天蓬元帅”猪爷爷都会不自在，一耙就把不忠不孝不仁不义的大猪小猪一锅捣成肉浆，遗臭万年。

宣告出，经八戒再三跪求，玉帝特批一万年不变，还请如来大佛、观世音菩萨向凡界吹仙气，播撒记性因子，帮助凡界牢记有关内容，各守规矩。

如是这般，八戒忽感有些自惭，忽地想到已上天堂的那个叫王小波的作家纪念“猪兄”杂文中的一句直言：“对生活做种种设置是人特有的品性。不光是设置动物，也设置自己。”自己请玉帝如是颁诏，岂不也是一种“设置”？

五、离“特立独行”还远着

时光荏苒，八戒看到了凡间养猪场工业化程度，看到了跨国猪业公司的种种情况和生产能力，他特别心疼成千上万头猪在金属板条的床上生长、难见天日之状。他在一次蒙玉帝召见时，还特别想报告交配权仍旧稀罕于众猪之新情况，但话到这边，又决定不能和饱汉不知饿汉饥的玉帝探讨这个“房中术”，而是津津乐道地说：“猪除了强大的空间记忆能力，还有顽强的与生俱来的生长能力，一出生就靠自己断脐带，找母乳，一窝十几个崽崽能各自记奶，打乱顺序后依然只寻找自己的奶头，这点上猪圈其实比人类社会和谐。”

玉帝似笑非笑问：“猪有哲学吗？”

八戒答：“猪的哲学也就是世界观，有传统文化的许多精髓在里面，比如知天乐命，比如达观……”

玉帝听得有趣，八戒择机递上那份对宣告的补充报告。玉帝阅罢，倒愿猪界平息，便问，要不要从成精的猪里再挑一两个入仙界。八戒不说要，也未说不要，只道怕多了添乱、闹事，惹玉帝生气，何况我眼下身强体壮完全可以顾得过来。玉帝似乎察觉了猪爱卿率性可爱之中的自私，却秘而不宣，嘉许“天蓬元帅”是只特立独行的猪。

猪直来直去，饿了吃，困了睡，激素高了就拱墙壁，压根不用猜其心思，但西游回来多时的八戒，已非如是，面对玉帝的嘉许，还问：“玉帝也看过王小波的杂文名篇《一只特立独行的猪》？”

玉帝不说看过，也不说没看过，只是说：“这是只不太像猪的猪，猪应该有猪样，肥胖、愚笨、懒惰、听话，这是人类为猪设定的生活方式，只有这样恪守才属正常的猪。而这位作者笔下的猪，完全背离了本来的面貌，好不潇洒呢，张扬自我、无拘无束、反抗强权，我看有点像你呢。”

八戒悚然一惊，连称“不敢”，接着说：“这不过是个神话，这只猪之所以特立独行，是因为生活在一个教条刻板、充满规约限制而缺乏生气活力的时代，耍了一点小性子而已，后来不也是被赶走了。”

后来，八戒从某处听到了王小波对他的评价：“八戒是猪，但离‘特立独行’还远着呢，因为他放弃战斗，便没了战斗姿态；因为他在涉及自身既得利益时，也成了‘沉默的大多数’，成了‘庄严肃穆的假正经’者，便没了背向世俗文化的高蹈独立。”

“我已很满足，再多便是贪婪。”八戒汗颜中，却还是不动声色地搬用了动画中的猪语，末了还哼了句，“沉默的大多数”“庄严肃穆的假正经”者，天上人间比比皆是。

钟兆云，中国作家协会会员，福建省作家协会副主席，福建省传记文学学会创会会长，现任省委党史方志办公室宣教处处长，《福建党史月刊》主编。曾出席全国第五届青创会、全国第八届和九届作家代表大会，出版专著40多部，曾获福建省政府百花文艺奖、社科奖等多种奖项。

箫

◎楚　楚

爱的东西，不要放得太近。

——题记

箫，是一个幻觉。

我至今怀疑它的存在。

那时住在山中。夜。毫无预感毫无缘由地突然箫声就起，远远飘了来。音色很钝，却一下就刺穿我，令我战栗不已。这才知道真的箫声与录音棚制作出来的竟如此不同。

箫在音碟中的圆润，那叫音乐。而在这样的山中，又是这样的夜晚，它怎么会是一种乐器呢？它的声音由于山岭起伏的坡度，显得有些滞涩；由于露水与风，它有些潮湿与断续；由于树枝与鸟兽的撕扯，它磨起一道毛边；由于荒冢与夜色，它还沾上几丝诡异之气。等经历这么多周折辗转到我身边，它已不成曲调。

离音乐远，离人却近了。

我找不到这箫声确切的缘起,弄箫何人。但我认定是个男人。甚至是个心灵受过重创，在情感上有着深刻隐痛的男人，因为那的确是一种受伤的声音。花的伤痛从蕊开始，箫的伤痛从唇开始，不，从心开始。我从未听过舌尖都含着泪的箫声。这是绝望而感伤的气质，这是宋词的气质。在李清照、秦观、周邦彦的词里就能辨认出这样的气质。

那些夜晚，那些铺满松针的夜晚，我一直被这管箫折磨着、吞噬着。那是痛苦的愉悦，那是无心无欲、旷绝千古的禅境。没有什么奢侈能超过一人独对一管箫声。我几乎相信这世上只剩下我和箫两个，连吹箫人都不存在。箫看着我，并看着我身里和身外其余的我；我看着箫，并透过箫的眼睛对红尘视而不见。箫于我，是忧郁中的忧郁，如冰在雪中，如紫在蓝中。

人，总有几处不流血的伤口，在手够不着的地方，是箫替我触摸到它。我相信我是与箫有缘的人，我恣情恣性、淋漓尽致地挥霍我的忧郁。我没有想过来年的这个时候，我的这些心事会在哪里。

失去箫，是在秋凉过后。仍是猝不及防。它的来与去，都如一道宿命。也许真有其人其箫，他在暗夜里舔干了伤口又回到阳光下去了？也许原本就是我的一个幻觉。弄箫者是人是鬼是仙成了悬疑。而我失去箫的同时也把自己弄丢了。

夜真的凉下来，心真的空出来。

箫声拂过的那些日子永远不可能再回来……

"箫。"我轻轻读它的音，倒像叹一口气。

它的名字天生就是低音的，你无法大声喊它。它是朴素的，淡、雅，一点都不张扬。就像磨砂过的棉布和洗旧的丝绸的质感。但它又是深邃的、不可捉摸的。我甚至觉着应该在焚香沐浴之后，用心而不是用嘴来感觉它。

我所见过的箫大多是紫色的，尤其它沉默的时候要紫得更深一些。这种紫没什么城府，但很沉实。面上泛着一层幽冷而虚浮的光，并不炫目。它让我想起"禅房花木深"的那种"深"和墨在宣纸上晕染开来的那种"晕"。因此它耐看。只是看久了，心里不免有点发虚。在其他事物身上，我没能找到相同的色调。箫是唯一的。

我从未摸过箫。心里有点怵，总觉得那是摸在一个相约了千年，却未见过面的熟稔而又陌生的人身上。我暗自揣测：手感一定有点凉、有点湿、有点浮。奇怪的是，每次听箫，都闻到一丝苦意，说不清是哪种苦。既像苦丁茶在舌尖的清苦，又像割草机刀刃之下青草汁液在鼻端的生苦，更多的时候它离眼睑近，是盈睫泪意的涩苦。

箫的音韵永远是低调的，甚至有些压抑、喑哑。

适合独语细吟，即便与古琴琴箫合鸣，也越发显得孤寂与清癯。我一向认为低调的乐器才最能与人的心音相和，如箫、如埙、如古琴。记得小时大声呼口号，其实不知喊的什么意思，初恋时一个男孩用几乎听不见的声音说出那几个字，我却如遭雷击。才知道什么叫轻声说重话。当我们必须维持高调时，不得不放弃许多精微的东西。而静夜里的低语却能听到整个世界的回应，因为我们用心。看来一管箫比人更懂得在无声中说话，在低语中撼人。

我一直有个心愿,就是自己来吹箫。可是我的身体这样重浊，我如何接近箫？爱看它，爱听它，但我不堪忍受正在被吹奏着的它。我不能想象一个尘埃披挂的人把嘴唇迫近箫时的情景。那简直是亵渎。箫圣洁的音孔就只适合留给餐风饮露的世外高人韵士。

也曾到街上的乐器行探视过它，与其他乐器相比，它显得有些消瘦和寂寥。就想：它怎么会挂在这里呢？它怎么能挂在这里呢？偶尔也有人问津，拂去积尘、挑三拣四，好像是专为贬斥它而来的。而且这手也许刚刚点过钞票、搔过头皮屑，有点黏。偶尔也有人试它，比画几下，吹几声，在车水马龙的背景下，无论姿态还是音调都显得滑稽。而且这嘴也许刚刚经过酒肉鱼虾,有着油腥味。当然,据说一年半载也能卖出一支两支，幸亏，若不是为了表演，这个世界真肯静下心来为自己吹箫的人，不会太多。

箫，我不堪忍受它真实的存在。

这面墙上挂着一把二胡和一管箫。

它们的主人是个爱穿黑衣的人，有一双黑黑的眼睛，眼睛周围永远围着黑晕。他似乎对这个世界始终不经心，心神永远坐在影子的边缘。日常的事便是“闲拈古帖临池写，静把清樽对竹开”。否则飘袂之间，襟袍过处，怎会厚薄远近地飘出阵阵墨香？那是芭蕉窗前，歙砚边，经史子集、诗书画印里经年浸润才可能养出的书卷气息。蕴藉但有些病态和说不尽的缺憾。他是郁郁寡欢、落落寡合的，即使不穿黑衣，也能感受到他的悒郁、脆弱与清寂，一直从骨头里渗出来。你即使在白天遇到他，也错觉是在夜里。话很少，低音，但音质很瓷实。反正冷暖浓淡都是自知的，他似乎有理由沉默。至多用那把二胡说话，也是悒郁的、幽怨的，把金属的弦一直嵌到人心尖上的那种痛。但他从不去碰那管箫，这很合我的心意。我总觉得他与多年前山中的故事有着某种意外的关联，这使我暗暗心惊。即使他就是那弄箫人，也不该再去碰昨天的箫，就让它挂在今天的墙上，像个暗语，一个用心交换的——默契。

箫。我无法拒绝它真实的存在。

我心中的那管箫，要隔着岁月编织的篱笆，隔着空山幽谷，隔着夜，隔着梦听才好。

也曾溺爱一只青花瓷小盏，时常放在手边把玩，一日竟失了手，瞬间化为虚无。这才知道，爱的东西，原是不能放得太近的。

这管箫，我不能再失手。

（原载《上海文学》1999年）

楚楚，1964年生，山东荣成人。1983年毕业于福建宁德师范高等专科学校中文系。历任福建省福安市第一中学教师，《台港文学选刊》编辑、主编助理，《散文天地》常务副主编。中国作家协会会员。著有散文小品集《行走的风景》，随笔集《轻轻踏在我的梦上》，散文集《生命转弯的地方》《淡墨轻衫》《人间有味是清欢》，散文诗集《给梦一把梯子》等。曾获首届全国大学生作文竞赛大奖，第十一届全国电视文艺星光奖三等奖，首届中央电视台电视散文大赛二等奖，第三届施学概诗歌奖一等奖，福建省第七、八届优秀文学作品奖一、二等奖。

深沪素描

◎黄　良

骑着自行车“丁零零”地飞进深沪镇，即可见店铺摊位密密麻麻地挤着，街多长，人流也多长。街道在镇里绕，人流在镇里淌。蹬车摇铃，穿隙而入，轮下的路，于深沪镇写着“S”，每逢盘绕而上，力度不减，20多分钟，便驶上镇东北的高顶。

在璧山顶四望，令人嗟嘘不已。浩瀚大海的万顷碧波，绕着驼峰般的渔镇半圈，2万多人口，便栖息在漂浮于水上的葫芦似小岛上。满镇房舍，高高矮矮，错错落落。石楼和红砖瓦房，形如台阶，叠如梯田，自上而下，一级级地低，一圈圈地大，一直延伸到海边。开门或开窗，即见船只犁水，麦穗扬花。这葫芦镇里巷道纵横，古大厝里，楼上楼，房下房，人上人，人下人。竹篮和鱼篓，煤球与柴堆，堆积檐下门口。每逢鱼汛，时有船工从海上回来，讨海衫上吊着宽大的带鱼，或在澳头港脚，用鱼换得好吃的，进门喊一声，自然摆酒、炒菜，望窗唤一声，左邻右舍就有人围过来。冬至或元宵时节，各院门内有一窝石臼，各家各户轮番抡石锤举木槌捣糯米。做出圆子，相互赠送，比试谁家味道最好。打蜂窝煤，大家联手，一个人挑水，两个人和煤，三个人印制，五个人搬运，在石坪土埕上，齐整整对着太阳，排开煤球的方阵，好不壮观。

这网状的狭巷里，常有仙游人喊“缚笼绳”，惠安人叫“补鼎补锡锅”，也有本县人拉腔拔调唱道：“破衫裤找来卖，趁好价……”声音落处，引来一番热闹，有“香港婶”“吕宋嬷”，鼻子里突然钻进一缕香味，用眼一瞅，人家的锅里正冒着白气，便问：“煮什么？”“面线糊，你吃啵？”清脆之音应声而来，即端来一碗头。那师傅自然吃得喜上眉梢。吃着吃着，突然又闻到腥味，抬头一看，见檐下挂的多是鱿鱼干，一串一串，不大不小，条条泼墨也似。而这些屋，大都是石屋，遮风挡雨，纳凉向阳。他由此想：面线糊、鱿鱼干和石头房，当是深沪的三大宝了。不知是心中高兴，还是有感而发，那师傅忽然作起歌来，唱的是南曲的韵儿：“大风大浪吹勿倒呦，人情要数深沪好哎……”

放车从镇的顶端盘旋而下，迎面吹来涨潮的风，衣衫鼓起，活脱脱一只信鸽。杂闹的小街，长且窄，宛若腰带一般。街道两旁的货架或案上，百货烟酒，干果蔬菜，水产猪肉，应有尽有。这儿一堆，那里一群，围拥的尽是老人，讲的是梨园戏文；还打牌，输了，却不弯腰钻桌，宁肯让粉土双腮涂抹，让纸条贴满脸面，好不开心哩。

深沪无公园，也没有街心广场。晚饭后，老少男女，差不多都从深巷里走出来，成群结伙去溪边海滩玩耍。撒网的，下钩的，拾螺捉蟹的，到处是人。或蹲，或卧，或仰，或坐，于嫩草坪上，于软沙滩中，于相思树下，数星星，讲家事，话语常被海风拂走……逢年过节，唱南音，放电影，演高甲戏，还有体育竞赛，象棋、篮球、乒乓球，还有拔河。双臂拔河之人，口如破锣震山，个个剽悍异常，“哼哈嘿呦”喊起，连同花簇簇围观的人们，掀起一阵大潮，排山倒海而来，好不热闹。深沪男子真丈夫，深沪女子更出众。这些女子，不下海捕捞，不上山种耕。个个出落得水灵娟秀，温而不娇，柔而不奴，有中外合资的公司职员，有个体企业的经理老板，她们极爱妆饰：画眉粉腮，鬈发烫头，穿一套时装，戴一条金链，夏日的黄昏，最是她们的天下。到井边洗发，去幽径散步，半是泼辣，半是娴静。在沙溪海角，将裙裾拢起，玉也似的小腿，任水抚鱼吻。远处有热情男子，扬高音悠长，唱俚曲小调，一时撩了天边血阳，揉皱了一海碧波，也拨乱了渔镇女儿的心。

海边归来，已是满镇灯火。随便走进一条小巷，均见厅堂上坐着一家老小，看电视画面评电视内容，忆上集怎样怎样生动，测下集如何如何好看。再往深处走，便见古色古香的宗庙祠堂，门匾石刻衍派，后人默念之下，当会追忆远代祖先，原是来自五湖四海，于这方土地，开山造田，扬帆出海，逐渐形成遐迩闻名的大渔镇。这儿北上福州，南下厦门，驾船东行便抵台湾，因台湾多有深沪人氏。也有背井离乡远下南洋长居海外的，倘若衣锦还乡，便好修旧宅，再筑新居，兴办公学，架桥铺路。这镇上的邻里乡亲，虽有利害得失，免不了吵嘴嚼舌，但一家有难，十家相帮，正如四山之水，尽管各奔前程，却是终归大海，即便逢风起浪，然而一体融洽……

（原载《人生平台》2000年）

黄良，1965年生，福建晋江人，笔名黄河橹。毕业于厦门大学历史系文博大专班。曾任晋江文化馆剧管员，金井文化站长，晋江市博物馆长，晋江市文联副主席、常务副主席、主席。中国作家协会会员。著有小说集《人生误会》，散文集《人生平台》，诗集《人生漂流》，杂文随笔集《言之有理》。小说《石头记》获1991年福建省第六届优秀文学作品奖并入选《福建文学50年·短篇小说卷》，歌词《春暖闽南》获1995年文化部第五届群星奖银奖。

娜娜与薄荷

◎ 吴青科

一、我是一只布偶

我是一只布偶，乳名叫妹妹。

我是一只命运多舛的猫儿。在遇到娜娜之前，我生活在薄荷公寓里。薄荷公寓是一家高级公寓，里面有豪华娱乐场，有专供猫儿享受的天然SPA，各种美食、玩具应有尽有。照顾我们的是薄荷小姐，薄荷小姐脸上带有鸡蛋大小的紫色胎记，但丝毫不影响她的美丽。薄荷小姐不但人美，而且心善。众多猫儿中，薄荷小姐最喜欢我，我的乳名就是她起的，我是个女孩儿，所以她就叫我“妹妹”。很巧合的是，我的脸上也有一块鸡蛋大小的黑斑，这或许正是薄荷小姐喜欢我的原因吧。同样因为色斑的缘故，在我遇到A之前，其他猫儿早已陆续被人领养，直到最后，公寓里只剩下我一只猫儿。即便如此，薄荷小姐对我依然疼爱有加，丝毫没有嫌弃我的意思。薄荷小姐对我的恩情直至今日我仍感激不尽。但我作为猫儿的命运，并未因此改变。

需要特别声明的是，除了要感谢薄荷小姐，我也要感谢娜娜，因为是她的出现才最终使我有了一个稳定的家。多年以前的某一天，在我昏昏欲睡之时，娜娜与一个名叫 A 的人出现在薄荷公寓。来薄荷公寓之前，二人刚在附近的鱼脂寿司店就过餐。鱼脂寿司店是娜娜最喜欢去的一家寿司店，两人点了蝴蝶卷、火炙金枪鱼寿司、芝士锅。饭后，A 提议来薄荷公寓撸猫，因为薄荷公寓里有各种名贵的猫，布偶、暹罗、蓝猫、折耳、波斯、无毛猫，应有尽有。

一阵清脆的门铃声响起，正在忙着给猫儿洗澡的薄荷小姐，匆匆忙忙用围裙擦干手，跑过去开门，娜娜和 A 在门口换上拖鞋，走进了公寓。两人来到猫儿休息的格子雅间，隔着玻璃门好奇地打量着我，最后娜娜的目光停留在了我蓝色宝石般的双眸里。这是娜娜第一次见到我，她第一眼就喜欢上了我，正所谓一见钟情。

“这只猫什么品种？”娜娜问薄荷小姐。

“布偶。”娜娜一边忙着给猫儿洗澡，一边回答说。

“这只猫多大了？”

“3 个月。”

“长得真快。”

坦白地说，我不止 3 个月大。为了尽快将我卖出去，薄荷小姐在我的出生证明上做了手脚，胡乱填写了出生日期。原因是我脸上长有黑斑，相比其他漂亮的猫儿，我不怎么受欢迎，所以一直没有人要我，直到我体型发育成熟，长成了一只标准的大猫。若不是遇见娜娜和A，恐怕我现在还待在公寓里。为了让我显得更年幼，薄荷小姐将我的出生日期整整延后了4个月，这对于一只猫而言的确是不短的时日。以致娜娜看中我之后，在即将完成交易时，还在疑惑我这么大的一只成年猫，怎么才出生3个月。但薄荷小姐一口咬定我就是出生证明上写的时间出生的。好在经过一阵疑惑之后，娜娜终于还是选择领养了我。即便离开了公寓，随意篡改出生日期对我还是造成了难以估量的负面影响，其中之一就是我从此没有了过生日的机会，因为娜娜走后，A原本就没有过生日的习惯，更别提我这个虚假的生日了。没有生日可过，不得不说是我作为一只猫儿的一大不幸。

即便薄荷小姐打了折扣，娜娜仍旧觉得布偶的价格有点贵，虽然心里很喜欢，但还是犹豫不决。A见娜娜很喜欢我，毫不犹豫刷卡付了钱。从此我就离开了薄荷公寓，有了自己的家。A花钱大手大脚的习惯，在此我要特表谢意。

在来到富丽春景小区定居之前，我曾和A在宿舍楼里生活了一年。那是一幢有些年头的公寓，虽然空间不小，但装饰很旧，水泥地面，白灰墙壁，也没什么家具，只有一张床、一张书桌、一个衣柜。我来到宿舍楼里的第一天就感冒了，不停打喷嚏，原因是我在湿冷的水泥地面上睡了一夜，吸入了很多看不见的灰尘。第二天，A就把我带回了薄荷公寓，薄荷小姐给我打了针，一周以后，我的感冒就好了，从那以后我再也没生过病，没有给A增添疾病的苦恼。之后，我也再没有回过薄荷公寓。

在这一年中，娜娜时常来公寓与A约会。当然她心里也没有忘记我，来的时候，她总是一声接连一声地叫我妹妹，声音中充满了无限的疼爱。后来，有一天，娜娜突然离开了A，我的乳名从此也没有人再叫了，我成了一只没有名字的猫。

至于娜娜为何突然离开A，这个问题无疑涉及人类之间的爱情。在猫儿看来，人类的爱情是无比复杂的东西，身为猫儿，为了不给自己找麻烦，无端地心生苦恼，我对娜娜与A之间的感情问题，从不过问。

但我深信，娜娜曾经深爱过A，尽管后来她对A恨之入骨。据我所知，是A主动提出的分手，A也因此落下背叛娜娜的罪名。不过，男人女人对待爱情的态度似乎天生不同。就拿娜娜来说吧，在预感到爱情的危机即将到来的那段时间里，她整个人变得有些失常，无论表现得多么开心，似乎内心的哀愁都难以磨灭。与娜娜的敏感脆弱相比，A的确是一个无情之人。即便是两人亲热之后，娜娜躺在A的怀里不停地流眼泪，A仍旧无动于衷，那时候，A似乎真的不爱娜娜。

哭完之后，娜娜裸着身体坐在飘窗里，蜷曲着身体，背对着A，倾诉着来自父母的压力。在猫儿看来，娜娜当属世界上最痛苦的人。而A侧躺在床上，望着娜娜的背影，一边觉得她很可怜，一边又渴望着她赶紧离开自己。娜娜凭借女人敏感的神经，似乎比A更早知道A内心那种矛盾的念头，因此对A既爱又恨。独生女娜娜与A的爱情成为自己人生中第一个最大的悲剧，她甚至因此想到了死。她不止一次地说过，她与A根本无法在一起，因为父母反对他们在一起，尤其是她的父亲，听说她要与 A 在一起，要待在另外一个城市时，竟然因此而彻夜失眠。

没有办法，这就是我的父亲，他要让我跟他生活在同一个城市，他就我这么一个女儿，我从小就被这么要求的，我只能做个听父母话的好孩子，我已经习惯了顺从他们。如果我离开他们去其他地方生活，对于我的父母而言无疑是一个巨大的噩梦。深夜，娜娜坐在飘窗上，对 A 倾吐着某种真相，这一真相如同一副绞刑架，等待着两人自觉地套上绳索。

娜娜哭得差不多时，A 出于一个男人应有的责任，将娜娜温柔地搂入自己的怀抱，试图安慰她。娜娜反而哭得更加伤心了，如同即将永别的情形。

恐怕 A 安抚娜娜的那些甜蜜的谎言，轻易就被娜娜识破了吧，凭借女人天生敏感的直觉，只是她没有丝毫表现出自己早已识破了 A 的真实内心。而 A 也并非没有想到这一点，但他却无法让娜娜明白，自己无法控制自己的冷漠麻木。难道这就是八字不合的后果吗？娜娜的父亲曾说两人天生八字不合，即便两个人真的在一起了，这辈子也不会幸福。

就在即将分手的那段时间，娜娜突然被检查出体内长有肿瘤，肿瘤虽然是良性，动个小手术就可以治愈，但当娜娜告诉 A 这一情况时，A 的第一反应就是，是自己的存在害了她。

然而，在与娜娜在一起的时候，A 对自己是否真的爱娜娜，似乎并无确切的答案。就连娜娜也曾对他说，你其实并不爱我，你只是偶尔需要我，当你感到性饥渴的时候。她曾哭着对A说道，我只不过是你的性玩偶，只用来供你玩弄，供你发泄而已！然而，娜娜虽然哭泣，但说话的语气却充满挑逗的意味，以致A也弄不清楚，自己是否真的在娜娜心目中只是一个禽兽一般的存在。

作为一只布偶，虽然颜值爆表，赢得娜娜的欢心，但娜娜最爱的其实并不是猫儿，她不止一次说过，等以后结婚了，要在自家的庭院里养一只秋田犬，虽然妹妹可爱，但她更喜欢秋田。她还说小时候养过一只泰迪，大街上捡的流浪狗，但养了没多久，就被母亲偷着送人了，母亲不让她养小动物，她只能服从命令。

相比父亲，母亲对娜娜要求更加严厉，牢牢地将娜娜控制在自己手中。无论身处何时何地，娜娜只要接到母亲的电话或视频都要第一时间予以回应，否则面临的就是一顿严厉的斥责。母亲对娜娜的控制A亦深有体会，即便如此，A仍旧成了冲破娜娜母亲防御体系的利箭，成功地射中娜娜，只不过，娜娜最终还是身负重伤回到了父母为她悉心建构的防御体系当中。

二、大海的传说

分手之后，娜娜如同一缕空气从A的生活中彻底消失，留下的唯一痕迹只有一张照片，那是两人还在一起的时候，短暂的告别，是娜娜留给A的信物。娜娜曾说，拍这张照片时，她还是读大一的学生。照片中的娜娜身穿浅色连衣裙，一头披肩散发，脑壳向左微微倾斜，面带青涩的微笑。娜娜身后是无边无际的大海，根据地形判断，照片应该是在湄洲岛的某个地方拍的。第一眼我就被照片中的大海深深吸引住了，因为我长这么大从未见过海，我爱吃的金枪鱼就生活在海里。我对照片中的娜娜印象很一般，觉得照片拍得过于青涩，毫无风情，娜娜的头发虽然乌黑浓密，却显得有些干燥枯涩，如果这等长相换作猫儿，至少我是看不上的。

不知从何时起，A 再也不看娜娜的照片，我对娜娜的印象也逐渐模糊，唯独她身后那片蓝色的大海令我记忆犹新，每次想起仿佛就能听到大海发出的声响，即便是那响声似乎也与其他的海湾不一样，那是只有湄洲岛才会发出的响声吧，我有时会这么猜想。

我已经跟 A 共处了至少十年，十年对于一只猫而言，几乎是一辈子，如同人类的 100 年，所以与人类共处，某种意义上会降低我们猫儿的进化速度。就拿娜娜来说吧，对我而言，曾经的缘分已经遥远得如同前世，而对于 A 而言，却如同昨天才发生的事。

突然有一天，A 像旧病发作一样，翻箱倒柜，把所有的图书资料统统倒腾个遍，弄得我连个放脚的地方都没有，只好跳到书柜上面接近天花板的狭小空间里待着。我就趴在书柜上面，静静地俯视着 A 的一举一动，一边忍不住骂他是个蠢货！各位看官，请你一定要原谅我，这个不雅的词汇是我从 A 那里学来的，而且不止学了一个。不过，我觉得词汇虽然不雅，却能确切地表达我的感受，此时此刻，只有“蠢货”一词能够形容我对A的印象。与此同时，我觉得很有必要奉行“拿来主义”，将此类不雅词汇引介给猫儿们，势必将丰富猫儿们的语言表达。

我之所以骂他是蠢货，绝非空穴来风，下面我就将我所看到的一点一滴客观地讲述给各位看官。我首先看到A手里再次出现娜娜的照片，他正目不转睛地凝视着照片中的娜娜，一动不动，像个十足的蠢货，右手的大拇指还不停地摩挲着娜娜的脸颊和头发，就像摩挲我的两撇胡须那样。我真想提醒A，那只是照片，不是娜娜本人，即便把照片摩挲破了，娜娜也感觉不到。但我不可能提醒他的，因为我今天一大早一不小心已经叫过一声，要知道布偶从来都是吐字千金，我不可能为了A这个蠢货破坏了我的规矩。

接下来更为夸张的是，A居然对着照片中的娜娜自言自语起来，说了一堆不堪入耳肉麻的话，而且反复絮叨个不停，我又忍不住想骂他了。为了表示抗议，我随手将一本名为《中国文学纵横》的书丢到地板上，又厚又硬的书皮在地板上发出“砰”的一声巨响，将A狠狠吓了一跳，总算打断了他那肉麻的话匣子。我由衷地感谢那个叫夏志清的人，居然写了这么一本厚重的书，A把这本书买来后，从未翻开过一次，今天终于发挥了它应有的作用。即便如此，A还是在收藏照片之前，郑重地在照片上吻了一口娜娜。等A从嘴边放下照片时，那张照片已经湿漉漉、皱巴巴的了，娜娜身后那片大海的颜色也变了，一切变得光怪陆离，娜娜、大海都已经不是以前的娜娜和大海。

A 收藏好照片，还不停歇，开始在书柜里胡乱翻腾起来，将满书柜的书一本一本翻个不停，像是在找什么遗忘很久的东西，整个人满头大汗，被灰尘呛得直打喷嚏。我在书柜上面一直俯视着他的一举一动，就像看滑稽表演一样，我实在不理解 A 为何要如此折腾自己。他先后找出几本书，其中有贾平凹的《秦腔》，书页里夹着两张《王牌特工 2：黄金圈》的电影票，时间显示是 2017 年 10 月 22 日。我觉得贾平凹很幸运，居然被 A 挑中了一本书，但 A 似乎并不怎么喜欢贾平凹，时常听他说贾平凹的小说写得并不像坊间传闻的那么好。在木心的《1989—1994 文学回忆录》里夹着两张《变形金刚五——最后的骑士》的电影票，字迹已经变得很模糊，看不出具体哪一天。在残雪的《黄泥街》中夹着《敦刻尔克》的电影票，时间是 2017 年 9 月 24 日。

最近 A 迷上了写毛笔字，我意外地发现一得阁的云头艳墨汁儿很好吃，有一股奇怪而吸引猫的味道。每次无聊的时候，我都会舔一舔碟子里残留的墨汁，舔完墨汁，我的确有种异样的饱腹感。舔墨汁已经成为我生活中不可或缺的习惯，这样下去，用不了多久我就成为猫中的教授或博导了。杂志恰好落在 A 的脑袋上，A 一边捂着脑袋一边指着我骂了一句："你这只死猫！"但我心里并不在意，反而很高兴，差点又没忍住叫出声。

三、不能说的秘密

与娜娜恋爱的那段日子，A的生活习惯发生了一些变化，某种程度上，娜娜的存在改变了A枯燥的单身生活。娜娜有看电影的习惯，基本每周都要看一场电影。为了满足娜娜的爱好，A逐渐养成了陪娜娜看电影的习惯，虽然他对电影并没有特殊的爱好，但也谈不上不喜欢。每当有新电影上映，娜娜就要提出去看，A无一例外地都会答应她的要求。每次A都是提前约好出租车，提前到公寓楼下等娜娜，这几乎成了两个人的习惯。看过的电影票A都会仔细地收藏起来，将它们夹在某一本书中，留作纪念，娜娜曾让他将电影票扔掉，A执意不肯。

A第一次亲吻娜娜，就发生在看电影回来的出租车上。两人看完一场电影，A送娜娜回公寓。坐在出租车的后排，趁着夜色的漆黑，A鼓起勇气默默亲吻了娜娜的嘴唇，而娜娜安静地靠在座位上，坦然接受着A的亲吻。亲吻仅仅持续了几秒钟，但完全拉近了两人之间的距离，从那以后，A与娜娜成了亲密无间的情侣。

尽管受着父母每时每刻的监督，但娜娜对A的爱恋如同火焰一般疯狂地燃烧起来，回到公寓，娜娜似乎一刻也忍受不了孤独，总是要偷着跑去找A，两人一见面就紧紧拥抱在一起。娜娜一边搂着A，一边又不由自主地谴责自己，说自己怎么变成现在这个样子，没想到这么迅速就堕落了。每当说这句话的时候，娜娜就会将A搂得更紧。就在那时候，A对娜娜有了崭新的认识，原本以为她是个家庭条件优越、父母疼爱、性格乖巧的女孩子，但从她疯狂的恋爱举动上，A隐约感觉到娜娜的某种深藏在内心的孤独，而且这种孤独带有反抗的锐气。她曾在发泄完内心的压抑之后，啜泣着对A说道："无论如何，我都要跟你在一起，哪怕去死！"那个时候，她将自己感情的全部积蓄统统压在了A身上，却没想到最后A居然背叛了她，这或许是娜娜最为伤心，始终无法接受A的道歉，永远不会原谅他的根本原因。

然而，娜娜还是太幼稚了，或者说过于精明了。她一面与A肆无忌惮地相爱着，一面又不知不觉听从于父母的安排，父母之命几乎成了控制她的某种魔咒，她只能在有限的范围内轻微地摆动着，如同钟摆，永远无法摆脱控制。A在她生命的意义，或许正如一次前所未有的生命冒险，虽然最终以失败而告终。在迫不得已的情况下，娜娜想出了一个万全之策，就是回到父母身边，以后再通过社会关系运作，把工作调到A所在的城市，不出意外，用不了多久两人就可以重新团聚。娜娜还说工作以后，我每周都要过来找你，所有的周末我们都用来做爱，无论父母如何反对，我再也不受他们的压迫。

就在这之后不到一个月，娜娜回到了父母所在的城市，准备报考公务员考试，这期间两人只是手机联系，没有再见过面。那段时间，A的工作突然变得十分忙碌，无暇顾及娜娜的感受。再加上A本来就很独立，习惯一个人生活，似乎又回到了单身的状态，无形之中，他与娜娜的联系频率逐渐变少。敏感的娜娜，此时此刻已经回到父母身边，无论再怎么爱着A，但在父母思想的灌输下，没过多久，她就不自觉地发生了变化。于是，在两人没有联系的一个月后，娜娜突然给A发了一条短信，问他是不是不爱自己了，是不是打算分手。A站在夏日炙烤着的街道上，回了一条短信，短信只有一句话，我们分手吧。从那以后，娜娜与A彻底断了联系，从相恋到分手刚好一年时间。A并不知道，娜娜当时已有身孕。

事实上，每个人都有不能言说的秘密，所看到的和所听到的只不过是假象，真相永远埋在内心深处，甚至所谓的真相，连当事人也不知晓。至于A为何要与娜娜分手，这同样是一个无法解释的秘密，恐怕只有A本人知道，不，恐怕连他本人也不知道。对于A为何要与娜娜主动提出分手，日后A是这么解释的：

那段时间我很孤独，娜娜不在我身边，我似乎又回到了孑然一身的单身状态，更可怕的是，我居然把娜娜也淡忘了，仿佛她离开我很久很久，我都快要记不清她长什么样子了，我所担忧的情况最后还是发生了，残酷地变成了现实。我曾以平静的口吻告诉过娜娜，如果想跟我在一起，就不要离开这个城市，虽然你不喜欢这个城市，我也不喜欢这个城市，但为了我们能够在一起，这些都不是问题，没有什么可以比得上我们之间的爱情。然而，正如上文所言，娜娜最终向父母妥协了，回到了父母所在的城市，并在那里找到了自己最喜欢的公务员的工作。

顺便说下，娜娜的父母都是公务员，并有一官半职，受父母影响，娜娜从小就打算以后要当一名公务员，这成了他们家的传统，就连这个有关职业的传统，娜娜都没有勇气冲破。当娜娜在另外一个城市，给A发短信抱怨他已经变得冷漠时，A的心中突然涌起一股强烈的憎恨，正是这股憎恨使他决定与娜娜分手。同意分手的那一刻，A心中的憎恨瞬间变成强烈的喜悦，仿佛甩掉了一直压在自己身上的负担，对自己的冷酷无情却没有丝毫的意识。就此，两人的关系彻底画上了句号。

正如A的预言，分手之后我将为你遭受难以言说的痛苦，但我知道那是对我的惩罚，毕竟是我辜负了你。A说这话的时候，他正在厨房为娜娜准备早餐，早餐是黄油面包、煎蛋，还有进口橙汁，娜娜早餐最喜欢喝浓浓的酸酸的橙汁。就在厨房准备早餐之时，娜娜穿着睡衣，睡眼蒙眬地从后面紧紧搂住A，低声哭泣着对他说道："如果我们俩不能在一起了怎么办，怎么办？"A围着围裙，手里端着蘸了黄油的平底锅，一边忙碌煎面包，一边任由娜娜搂着自己，照例对娜娜的哭诉毫无反应，他不知道该如何去回应这个似乎无解的话题。如同其他时候娜娜当着自己的面痛哭一样，A显出冷漠般的平静，对此A也极为恼恨自己，但他无法表现出内心的焦急与不安。紧接着，他将平底锅放下来，转过身拥抱住娜娜，对她认真地说出了这样的话："娜娜，无论如何，你要相信我，我非常爱你，只是我无法表达出来，我也十分痛苦，请你一定要原谅我。假如真像你说的那样，有朝一日我们迫不得已要分开，等我意识到自己真的失去了你，我会遭受到巨大的痛苦。”说罢，两个人又如同热恋中的情侣，似乎见证了彼此的真心，将不愉快的因素忘得一干二净，仿佛没有什么可以阻挡两个人在一起。

关于A的不可告人的秘密，恐怕只有我猫儿心知肚明。在此我不妨偷偷告诉各位看官，以示我身为猫儿的公正廉明。对于娜娜、A，我都一视同仁，绝不会偏袒任何一方。这个不可告人的秘密就是，在娜娜刚回到父母所在的城市的时候，A已经开始接触了新的异性朋友，用来填补娜娜离开他所造成的内心空虚。A似乎一刻也离不开女人，但他又从未真正拥有过一个女人，这就是A的悲剧所在。

说起A的不可告人的秘密，需要介绍另一个人出场，此人乃是A的同事，声称很关心A的情感问题，A接触的新的异性朋友就是经他介绍。

四、植发的哲学

A的这个同事个头矮小、皮肤黝黑、秃顶，夏天喜欢穿背心，干瘪的模样有点像虾蛄，当地方言中虾蛄的发音类似“虾公”，于是朋友们给他起了个外号叫“虾公”。由于两人时有往来，我对虾公的情况也大致有所了解。此人与A一样，正在努力攻读在职博士，另外，他刚荣升为副科级干部，级别比A高一级，穿衣打扮言行举止逐渐有点领导的意思。

一天，虾公突然对A说，自己下定决心要植发，A连忙表示赞赏。

一个月后，虾公邀请A一起参加一个酒会，说是要作陪一帮老家过来的朋友，其中还有几位美女。如同平常，那天虾公照例穿的是深色皮鞋、深色西裤、蓝色短袖衬衫，衬衫里照例穿着背心。虾公酒量好，被朋友委以重任。大家落座后，A默默数了数，一共12个人，其中三位美少女，大约20岁出头，一个个打扮得花枝招展、流光溢彩。A正对面坐着的是最漂亮的一个。令人意想不到的是，这三位美女不但相貌出类拔萃，酒量更是非同一般。A几瓶啤酒下肚，已经开始感到头晕目眩，不由得怀疑自己酒量是不是下降了，为了避免喝醉，只好保持沉默，当旁观者。就在一瞬间，A感觉自己脱离了酒场，渐渐脱离了闹世，如同一位天神，冷眼旁观俗世的人。这种奇妙的感觉，就像小时候，在墙根掏蚂蚁窝时，看着一群蚂蚁不停忙碌的神圣心境一样。就在那么一刹那间，A突然间被一种熟悉而陈旧的消极情绪死死攥住，加上醉酒的状态，他感觉自己像是从高空自由跌落，一直加速度往下跌落，最后无声地坠入深不见底的孤独深渊。A点燃一支烟，仰起头让烟雾缠绕住自己。烟快要烧到手指头时，A突然清醒过来，刚才那一种跌落之感瞬间消失不见，他眼前再次出现了一位年轻的美女，此时此刻，对面的美女已经酒过三巡，脸颊红潮涌动。A的目光从美女身上移开，环视四周，发现在座的所有男人的目光无一例外地在那三位美女身上游来游去，如同一条条隐形的蛇相互缠绕。

就在感到有些无聊，离席之意萌生之际，A留意到虾公的头发。虾公落座的位置在A左首，中间隔了两个位置。不知为何，A总觉得虾公今天有点不同往常，给人一丝陌生之感。接下来的十几分钟，A将虾公当作研究对象，势必要发现那一丝陌生之感缘何而生。直到A低下头那一瞬间，A才恍然大悟，原来虾公真的去植发了，地中海明显范围变小，新植的头发茬子乌黑发亮，一根一根坚挺着。当虾公抬起头时，A突然产生了一种错觉，仿佛眼前的虾公变了一个人，从内到外全变了，这种巨变令A意识到头发的重要性，以及植发的重大现实意义。继而，想起有一次虾公带A去家里喝茶，在电梯里，虾公指着张贴的植发广告牌自豪地说："改天我也要去植发！"A粗略地瞄了一眼广告牌，发现设计得毫无创意，永远是两个并列的男人头像，左边的男人是地中海，右边的男人是茂盛的草原。有点趣味的当属广告牌上的文字，上面写着"赋予植发新定义""新生3D植发"之类故弄玄虚的大话，广告牌最下面留着咨询热线和二维码。A在眩晕的状态中，一字不差地将广告牌浏览个遍，这很可能是他目前唯一认真看完的广告牌。A当时还很不以为然，甚至认为虾公也属于爱慕虚荣之人。今日酒桌一见，A深深地意识到了自己的偏见与狭隘，继而由植发联想到虾公的为人处世等，A将这一系列的感想称之为植发的人生哲学。

酒席散后，虾公问A对面那个美女怎么样，是否感兴趣，A假装不知道虾公说的是谁。哪个美女，在座的不都是美女吗？其实A知道虾公所谓的美女指的是姓张的那位。"她还是个单身，怎么样？感兴趣的话给你引介下。""她是干什么的工作的？”虾公说，她在一家外贸公司，家里不缺钱，开奔驰，住别墅。虾公紧接着就劝A要多尝试接触其他女性，天下好女人多得是，不能一味地沉湎过去。A对人为安排的约会、相亲之类的活动始终缺乏热情。虾公开导他说：“你不去尝试怎么知道行不行？是骡子是马，见一面不就知道了，就像植发一样，仅凭空谈怎么能体会植发的妙处？现在你还反对我植发吗？”虾公说的话居然被A听进了心里，受到虾公植发哲学的启发，从那以后，A就不断尝试接触各种新的女性。

五、熟悉的陌生人

娜娜离开后的日子，A经常失眠，彻夜失眠成了家常便饭，失眠给他带来无比强烈的痛苦。每天晚上，A躺在床上毫无睡意，一分一秒地挨到天亮。望着窗外充满压迫感的灰白色的亮光，以及树林里欢快的鸟鸣声，A的精神状态如同调得过紧的琴弦，随时都可能崩断。A平躺在床上，脑海里仍幻想着娜娜躺在自己身边的情景，以及娜娜采取主动与自己亲热的情景。A就用双手轻抚着自己的胸口，自言自语提醒自己道，要保持冷静，要学会自我调节，精神千万不能出问题。窗外的鸟鸣声越来越快活，带动了更多的鸟鸣，其中总有两只鸟的叫声很亲切熟悉，它们是每天清晨的常客，在距离自己很近的树梢里开心地鸣叫不停，似乎对新的一天充满无限的快乐与向往。

状态最为糟糕的时候，A表现出强烈的破坏欲望，似乎要将自己的一切都拿去毁掉，其中包括对我的态度。A 唯一对不起我的一件事是曾经差点将我遗弃，但就在将我送人的半个月之后，由于忍受不了对我的思念，又想方设法将我要了回来。要回我的途中，A 还出了一次车祸，骑着电动车被一辆汽车撞倒在公路上，幸好无大碍。A 将这次车祸视为对自己的某种惩罚，而轻易饶恕了肇事者。从那以后 A 再也没有打算抛弃我的念头，或许正是受到娜娜的影响的缘故。鲁莽地选择与娜娜分手，这成了他人生最难忘、最悔恨的悲剧，他如果重蹈覆辙将我狠心抛弃，那他就真成了无药可救之人了。不同的是，我虽曾经被 A 抛弃，但我是只善解人意、聪明善良的猫儿，我给了 A 一次赎罪的机会。那半个月中，我一直等待着 A 自我的醒悟，好在我等到了，可惜就在那半个月中，我不小心在别人家里把自己的门牙磕断了一只，这成为我的一件伤心事。我有时候想，如果在 A 醒悟以及悔罪的时候，再给他一次重新开始的机会，那该多好啊。我知道 A 再也不会做出伤害娜娜的事的，可惜女人一旦绝情大多再无挽救的可能，而男人的绝情往往都是意气用事，最后往往会感到懊悔。这是我作为一只旁观的猫儿，认真总结出的男女对分手所持的不同态度。

我记得当初 A 与娜娜分手之后，整个人处于一种极端暴躁与凌乱的状态，他告诉娜娜，他要将一切都毁掉。娜娜对于 A 的自暴自弃似乎无动于衷。就是在那段灰暗的日子里，A 将我轻易地遗弃了。恐怕在娜娜心目中，A 终究是个无可救药、顽愚至极的人吧。我认真思考了下，最终认为娜娜并不是真正了解A，或者说对A缺乏足够的包容之心。在A内心深处带有某种深刻的矛盾特质，这种根深蒂固的矛盾特质使得他带有某种自我毁灭的欲望，他一边不顾一切地爱着，一边又急切地渴望着毁灭一切，在他的潜意识里，毁灭或许是最佳的解决矛盾的捷径。如果娜娜能理解A的这种矛盾特质，以及带给他本人的种种痛苦，或许她有可能会选择原谅他吧。

与娜娜分手后，A曾发誓要为自己的过错进行惩罚，不打算接触其他女生。两年的时间飞一般的过去了，A的生活依旧如初，仿佛时空单独在A身上发生了停滞。其间，与朋友偶然聊起过娜娜，得知她已经订婚，对于与A的感情纠葛早已释怀。当忍受不住思念之情的苦苦折磨时，A曾鼓着巨大的勇气去娜娜所在的城市找过她。他在一家电信营业厅，用陌生的电话号码给娜娜打了电话。当娜娜接通电话，以熟悉的稚嫩的口吻问是哪位时，A刚喊出娜娜的名字，娜娜就毅然决然挂断了电话。然后娜娜又给两人共同的朋友发了信息，让他劝A赶紧离开自己所在的城市，不要再对自己抱有任何想法，更不要自以为是地骚扰她。A最后只好落魄地离开了娜娜所在的城市。直到那一刻，A才真正意识到，娜娜已经彻底变成了陌生人。由于娜娜的缘故，那个城市似乎也永久地蒙上了某种阴影，令A无形中感到伤感。后来当A再度踏上那个城市时，他心中总难免会浮现出娜娜的身影。在和朋友觥筹交错之间，A端着酒杯说这是个令人伤心的城市。当晚，城市上空的月亮又大又亮，披盖着一层淡淡的青云，A走出饭店，一边在外面略显空旷而寒冷的地方散步，一边在内心伤感地回想着有关娜娜的往事。月色令整个世界显得虚无迷离，仿佛娜娜就躲在又近又远的月云背后嘲笑着自己。

后来，在虾公植发哲学的启发下，A开始尝试改变自己的生活方式，尝试去忘掉娜娜，尝试去接触新的女孩子。在此过程中，A总是不由自主地将接触的女孩子与娜娜进行对比，似乎重新在陌生人当中寻找另一个娜娜，或者说寻找娜娜在自己身边遗留的蛛丝马迹，又或者说，他在玩捉迷藏的游戏，总觉得娜娜的气息躲在某一个隐蔽的角落，很难找到，却极具诱惑，令人不惜前往。

在我猫儿的印象中，A前前后后约会过很多异性，有时候我似乎也感觉自己并不理解他，不知道他到底喜欢什么样的女孩子。此外，A不愧是外貌协会的资深会员，无论跟谁约会，他似乎格外在意对方长得如何，而且总是将约会的女孩子与娜娜进行比较，看是否比娜娜长得更加漂亮。在我看来，A的约会经历可以写一本滑稽而有趣的故事集了。最近与他约会的女生中就有空姐、房地产女置业经理。

A与空姐约会时，两人选择在一家泰国餐厅见面，点了马来咖喱牛腩、菠萝海鲜焗饭、青柠蒸鱼、香芒大虾沙拉，还有鲜榨椰汁。那家泰国餐厅，A曾与娜娜来过多次，以致空姐刚在自己对面落座，A脑海中立马浮现出娜娜的身影，两人就餐的情景历历在目。在现实与幻觉的双重作用下，A对面坐着的似乎是空姐和娜娜的混合体，两人的影子不停地相互切换、重叠。一餐下来，A对空姐的印象大打折扣，因为空姐说话太多，简直是个话痨子，而且多是抱怨工作生活之类的话，A丝毫提不起精神，约会的兴致瞬间全无。二是空姐似乎很饥饿，像是从来没吃饱过饭，一直不停地在吃，桌面上的饭菜几乎被空姐一个人扫荡干净。因此在与空姐约会的时候，A内心的孤独感愈加强烈，伴随着孤独感而来的是他对娜娜的强烈思念。还有一点是关于空姐外貌的隐秘，在A看来，空姐的头发虽然乌黑浓密，但很可惜的是，额头上方有一片头发显得很稀疏，像是有点斑秃，而两边额角的头发又过于浓密，掩盖着额头，看上去整个人显得有点愚蠢。

后来，在一位朋友的介绍下，A认识了一位房地产公司的女置业经理。据朋友说，女置业经理曾有过一段恋情，却最终被男方当地的风俗习惯所毁。男方当地有严重的重男轻女的习俗，结婚之前女方如果生不出男孩，就不能结婚。正是接受不了这样变态的习俗，女置业经理最终选择了分手。女置业经理整体条件虽不出众，却长得漂亮，最令A满意的就是她拥有一头乌黑亮丽的秀发以及外国人一般高而挺的鼻梁。A不愧是外貌协会会长，初次约会，对这位女置业经理就产生了浓厚的兴趣。两人第一次约会选在闹市区的一家麦当劳，女置业经理身穿短裙，涂着艳红的唇膏，显得十分性感迷人。女置业经理正犯肠胃炎，只要了一杯开水，A点了一杯红茶。女置业经理说她很爱旅游，经常一个人到处玩，就在不久前，她去了长白山风景区，恰逢下雪，专门去滑雪场滑了雪；她还说她特别喜欢看雪，为了看雪，每年的冬天，她都要去遥远的北方旅游。由雪的话题，A 想到自己身为北方人，已经很多年没有见到雪，雪遗忘了他，他也遗忘了雪。

炎热的夏天，两人曾一起去游玩，坐在溪边的石头看着人们在清澈见底的溪水里游泳。就在女置业经理要从溪边爬上岸边的小路时，A 顺势牵住了她的手，一股久违的爱情的暖流瞬间流遍了 A 的全身。一路上，太阳如同火炉一样炙烤着大地，在没有林荫庇护的路段，A 悉心地为女置业经理撑着太阳伞，唯恐她白皙的皮肤受到太阳的灼伤。若从那一刻看来，A 的确是个痴情的男子，但他又是那么的多情，很轻易地就迷恋上了女置业经理，与此同时，很轻易地将娜娜忘得一干二净，甚至在内心深处升腾起对娜娜的憎恨，仿佛是娜娜活生生毁灭了自己的爱情。然而，两人接下来的相处并不是很顺利，或许由于性格原因，两人始终未能真正地深入交往下去，而女置业经理似乎渐渐失去了耐心。A 尽管意识到两人沟通的方式存在问题，但他无论怎么努力，都无法跨越横亘在两人之间的隐形障碍，于是，两人的关系急剧恶化。A 曾很用心地要挽回与女置业经理的关系，最终都是徒劳。女置业经理的生日、女生节、情人节，A 一共给女置业经理送过三次花，却统统被她拒收，那些未被送出去的鲜花就在 A 的客厅的电视柜旁渐渐凋零，仿佛一桩桩爱情的耻辱柱，将 A 活生生钉在上面。那段时间，A 的确陷入了对女置业经理的疯狂的爱恋之中，并为此体味到了种种内心的痛苦。最严重的时候，A 为了见女置业经理一面，曾在寒风中等了她一个通宵，没想到女置业经理居然无动于衷，丝毫不为A所动。女置业经理的冷漠无情，反而使得A更加迷恋上她，对她的迷恋如同中了爱情的魔咒。为了排解女置业经理给自己造成的心灵上的伤痛，A将工作之外的全部精力和心思花在了健身上，他对自己的肉体似乎充满了仇恨，每次都要在健身房锻炼很久，直到筋疲力尽。有时候，A甚至会假设，幸亏自己有如此强大的耐力去进行自我摧残，否则的话可能无法承受住来自学业和爱情的双重压力和打击。

六、夏日之后

薄荷公寓进进出出那么多猫儿，薄荷小姐唯独对我关爱有加，经常在客人面前夸我是一只好猫儿，只是那些来领养猫的客人不理解薄荷小姐的心思，往往以貌取人。“缺陷”似乎成为一种情结，或者一种宿命，正是因为对“缺陷”不同寻常的共同体会，A与薄荷小姐曾有过一段非同寻常的交往。

薄荷小姐曾在一所美术专科学校学过陶艺，由于对猫儿有特殊的喜爱，毕业之后就来到薄荷公寓兼职，美术生似乎很难找到满意的工作。若忽略她脸上那块紫色胎记，就会发现，薄荷小姐几乎算得上是一个美人。与娜娜一样，薄荷小姐同样拥有一头乌黑浓密的头发，平时衣着很朴素，很少穿亮色的衣服，最常见的是穿蓝色的类似工装的衣服。薄荷小姐有戴帽子的癖好，而且每次戴的帽子都不一样，即便是吃饭的时候，她也不会将帽子摘下来。两人交往期间，A 只有一次见她没戴帽子，取而代之的是一条围巾，围巾将半张脸蒙住，只露出眼睛和头发。那一次，A 才发现薄荷小姐生有一头漂亮的头发，A 似乎重新发现了薄荷小姐。薄荷小姐似乎身体不好，经常感冒，身上经常散发出一股淡淡的药味儿，类似医院药房的味道，A 莫名地很喜欢她身上的药味儿，时间久了，药味儿成了薄荷小姐身上特有的亲密气息。

薄荷小姐如同一只嗅觉敏感的动物，在 A 的四周，隐隐察觉到了娜娜的存在，娜娜的气息如同一条响尾蛇，向薄荷小姐吐着鲜红的舌头，伺机发起致命的攻击。在感到最危急的时刻，薄荷小姐选择了彻底消失，没有任何预兆。因为娜娜与 A 的关系，薄荷小姐患上了严重的抑郁症。

A 同样深深陷入了爱情的泥淖之中，薄荷小姐的持续存在，在某种程度上，冲淡着娜娜在他生命中留下的印记，久而久之，A 开始分不清娜娜与薄荷小姐在自己心目中孰轻孰重，甚至会将两个人混淆在一起。爱情的背叛或是忠诚？A 更加无法定义。甚至薄荷小姐开始与 A 公开讨论起娜娜，并亲切地称她为姐姐，同时半认真半开玩笑地称 A 为姐夫。薄荷小姐甚至说，她经常会做噩梦，会梦到娜娜，在梦里，会亲切地称呼她为姐姐。娜娜姐姐对她也十分友好，待她如同亲生姐妹一般，所以她将梦中的情景延长至现实生活中，将梦境与现实很完美地衔接在一起。薄荷小姐时常对 A 说：“请你把对姐姐的爱和悔恨，都用在我身上吧，姐姐的灵魂宿住在我的肉体之中，我是属于你和姐姐共有的。”说着说着，薄荷小姐又哭又笑起来，一边拼命地摇晃着脑袋，帽子从头上甩在地板上，一头乌发如绸缎般齐刷刷滑落下来，遮住了她的大半张脸，发梢紧贴在她不算丰满的胸口。A望着歇斯底里发作的薄荷小姐，莫名地涌上一股强烈的爱欲，难以抑制地跑过去要亲吻她，甚至将手伸进她敞开的衣服的领口……

A与薄荷小姐爱得如漆似胶，开始的时候A将薄荷小姐幻化成娜娜，体味到从未有过的快感。即便他与娜娜在一起的时候，也从未有过如此酣畅淋漓的体验。即便在普通的日常性爱当中，薄荷小姐都表现出超乎常人想象的坦荡，越是如此越深深地吸引住了A，A没日没夜地在薄荷小姐的身体上耕耘，而忘记了所有的一切，包括娜娜。“我就是娜娜，请你把我当成你的娜娜吧！”

薄荷小姐似乎什么都不在意，每天忧郁着脸色，头发凌乱而丰美，而A却因此而深深迷恋上她。至于娜娜，他似乎早已忘记，准确地说，娜娜对他早已不重要。即便在错觉中，A也从娜娜的幻化中清醒过来，终于大胆地凝视对面的薄荷小姐了，探索薄荷小姐身体的每一个神秘部落。

薄荷小姐很在意我，一只相貌残缺的猫儿。我一不小心闯入他们的卧室，当刚好撞见薄荷小姐与A两人在亲热，薄荷小姐就会命令A立刻终止亲热行动，理由是我正在欣赏他们的行径。无论A再怎么反抗，薄荷小姐都不会妥协。那是娜娜买下的猫儿，它身上带有娜娜的影子，说不定它会向娜娜告密呢，请你消停消停。

薄荷小姐边笑边哭地倾诉着，A实在弄不懂她真正想什么，不知她是在挑逗自己掀起氛围，还是真的对猫儿充满恐惧心理，仿佛猫儿真的能够知道他们在干什么，并在心里暗暗嘲笑他们。猫儿或许真的自带神秘气息，薄荷小姐因为我擅自闯入他们的卧室而耿耿于怀，长时间难以释怀。可我知道一个基本的事实是，薄荷小姐非常爱我，她充分发挥了在美术专科学校学到的陶艺技艺，以猫儿为主题，烧制出各色各样的陶器，其中有一只杯子，上面就是我的影像，只是她过度放大了我脸上的斑点，使我看起来像一只神秘叵测、凶神恶煞般的坏猫，而杯子的底部却刻着娜娜的名字。

薄荷小姐的抑郁症越来越严重，她甚至在生活中幻化出了一个隐而不见的娜娜。尽管与A两人已经深深相爱，甚至两人的爱情已经达到极为默契的程度，但薄荷小姐终究无法释怀，她的内心因为娜娜愈加封闭，从未主动向A敞开，仿佛那是一个不约而同的忌讳话题。

当温暖的阳光从窗台温柔地倾洒进来的时候，金灿灿的光芒涂抹在树木草丛上的时候，薄荷小姐会在不经意之间记起自我的真实状态，如同回忆起孩童时代某个熟悉的时刻，那时候的她心智是完全健康的，她因为大自然的恩赐而找回了原本的自己。她坐在客厅的沙发上，抚摩着我两腮的绒毛，会主动将心思透露给我。她说："你知道吗？是娜娜将A让给了我，作为既得利益者，我背负着某种永远抹除不掉的耻辱。可从现实的角度讲，我又是真正的胜利者，我得到了我想得到的东西……我早上吃了牛奶、面包，还有一小块红提……”娜娜通过她的无私和大度，使我变为同A一样身负罪愆之人。或许，自始至终，娜娜就不爱A，只是想与他保持情侣的关系，以此满足自己的爱欲……当我走进客厅，我就会看见娜娜在我身边，她以看透一切而温情脉脉的目光凝视着我，我内心的一切所思所想都在被一眼看穿，然后她用手轻抚着我的头发，露出宽慰的微笑，很亲切地喊我一声妹妹，那时候的娜娜是多么可爱迷人啊！怪不得A会那么喜欢她，我只不过是娜娜的替身而已，尽管A忘记了我这个名不符实的替身，宁愿在虚假中与我永远厮守。我急欲摆脱却又沉迷其中，我对不起娜娜，我爱娜娜，我恨娜娜！她为人善良却又虚伪狡诈……

最近一段时日，薄荷小姐的精神状态似乎又出现问题，每天沉浸于喜怒哀乐变幻无常的情绪当中，或许她真的觉得累了，又或者觉得无比厌倦了，她想从这种三个人的角力关系当中彻底解脱。于是，她于一天的凌晨吃了大量的安眠药，还在房间里烧了木炭，连一句遗言都没有留下，她想挣脱得更加有力而干净，可她在4个小时之后，突然又极为懊悔，为自己如此愚蠢的行为感到追悔莫及。就在生命已经濒临最危险的时刻，她给A拨通了电话，说自己4个小时之前吃了安眠药，还在房间里烧了木炭，不过现在一切都还没有变坏的征兆，一切还有机会挽救，你若真的爱我的话，请你抛开一切，以最快的速度赶过来救我。

当心理健康咨询师问薄荷小姐当时的具体心理，薄荷小姐固执地否认自己精神出了问题，坚决不承认那些有关她的流言蜚语以及医学诊断，甚至与心理健康咨询师发生严重的争执，斥骂心理健康咨询师是图财害命的人间魔鬼，说什么所谓心理诊断都是虚伪的人间戏剧，不知害了多少人，休想再害她！薄荷小姐甚至反问心理健康咨询师："你觉得自己心理健康吗？你把别人的情感心理仅仅当作一道数学题来破解，你怎么能如此的自信，你怎么能如此的残忍？你不是在挽救我，你是在编制谣言诓骗我，让我接受你的所谓的科学诊断，将我当成一个没有生命的物件，编织进人类社会的器物当中！心理健康咨询师，我反倒要问你，你觉得自己健康吗？你的健康令人深感恐惧，如同魔鬼般令人恐惧。作为心理健康咨询师，你不是在真实地了解我，你只是在制造虚伪和谎言！"薄荷小姐说罢，甩手走出了心理诊疗室。从那以后，她似乎真的变成了正常人，真正从娜娜和 A 的阴影中走了出来。

这个城市的夏日异常闷热，似乎要窒息一切爱情。

薄荷小姐站在房间的阳台上望着对面山坡上绿得疲倦的树丛，树丛异常稠密，连一丝风一声鸟鸣都透不过来。此时此刻，已是多年之后的某个夏天。或许，娜娜早已结婚生子，完全被她自幼生活其中的城市彻底融化，那种与 A 恋爱的感觉恐怕早已成为麻木的陈年旧事。

"如果今天我再遇到娜娜，我该如何面对她，A 又该如何面对我呢？"薄荷小姐不由得会思考这个问题。但她对于他们三人之间的隐形的关系的认识发生了彻底的变化。“娜娜你已经不再重要了,我已经给足了你面子。”薄荷小姐对着山坡说道。直到这个时候，她才隐约理解了A的内心，将这个貌似花花公子的男人的内心看得一清二楚。想当初，当A突然迷恋上薄荷小姐时，薄荷小姐心里装着娜娜的影子与A朝夕相处，她为如何处理好三个人之间的关系费尽脑汁，导致神经衰弱，最后患上抑郁症。如今娜娜的影子从内心消失不见的时候，她才多少真正明白A对待恋情的果断以及巨大的勇气。A将对娜娜曾经许下的种种诺言轻易抛之身后，而大胆追求薄荷小姐，某种意义上，是对娜娜的尊重，对薄荷小姐的尊重，他终究是个敢爱敢恨之人。而在薄荷小姐之后呢，A会不会又要如此对待另一个陌生的女人呢?

我是一只猫儿，我也只是一个匆匆过客，我陪伴A的日子不会太久，我无法知道过去发生了什么，以及未来即将发生什么，但我觉得这些都不重要，生命的所有意义都在当下的未完成状态。在我与A认识之前，A曾收养过一只橘猫，在我之后，不知道A是否还会收养别的猫儿，吃饱睡足我时常思考这些问题。我深深地意识到，人世间没有永恒的情感，人人都在当下生活着。所谓爱，也是在某种具体情景中被持有着。一旦具体的情景消失了，爱也完成了任务。这么一想，我就觉得无论猫儿还是人类，似乎都逃脱不了最终的悲剧。正如每当天寒地冻、刮风下雨，我都在担忧外面流浪的那些同伴们，它们的生命随时面临着危险，一场暴风雨就会夺走无数条猫儿的生命，相比起来，还是待在温室里的人类更加幸福。可我有时候又不这么觉得，尤其是与A生活在一起之后，我发现人类情爱更大的危机不是来自外部，而是来自他们的内心，那种内在的危机似乎更加变化无常、诡异莫测，与其遭遇内心的折磨与煎熬，倒不如去外面的世界做个流浪的猫儿，哪怕生死无常、朝不保夕。

与A相处的时日，我没有外出流浪的机会，我生活在安逸而有限的空间里，过着与A一样规律的生活，这对我一只猫儿来说，幸或不幸？我想这是一个有关动物伦理的哲学话题，值得大家认真讨论一番，讨论的主题我已经想好了：假如你是一只猫儿，你会选择被人类领养还是选择外出流浪？

吴青科，河南民权人，1987年4月生，现供职于福建师范大学文学院。已发表长篇小说《雪》、《多年以后》及短篇小说、学术文章等。

象牙海岸

◎成　业

那天下午在云锦的主治医师的办公室，我看着她像个等待宣判的犯人一样忐忑地坐在一张冰冷的金属椅子上，意识到这会是我和她生命当中一个重要的时刻。云锦的主治医师唐医师坐在我们对面写着处方，看上去更像是在消磨时间，他或许不知道这对于我们这对等待着命运宣判的情人来说，这样的举动是多么的残忍。但我无法责怪他，当我知道那个等待已久的结果之后，我完全理解了他的犹豫和不安。那样的结果换了谁都难以启齿，如果是我，我也不知道该从何说起。几分钟后他终于放下笔，用一种真挚又温柔的神色望着我们，那时我才知道医生有时候也必须扮演演员的角色。

唐医师是个可爱的小老头，身材瘦小的他不会给病人带来一点压迫感。他戴着一副金丝边眼镜，梳着一个老式的油头，面颊收拾得干干净净，脸上没有一点胡楂，白大褂里洗得发白的衬衫看上去清清爽爽。作为病人能把自己托付给这样一个医生应该是很开心的。虽然他那时的举动显得有些刻意，但我可以体会到他希望我们彼此都可以用一种相对自然松弛的状态来面对那个难熬的时刻的良苦用心，对于这样一位医生实在不该再苛求太多。或许是由于那段时间神经一直处于高度紧张的状态，云锦似乎并没有像我一样体察到唐医师的心意，她开始不耐烦地在椅子上挪动身体来应对唐医师的沉默不语。

“医生，”她用微微有点大的音量说，“我还有救吗？”这真是一句悲伤的说辞，尤其是从云锦这样的女孩嘴里说出这样的话更让人感到悲痛。她似乎也觉得这样说有些不好，稍稍调整了一下自己的状态，慢慢地跷起二郎腿，双手交叉在肚子上，想表现得从容一些。

一阵尴尬的沉默。唐医师脸上僵硬的笑容让人真切地感受到他不知如何开口。我突然有一种冲动，想拉起云锦转身冲出唐医师的办公室，带着她飞快地跑出这家医院。然而我知道我们都跑不了多远，我能做的只是把一只手放在她的肩膀上给她一点安慰。唐医师挠了挠头，终于张开了嘴唇。

“我们绝对不会放弃你的。”唐医师模式化的说辞让人感到绝望，他的话就像是某种通用的暗语，所有人都明白它的意思，“你也不能放弃你自己，只要坚持治疗就有痊愈的希望。”

我们又经历了一阵漫长的沉默。云锦把双手放到大腿上，她看着自己的手，眉头紧锁，我的心立刻纠成了一团乱麻。我们都知道这是最后的结果了，我们在一起的时日不多了。

唐医师开始耐心地向我们讲解起最新的医疗手段，还有正在研发的一款药剂，他说只要我们有信心配合治疗，就一定可以等到新药的问世。云锦始终紧皱眉头看着自己的双手，她和我一样从来都不是个乐观主义者。唐医师慢慢关上了嘴巴，像个做错事的孩子一样歉疚地望着我们，他在等待我们的反应，现在情形和一开始好像完全倒过来了。我们三个的呼吸声在空气中清晰可闻。

“谢谢您。”云锦用彬彬有礼的语气小声地对唐医师表示感谢，她的声音听起来很虚弱，就像是从远处传来一样。“医生，”她的声音越来越弱，好像她本人正离我们越来越远，“谢谢您了。”

唐医生禁不住露出了一个如释重负的笑容，然后沉重地缓慢地冲我们点了点头，起身送我们出门。

我们走出医院大门的时候正是黄昏，一辆崭新的甲壳虫停靠在医院门口的樟树下，流线型的车身反射着刺眼的光。一片树叶从我们面前飘落，云锦蹲下身把它拾起来，捧在掌心里打量。夏日镀在叶子上的绿意还很浓郁，但是叶子的根部已经开始发黄了，10月的秋风急促地吹过，她掌心里的叶子被风吹得微微颤动。

“你看，”云锦指着手中叶子发黄的根部对我说，“夏天正在褪色。”

我们都笑了，这是一个酸诗人写的诗句。“夏天正在褪色，艳阳的火焰像那破落的村庄悠然覆灭/甲壳虫怀揣一英里长的留恋，安静转身/敛了声音不再说话。”他用钥匙把这首短诗刻在科特迪瓦的石灰墙上，从此以后那个酸诗人和这首诗就成为我们嘲笑的对象。现在，我突然有一种感觉，我们一直以来嘲笑的对象不是别人，正是我们自己。

我发现这是一个改变我人生的重要时刻，云锦也发现了，于是我们在医院门口川流不息的人群中拥抱、接吻，就像除了我们，周围空无一人。

他们喜欢管科特迪瓦叫象牙海岸，我则更喜欢叫它科特迪瓦。科特迪瓦是位于非洲西部的一个国家，它的名字源于法语，译名是“象牙海岸”，顾名思义，那是一个盛产象牙的邻海国度。除了象牙，那里还盛产足球明星，曾经叱咤欧洲足坛的名将“魔兽”德罗巴就是科特迪瓦人。11 世纪的时候，科特迪瓦曾经是非洲南北贸易的一个中心。15 世纪后半叶，葡萄牙、荷兰、法国相继入侵科特迪瓦。1882 年科特迪瓦全境沦为法国殖民地。1960 年科特迪瓦宣告独立，被美国合众国际社称为“黑非洲独立发展道路的标尺”，但法国人仍然把科特迪瓦称为“法兰西的后花园”。

有一段时间，我总是梦到科特迪瓦——那是在我认识老 K 之后，成为科特迪瓦的居民之前。科特迪瓦位于郊区一间废弃的工厂的二层。工厂左边是一个巨大的垃圾场，散发出臭味，附近流浪的猫狗喜欢在夜晚聚集在那里，奇怪的是它们从不发出任何动静，你只有仔细听才能听到它们活动的脚步声，云锦经常开玩笑说它们应该是被谁下了哑药。工厂的右边是一段铁轨，每天零点都会有一列火车准时经过，火车的轰鸣声对于科特迪瓦的居民来说就像是起床的闹钟一样，已经成为他们生活的一部分。工厂的大门在一棵难看的歪脖子树背后，那是一扇锈迹斑斑的大铁门，上面的绿漆还依稀可辨。穿过铁门，走到积满灰尘的空荡的工厂一层中后段的水泥阶梯边，就可以看到科特迪瓦的入口——一扇圆形的木门。那扇门背后有一大块被一堆简易帐篷围起来的空地，空地中央有一台大电视和全套的音响设备。帐篷是用来待客的，帐篷背后几间用砖头砌起来的小房间才是这里居民的住所，这些住所紧贴着垃圾堆，所以墙上都没有窗子，老 K 在那些没有窗子的墙上嵌上鹅卵石，看起来就像是欧洲中世纪古堡里的地牢，他说他喜欢地牢的感觉，比普通监狱显得有格调。在科特迪瓦的居民住所对面是一个很大的厨房，宽阔的灶台上方有一扇宽阔的窗户，从那儿可以看到远处的城市。厨房里横着一张铺着白色桌布的大餐桌，桌子看上去就像是从达·芬奇的名画《最后的晚餐》里偷出来的一样。在梦里我在科特迪瓦四处踱步，和每次老 K 来科特迪瓦的时候一样，审视着这里的每一个的角落，那样子既像是一个视察自己疆域的国王，又像是一个正在巡逻的狱卒。我是多么渴望成为一个像老 K 一样的男人。在我看来老 K 是我见过的最有男子气概的家伙。他就像是来自远古时代的英雄，从来没有任何东西可以让他屈服，他总是极力反抗任何欺辱他的人和事，在战斗过后选择乘胜追击或者冒险逃亡。这样的英雄在遥远的过去有很多，但现在已经很少了。

科特迪瓦被毁坏的那天，老 K 待在拘留所里。那天清晨，乳白色的天幕下，铁轨另一侧那家还在运行的工厂的大烟囱冒着滚滚浓烟，浑浊的烟雾缓缓升向天空。这个一周只开一次的烟囱疯狂地吐着废气，好像要把一个星期的积蓄全部发泄出来。我突然有一种不好的预感，今天有事要发生。大多数时候我的预感都不准确，但那一次我的预感倒霉地应验了。一辆白色的面的停在了工厂大门，几个男人从车上下来，他们迅速撬开了工厂大门，直奔科特迪瓦而来。从那天起，我只能在回忆里见到科特迪瓦原来的模样了。木门轻易地就被撞开了，几个人手持铁锤冲进来，说要拿这里的东西去抵医药费。他们先拿走了电视和音响，然后是帐篷里的东西，接着他们又搬空了厨房和几间卧室。最后，那些人还报复性地用手里的锤子把所有带不走的东西全都砸烂。我没有办法阻止他们，我痛恨自己的懦弱，我当时像个傻子一样呆呆地站在那里，浑身发抖，生怕他们手里的铁锤落在我的身上。几个小时后，科特迪瓦被洗劫一空，只剩下折损的空帐篷和满地的狼藉，就像是刚刚经历了一阵飓风。我尝到了一种家园沦亡的悲凉感，在一片废墟中我又开始了不合时宜的回忆。

三年前我第一次来到科特迪瓦，那时候正是夏天，这间郊区阴暗的工厂格外凉快，就像是一个避暑胜地，每天晚上都有各式各样的人在这里聚会。几乎每天晚上，我都跟着X大学教授F先生和他那些附庸风雅的朋友们来这里喝酒，他们中大多数都是F先生曾经的学生，他们尽情地嘲笑我，仗着自己比我多读了几本书，一个个语重心长地劝告我应该去大学里接受系统的教育。每天晚上，F先生都举着酒杯在帐篷里向坐在帐篷当中的青年男女发表演讲，眉飞色舞，咧着嘴，唾沫横飞地说着他最新的读书心得。对我来说，7月是科特迪瓦最好的月份。学生们正迎来自己的假期，有许多穿着清凉的漂亮女学生来这里消磨时光，我会和她们当中的一些女孩一起喝酒，这是我中学时代想都不敢想的事情。然后，那个7月，我认识了云锦。

第一眼吸引我的是她的身材，她那发育完全的身体就像一个熟透的蜜桃，仿佛随时都会流出汁来。那是一个身高适中、体态匀称的年轻女孩，短发，一张美丽的脸庞会让你有一种年华虚度的哀伤。她穿着一件米黄色的裹裙，踩着一双白色的凉鞋，像夏日午后慵懒的微风一样款款走来。在她打开木门之前，我就听到了楼下传来的脚步声，我判断这个脚步声来自一个女人，那样细碎缓慢的脚步声必然来自一个女人。这一定是一个温柔的女人。当她出现的时候，我觉得整间工厂的空气都变得焕然一新。她的美丽一下子驱散了屋子里弥漫的浓烈酒气，让我感到一阵激灵，但她自己却从一个帐篷里拿出了一只酒杯。一个很肥很矮的男人走到她边上和她说了几句话，她被逗笑了，笑得花枝乱颤。那个男人顶着圆溜溜的大脑袋，讨好地耸动着肩膀和粗短的脖子，似乎是在为她表演新疆舞，他油腻腻的头发黑得发亮，但夹杂着几丝灰白，下巴上的胡子也同样黑白混杂。她有些怜悯地看着他滑稽的表演，随后礼貌地冲他眨了眨眼睛，接着向我的方向走来。我感到有点不知所措，我注意到那个矮胖子望着她背影的眼神，就像是虔诚的信徒望着圣母像——这画面我只在电影里见过。她掠过我径直走到我边上的帐篷，F先生和她在我的隔壁互相问候着。我注意到她经过我时手上拿着一杯加了冰块和柠檬的红酒，她用食指和中指托住杯底，用无名指轻轻摇晃杯脚，这种优雅的动作似乎把时间变慢了。隔壁的帐篷里传来她的笑声，那笑声自然舒展却又有所节制，我看见她裹裙下的背部曲线在微微抖动，我为看不见她的笑脸而忧伤。F先生正在说一个他拿手的段子，这个段子我听过不下十次，每次听都有忍俊不禁的感觉，也难怪她会被逗笑。客厅里回荡着奔跑的脚步声，两个喝醉了的年轻男女在玩猫捉老鼠的游戏，所有人的注意力都被这场热闹吸引了。她把头探出帐篷，视线随着那对男女的跑动而游移。当她的视线恰好与我的视线相撞的瞬间，她冲我礼貌地微笑了一下。她不像我见过的其他女孩那样习惯性地躲闪我的注视。她好像已经习惯了被陌生人盯着这件事，对所有窥伺她美丽的人都以一种友好的态度回应。我有些紧张地眨了眨眼睛，像个拙劣的说谎的孩子，很快就羞红了脸。而她，像和我有什么默契似的，也冲我眨了眨眼，似乎就在刚刚的一瞬间，我们这两个陌生人之间有了一个心照不宣的秘密一样。现在回想起来，她应该是把我当成一个孩子在逗，但我当时却错误地以为她对我有某种好感。我给了她一个由衷的友好的微笑，她似乎被我的真诚和热情吓到了一样，给了我一个有些吃惊的笑容。"动物性！"F先生的声音从隔壁传来，"酒精暴露人类的动物性，原始时代的人类就是公的追着母的跑……"她笑着走出了帐篷，走进了后面的一间屋子。她原来是科特迪瓦的住客，怎么我从前没有见到她？

这就是我和云锦的第一次相遇：客厅奔跑的脚步声里夹杂

着女孩的尖叫，F先生发表着对于社会出现之前男人和女人之间关系的看法，我喝了好几杯酒，满嘴苦涩，心里却很甜蜜。

我吹着口哨，让单薄而尖锐的声音在空无一人的科特迪瓦回响，希望给眼前毁坏殆尽的一切一些生机，结果却让气氛更加凄凉。那些散落一地的折断的竹竿和积满灰尘的帆布好像在嘲笑着我之前的不作为和懦弱，科特迪瓦的最后一个居民就这样放任那些入侵者破坏自己的家园，我感到深深的自责，但我又能做什么？靠近那扇被毁坏的木门的第一间屋子是老K的房间，他不常在这里居住，每次回来就一个人躲在房间里玩手机。我有时候会到他的房间里和他聊天，他总是谈着腐败、物价和其他不变的话题。“你看看这些微博。”他总是把手机拿到我的面前，逼着我翻看，尽管我没有表示出一点抗拒，但他那双凸出的眼睛还是死死盯着我，好像在监督我完成一件重要的工作。“这就是今天的世界，我真是老了。”他每次都用一种执拗的口气带着为时已晚的悔恨说着一句相同的话作为我们交谈的总结陈词，只有在那个时刻他才会显出落寞的一面：叉开双腿躺在床上，青筋密布的双手抱在自己黝黑粗糙的脖子后面，带着一股愤愤不平的怒气，无可奈何地望着天花板出神。然而只要一走出房间他立刻又变得蛮横有力，从头到脚，干练的平头下鹰一样锐利的眼睛机敏地观察着这个世界，任何人一不小心就会成为他的猎物，遭到他那双擦得发亮的黑色尖头皮鞋的攻击。每个月总有一个晚上，老K会拿出那张没有完成的油画欣赏，他在自己的房间里一看就是几个小时，然后喝得烂醉如泥。那张油画上画着一头狮子，那是一头印象派风格的狮子，扭曲的面部栩栩如生，模糊的身体让它具备了一种独特的动感，好像随时要冲出画布一样。这头狮子被安放在画面左侧三分之一的位置，画面的其他部分被绿色的草原占据，老K说这是一只非洲狮，那片草原自然也在非洲。我一直觉得那是一幅完整的作品，但老K却总说自己没有画完它。我不能再待在科特迪瓦了，回忆快把我榨干了，我要到外头走走，随便在哪条街上游荡到深夜。

那几个手持铁锤的家伙毁掉科特迪瓦的那天（或者之后的某一天下午），我再次看见他们乘坐的那部白色的面包车，当它缓慢地停靠在马路旁边，当那几个家伙从车里出来走进马路边的一家饺子馆吃饭的时候，我一眼就认出它来。我想砸了那辆车，但最后只是用钥匙在车身上画了几道。这就是我，一个懦夫，胆小如鼠。我快步走着，一刻不停地走了几个小时，从白天走到黑夜，从小城一头走到另一头，我只想逃得离那辆白色的面包车远一点。我只想逃得离我的愧疚远一点，我不愿意再看到被摧残过后的科特迪瓦。我找了一间廉价的宾馆，开了一间没有卫生间的特价房。

我做了一个梦，梦里我走在夏天刺眼的阳光里。时间应该是午后，世界被耀眼的金色光晕笼罩着，这不止因为我头顶的阳光，还因为我脚下的沙滩。在梦里我走在海边，就是我第一次也是最后一次带云锦看的那片大海，第一次看到大海的云锦兴奋得像个孩子。在梦里我常常也逃不开回忆，这次我干脆掉进了回忆的缝隙里。海水拍打着沙滩，我听到火车轮子撞击铁轨的隆隆声，还有它们之间那熟悉的尖厉的刮擦声。沙滩上一个男孩背着一个女孩走得很缓慢，女孩的胳膊无力地耷拉在男孩的脖子上，因为刚刚过度兴奋耗尽了体力的她现在正睡得昏沉，那是我和云锦。我在沙滩上缓慢地留下一串弯弯曲曲的脚印，多么幸福的脚印，只有在梦里我才有机会沿着这些足印再走一遍。我看见自己停下脚步，云锦在我的背上醒来，我们交谈了很久。谈话声在火车的轰鸣声中显得太过微弱而无法听清，但这并没有什么关系，那些谈话的内容我全部都记忆犹新。这时我感到有一双眼睛在背后盯着我，我有种浑身不自在的感觉，我还从没有试过在梦里被人监视。我转过身，云锦就站在我的面前，用一种质问的眼神愤怒地盯着我。我一下子明白了她眼神的意思，连云锦都不愿意放过我这个糊涂虫和懦夫。云锦脸上嘲讽的神色刺着我的心，我把视线从她脸上移开，看着她脚上那双胶底的帆布鞋。那是一双黑色的匡威女鞋，是我送给云锦的第一件礼物，我呆呆地盯着她的鞋子，一句话也说不出来。

我没有勇气再看一眼云锦，转头望向沙滩边上的一片绿化林。林子背后是一排像小学生的绘画作业一样形状简陋的平房，还有一座样子难看的教堂，教堂褐色的尖顶孤零零地钻出那片绿化林，在稍远的地方向我招摇。我想起和云锦在那间小教堂听一群老人唱圣歌的场景，那是一首关于赎罪的歌曲。我丰富的联想能力又开始把我往宿命论的道路上牵引，当然我也想到了F先生说过的弗洛伊德的潜意识理论。

醒来的时候还是晚上，我不知道自己是睡过了一整个白天，还是只睡了几个小时，总之我已经没有了倦意。我翻看着深夜电视里无聊的节目，等待着天亮，下定决心明天要去墓地看望云锦。我的心中满是忐忑，像一个战士，在战壕里静候着黎明来临。对云锦的牵挂像另一颗心脏在我体内跳动，我恨不得马上出现在她的面前，又害怕和她相见的时刻。平静的夜晚暗藏波澜，我不禁想起我搬出从小生活的房子，成为科特迪瓦的居民的前夜，那时我也是这样在自己的卧室里守着电视直到天亮。我用父亲十年前买的那部老旧的DVD播放机放了两张他留下来的影碟，一张是特吕弗的《四百击》，一张是戈达尔的《筋疲力尽》，就是从那个晚上我无可挽救地爱上了新浪潮电影。我突然很想念自己的那间小卧室，脱落的发黄的墙纸不知道黏好了没有，杂乱的书桌上堆着的那些书我一本都没有拿走，离开的时候我竭力让房间保持它原来的模样。

上午10点，我背着只装了几件衣服的旅行包在云锦的房间入住了。我告诉云锦我基本上把自己所有的东西都留在卧室里了，我想让它保持它原来的样子。云锦说她很想看看我的卧室，我和她说以后总有机会的。如果我知道后来发生的一切，我会立刻带她去看我的卧室。

我想起我们一起度过的雨季。在那些阴雨绵绵的日子里我成天和云锦混在一起消磨时光。我们在帐篷里打牌，科特迪瓦的屋顶漏雨了，雨水滴滴答答落在帐篷顶上；我们凑钱买了一个蓝光机，没日没夜地看碟子，把父亲留给我的碟片看了一大半；有时候我们也会在一起阅读，读诗歌，读小说，我一遍遍地要求云锦朗诵诗人朵渔的《夏天穿白裙子的王小淇》，“电厂的灰墙上写满了暗语 / 它们分别属于一些秘密的夜晚 / 灰墙的投影使黄昏变得纯洁安全 / 黄昏属于 / 王小淇”。当她用成熟沙哑的声音念着诗歌的开头的时候，她的声音里那股无精打采的冰冷总是完美地衬托出这首诗歌的意境，那种和现实隔着似有若无的一层薄纱的感觉用她冷漠而富有磁性的声音来表现是最为适宜的。而每当云锦读到“她不读小说 / 她讨厌用文学去蛊惑一个少女的青春”“她说她的青春只属于一个人 / 找一个人就是那样费尽踌躇”时，她的声音里就开始注入了情感，让我有拥抱她的冲动。“王小淇迎着风，夏天吹开她的白裙子 / 她说她就要闭上眼睛……但她还是听到了虚伪的双唇 /1999年的电厂应该动荡无比 / 王小淇只关心电厂后面的阴影”，读到结尾的时候，云锦的声音就又恢复了一贯的冷漠，让我总是忍不住跟着读出声来，我的脑海里开始幻想科特迪瓦曾经的模样——肮脏的工厂车间里堆满了机器，每当这时我总觉得云锦就是朵渔诗歌中的那个王小淇，我觉得自己已经爱上这个我行我素的女孩了。

连天的阴雨让空气变得潮乎乎的，那潮湿像绸缎一样在我俩周围滑动。有时，我和云锦就这么面对面一句话不说。她的目光不断地转向四周，就是不落在我的身上。我没有办法把自己的眼睛从她的脸上挪开片刻，似乎想从她熟悉的面庞上找到某种答案。沙沙的雨声清晰可闻，云锦当时是不是也感觉到我和她之间正在产生微妙的化学反应？我们就这样对坐着，直到黑夜从外头蔓延进科特迪瓦，空气中蠢蠢欲动的气息愈发明显，像一头野兽正蓄势待发。

现在，在宾馆狭小的房间里，我就这么看着回忆中的我们——我和云锦——我们对坐了一个下午，没有一句话，这种模糊的暧昧是不是古典戏剧里才有的场景？

我想再形容一次云锦的样子。虽然她的美丽难以用语言形容，但我还想再形容一下她的头发和呼吸。她那杂乱的短发不比我的长多少，在她光滑的前额上垂着刘海，给她的大眼睛镀上一层阴影，为她的天真平添了一份神秘。她的呼吸有一种青草的香气，她的呼吸缠绕在她的眼里，她的手上。无聊的时候她喜欢鼓着嘴冲自己的睫毛吹气，咬手指甲玩。我曾经无数次地亲吻她那制造神秘的刘海，用嘴唇感受她青草般的呼吸，但仍然无法终止对它们的幻想。当我和她面对面坐着，我还会在脑海里幻想她的刘海和呼吸。这些她生命体的零碎部件，在我的想象中始终和我保持着不远不近的距离，它们徜徉着，飘逸着，永远显得模糊不清，当我试图向它们靠近，它们就以同样的速度向后退去。这是我至今无法理解的东西。我相信这就是爱情的本质，一个纯粹的虚像，它来自现实，却最终变成了一个梦。云锦就是我的梦，她同时还是我梦境的源头和归宿，随着她的死亡，她又归属于另一个秘密的世界。云锦、老K、象牙海岸，还有其他迷茫的青春岁月里搅动我的东西，它们共同组成了这个秘密的世界。

成业，出生于1991年，现为福建师范大学文学院文艺学博士生，著有长篇小说《骨灰》，另有诗歌、评论作品散见于《福建文学》等报刊。

图书在版编目(CIP)数据

帘浪翻珠/“峰岚·精品库”编委会编. —福州:海峡文艺出版社,2022.7
(峰岚·精品库)
ISBN 978-7-5550-3020-1

Ⅰ.①帘… Ⅱ.①峰… Ⅲ.①中国文学—当代文学—作品综合集 Ⅳ.①I217.1

中国版本图书馆 CIP 数据核字(2022)第 097017 号

帘浪翻珠

“峰岚·精品库”编委会 编
出 版 人 林 滨
责任编辑 朱墨山 林 颖
出版发行 海峡文艺出版社
经 销 福建新华发行(集团)有限责任公司
社 址 福州市东水路 76 号 14 层
发 行 部 0591—87536797
印 刷 福州印团网印刷有限公司
厂 址 福州市仓山区十字亭路 4 号金山街道燎原村厂房 4 号楼
开 本 720 毫米×1010 毫米 1/16
字 数 185 千字
印 张 18.25
版 次 2022 年 7 月第 1 版
印 次 2022 年 7 月第 1 次印刷
书 号 ISBN 978-7-5550-3020-1
定 价 79.00 元